수선경

허담 新무협 판타지 소설

FANTASTIC ORIENTAL HEROES

수선경 2

허담 新무협 판타지 소설

초판 1쇄 찍은 날 § 2013년 7월 30일
초판 1쇄 펴낸 날 § 2013년 8월 9일

지은이 § 허담
펴낸이 § 서경석

편집부장 § 권태완
편집책임 § 어정원

펴낸곳 § 도서출판 청어람
등록번호 § 제1081-1-89호
등록일자 § 1999. 5. 31
어람번호 § 제2-2370호

주소 § 경기도 부천시 원미구 심곡2동 163-2 서경B/D 3F (우) 420-822
전화 § 032-656-4452 팩스 § 032-656-4453
http://www.chungeoram.com
E-mail § chungeorambook@daum.net

ⓒ 허담, 2013

ISBN 978-89-251-3393-5 04810
ISBN 978-89-251-3391-1 (세트)

허담 新무협 판타지 소설
FANTASTIC ORIENTAL HEROES

수선경

水仙經

2

[물의 아이]

도서출판
청람

第一章
그 밤, 그 새벽

수선경

청풍은 꿈을 꾸었다. 하루 종일 물속에서 헤엄치며 노는 꿈이다. 부드러운 물결이 살을 어루만지는 느낌, 물속 깊이 잠수했을 때의 그 기이한 고요함, 물속에서 본 먼 곳의 아득한 호기심 같은 것이 청풍을 기분 좋게 만들었다.

그리고 어머니 아버지, 언제나 맑은 바람을 만들어내시는 것 같은 아버지와 물처럼 부드럽게 자신을 안아주는 어머니가 미소로 자신을 보고 있다. 푸른 봄날이다.

쾅!

청풍이 눈을 떴다. 어린 청풍의 눈에 밝은 빛이 들어온다. 벌써 아침일까? 긴 꿈을 꾸기는 했지만 아침은 아니다. 빛이 들어오기는 하지만 태양빛이 아니기 때문이다.

청풍이 훌쩍 자리에서 일어났다. 요 며칠 부모님은 자신을
일찍 재웠지만 사실 장원 곳곳에서, 아니, 금석촌 전체에게 밤
늦게까지 잔치가 벌어지고 있음을 어린 청풍도 알고 있었다.

그리고 이 잔치에서는 춘절에나 있을 법한 불꽃놀이도 일어
난다. 밤하늘을 화려하게 수놓는 불꽃놀이는 어린 청풍의 마
음을 사로잡기에 충분하다.

청풍이 살금살금 기어서 문가로 다가갔다. 자애로운 부모님
이지만 가끔 아주 엄할 때도 있는 부모님이다. 이렇게 잠자리
에서 일어나 몰래 잔치구경을 하러 나간 것을 알면 아마도 종
아리에 몇 가닥 멍이 들어야 할 터였다.

삐익꺽!

청풍이 살며시 문을 열었다. 순간 피처럼 붉은 불빛이 청풍
의 몸을 덮치듯 다가왔다. 청풍이 자신도 모르게 손을 들어 눈
을 가렸다. 그러자 눈부신 불빛이 팔에 가리며 장원의 정경이
들어온다. 그런데 그 정경은 청풍이 기대했던 그것이 아니다.

빛은 잔치의 흥을 돋우기 위해 터뜨린 불꽃이 아니었다. 장
원 곳곳에 화광이 충천하다. 그리고 가끔 그 불빛 속으로 밤새
처럼 검은 인영들이 날아다녔다. 그리고 그제야 들려오는 아
련한 비명 소리들!

'불이 났어.'

어린 마음에 청풍은 장원에 불이 났다고 생각했다. 어쩌면
불꽃놀이를 하다 그 화염이 장원에 옮겨 붙은 것일 수도 있었
다. 청풍이 손을 내렸다. 그러자 다시 붉은 화염이 눈에 들어

왔다.

"아!"

청풍이 자신도 모르게 탄성을 흘렸다. 화마 속에서 사람들이 죽어가고 있었다. 가뜩이나 천하각지에서 몰려든 손님들로 가득한 장원이다. 그 장원을 화마가 휩쓰니 죽는 사람의 숫자는 헤아리기 어려울 정도일 터였다.

그러나 어린 청풍에게 불길 속에서 일어나는 일은 관심 밖이었다. 그의 눈에는 그저 장원 위로 수십 장을 치솟아 오르는 불기둥이 마치 다른 세계에 온 것 같은 환상을 일으키고 있었다. 청풍이 몽유병에 걸린 사람처럼 문을 나서 밖으로 걸어 나갔다. 그의 눈은 여전히 장원을 불태우는 불기둥에 고정되어 있었고, 그 불기둥에 취한 듯 그의 몸은 자신도 모르는 사이에 마당에 내려서고 있었다.

"풍!"

그런데 한순간 청풍의 귀에 날카로운 목소리가 들려왔다.

'어머니야!'

문득 반가운 마음이 드는 청풍이다. 장원을 태우는 불길이 주는 신비한 아름다움에 취해 있으면서도 한편으로는 본능적으로 그 불길이 두려웠던 모양이다

"어머니!"

청풍의 입에서 제법 또렷한 음성이 흘러나왔다. 네 살배기 어린애 같지 않은 목소리다. 그리고 그 목소리를 들은 듯 청풍의 눈에 등 뒤에 붉은 불빛을 지고 날아오는 복묘상의 모습이

보였다.

"어머니?"

다시 청풍의 입이 열렸다. 그런데 이번에는 조금 다른 청풍의 목소리다. 그의 목소리에는 의아함과 의구심이 담겨 있었다. 그도 그럴 것이 가까이 다가선 그녀의 어머니 복묘상의 모습은 청풍이 상상했던 것과 너무 다르기 때문이었다.

복묘상은 피의 바다에서 헤엄쳐 나온 사람 같았다. 옷 곳곳이 베어져 있었고, 혈흔이 낭자하다. 복묘상 자신이 흘린 피와 다른 사람이 흘린 피가 뒤섞여 복묘상을 혈인으로 만들고 있었다.

"깨어 있었구나. 아가! 가자!"

복묘상이 바람처럼 날아들어 청풍의 허리를 감싸 안았다. 그러고는 새처럼 날아올라 지붕 위로 올랐다.

"어서 가시오!"

멀리서 청담의 목소리가 들려온다. 그러자 복묘상이 잠시 망설이다가 어둠을 향해 몸을 날렸다.

"어머니?"

품속에서 청풍이 복묘상을 불렀다. 아이의 목소리가 잘게 떨린다. 두려움에 떨고 있음이 분명하다.

"아가, 겁먹지 말거라. 모든 것이 잘될 거야."

복묘상의 부드러운 목소리가 청풍을 안심시켰다. 그러나 그러면서도 그녀의 시선은 연신 두려운 빛을 흘리며 뒤를 돌아보고 있었다. 멀리 화광이 충천한 장원이 보인다. 화광의 빛이 산허리까지 닿지는 못했지만 그 열기는 여전히 후끈하게 느껴진다.

복묘상이 숲으로 들어갔다. 이젠 완전히 어둠이다. 복묘상이 어둠 속에서도 능숙하게 길을 달렸다. 어려서부터 수시로 드나들던 숲이라 그녀는 눈을 감고도 길을 찾을 수 있었다.

그런데 어느 순간 복묘상의 눈빛이 흔들렸다.

스스슥!

복묘상의 귀에 생경한 소음이 들린다. 밤의 숲에서 나는 소리가 아니다. 추격자가 다가왔다는 의미다.

"흐읍!"

복묘상이 숨을 깊이 들이 쉬었다. 그러고는 좀 더 힘을 내 속도를 높였다. 그러자 그녀를 따르던 추격자들의 소리 역시 빨라졌다. 그러고는 어느 순간부터 그 소리들이 복묘상을 앞지르기 시작했다. 복묘상의 얼굴에 짙은 두려움이 감돈다. 피와 땀이 어우러져 자꾸 그녀의 시야를 가렸다.

'강까지만!'

그녀가 마음속으로 외쳤다. 강까지만 가면 어찌 추격자들을 따돌릴 수도 있다. 그러나 추격자들은 그녀가 예상했던 것보다 훨씬 빠르고 강했다.

"그만 멈춰라!"

쐐액!

검 하나가 어둠을 가르며 좌측에서 그녀를 베어왔다.

“핫!”

지친 그녀가 있는 힘껏 검을 휘둘렀다.

깡!

그녀의 몸 바로 앞에 다가왔던 검이 뒤로 물러난다. 그사이 그녀의 앞을 검은 그림자 둘이 막아섰다.

“네년이 갈 곳은 없다!”

검은 그림자들이 비웃듯 소리치며 그녀에게 달려들었다. 복묘상이 이를 악물며 방향을 틀었다.

삭!

검 한 자루가 그녀의 등을 베고 지나간다. 그러나 그녀는 자신의 상처에 아랑곳하지 않고 방향을 틀어 북쪽으로 향했다. 강으로 가려던 생각은 접을 수밖에 없었다. 이젠 더 깊은 산으로 들어가 저들을 따돌리기를 바라는 수밖에 없었다.

“참으로 끈질긴 계집이군.”

산속으로 도주하는 복묘상을 보며 그녀의 몸을 베었던 자가 중얼거렸다.

“사로잡아야 하오. 그래야 금석촌의 촌장으로부터 모든 것을 얻어낼 수 있어.”

곁에 있던 자가 말했다. 그러자 그녀를 베었던 자가 살소를 흘리며 대답했다.

“물론, 나도 반드시 계집을 사로잡을 생각이오. 그리고 내 팔을 자른 그 청담이란 놈의 눈앞에서 내 원한을 갚아줄 생각이오.”

언뜻 어둠 속에서 추격자의 얼굴이 달빛에 드러났다. 갈산에서 청담에게 한 팔을 베인 일견사 여화적이었다.

"헉헉!"

복묘상은 이미 자신이 가진 진기를 모두 소진한 상태였다. 그럼에도 그녀가 산길을 달릴 수 있는 이유는 오직 하나 품속의 청풍 때문이었다. 청풍을 살리기 위해 죽음의 덫에 빠진 남편조차도 뒤에 남기고 온 그녀였다. 모성의 힘이 그녀가 본래 지니고 있던 능력의 서너 배 이상을 만들어내고 있었다.

모성으로도 견딜 수 있는 한계가 다가왔다. 무성했던 나무가 한순간 사라지더니 이내 거친 바위들로 둘러싸인 공터가 나타났다. 그리고 그 너머에서 시원한 강바람이 불어왔다.

그러나 복묘상은 그 시원한 바람에 땀을 식힐 여유를 찾을 수 없었다. 아니, 오히려 그녀는 낭패감과 절망감에 탄식을 흘릴 수밖에 없었다. 그녀도 모르는 사이 그녀는 죽벽(竹壁)으로 오고 말았던 것이다.

죽벽은 금석촌에서 가장 험한 절벽으로 알려진 곳이다. 그 바깥쪽으로 족히 이십여 장이 되는 절벽이 자리하고 있고, 중간 중간 대나무들이 자란 절벽은 장정이라면 조심해서 오르내릴 수 있지만 아이들에게는 무척 위험해서 평소에도 금석촌의 어른들이 아이들의 출입을 금하는 곳이었다.

그 죽벽이 복묘상을 가로막고 있었다. 평소라면, 그녀 혼자라면 아마도 위험을 무릅쓰고 죽벽을 내려갔을 것이다. 그러나 한 팔로 청풍을 안고 다른 한 손에는 검을 든 상태에선 절대 죽벽을 내려갈 수 없다. 죽벽을 내려가려면 두 손과 두 발이 모두 자유로워야 하기 때문이었다.

"아……!"

절망의 탄식이 자신도 모르게 흘러나온다. 길이 끊긴 도망자의 처지처럼 절망적인 것은 없다.

투툭!

그사이 추격자들이 공터에 내려섰다. 복묘상이 재빨리 신형을 돌렸다. 그러자 그의 눈에 살기 번들거리는 안광을 흘려내는 추격자들이 보였다. 그중 한 명이 눈에 들어온다. 가장 집요하게 자신을 공격했던 자, 한 팔이 잘린 일견사 여화적이다. 갈산에서 청담에서 한 팔이 잘린 채 일패도지했던 그자가 외팔이 검수가 되어 돌아와 있었다.

"후후, 계집, 네 운도 여기가 끝이로구나. 하하하! 순순히 따르겠다면 너와 네 아이의 목숨은 살려주마."

여화적이 검을 들어 복묘상을 겨누며 말했다. 그러나 복묘상은 그의 눈빛에서 이자가 결코 자신들 모자를 살려두지 않을 것이란 걸 깨달았다. 복묘상이 시선을 돌렸다. 그러자 역시 또 눈에 익은 얼굴이 있다. 모가장 사풍객 중 한 명인 구여분이 추격자들을 이끌고 있었다.

"결국 모가장은 이런 문파였군."

복묘상이 싸늘하게 말했다. 그러자 구여분이 겸연쩍은 표정으로 말했다.

"대업을 성취하려면 가끔 정도를 벗어나는 일을 해야 할 때도 있소. 그리고 솔직히 우리 만리풍 모가장이 그리 공명정대한 문파는 아니잖소?"

"그렇다고 이런 식으로 기습을 하다니……."

"음, 잘못이 있다면 금석촌이 너무 값진 마을이라는 것일 거요. 겉으로 드러난 금석촌의 부는 겨우 이삼 할에 지나지 않는다는 것을 알고 있소. 그러니 어찌 천하의 야망가들이 욕심을 내지 않을 수 있겠소?"

"이상하구나. 설마 만리풍 모가장이 강호제패의 야망을 품고 있다는 말인가? 비록 모가장이 강호에서 손꼽히는 표국이기는 하지만 무가가 아닌 상가인데……."

"모가장이 어찌 천하를 품을 욕심을 내겠소."

구여분이 고개를 저었다.

"다른 배후가 있군."

"이보시오, 복 부인. 이 일은 그대가 생각하는 것보다 훨씬 거대한 계획의 일부분일 뿐이오. 오늘 이 금석촌을 도모한 사람들은 도저히 금석촌으로서는 상대할 수 없는 사람들이라오. 그러니… 순순히 나와 함께 갑시다. 아마도 금석촌이 순순히 그들에게 협조한다면 그들도 굳이 금석촌의 사람들을 멸하지 않을 것이오. 그들은 금석촌의 막대한 철도 철이지만 그 철을 다루는 사람도 필요하니 말이오."

구여분의 말에 복묘상의 눈빛이 잠시 흔들렸다. 그러나 그녀는 이내 고개를 저었다.

"아니, 그럴 수는 없다. 물론 당신의 말처럼 목숨을 건질 수는 있을지도 모르지. 그러나… 아마 살아도 산 것이 아닌 채로 살아야겠지. 아니 그런가?"

"흐흐흐, 계집이 눈치가 빠르구나. 맞아. 네년을 포함해 금석촌의 버러지들은 모두 우리의 노예로 살아가야 할 것이다."

"일견사!"

일견사 여화적의 협박에 노한 것은 복묘상이 아니라 구여분이다. 어찌 잘 구슬러 항복을 받아내려던 계획이 일견사 여화적의 참견으로 깨져 버렸기 때문이었다. 그러나 여화적은 별반 미안한 기색을 보이지 않았다.

"저 계집 따위 구슬릴 필요가 뭐가 있소. 어차피 독 안에 든 쥐인데. 내가 처리하리다."

여화적이 구여분의 대답도 듣지 않고 신형을 날려 복묘상에게로 날아들었다.

여화적의 검이 매섭게 복묘상의 다리를 노렸다. 도주의 위험을 없애기 위해 다리 하나쯤 베어버릴 심산인 것이다.

창!

복묘상이 재빨리 검을 휘둘러 여화적의 검을 막았다. 그러자 여화적이 빙글 몸을 돌리며 이번에는 청풍을 안고 있는 복묘상의 왼쪽 어깨를 내려쳤다. 그러자 복묘상이 몸을 비틀며 청풍을 안은 채 땅을 굴렀다.

퍽!

여화적의 검이 허공을 베고 땅에 꽂혔다. 아슬아슬하게 여화적의 검을 피한 복묘상이 재빨리 일어나 검을 들어 여화적을 겨눴다. 다행인 것은 여화적의 무공이 예전과 같지는 않다는 것이었다.

과거 청담에게 한 팔이 잘린 부상이야 오래전에 회복했지만 외팔이 검수로서의 무공이 과거 두 팔이 온전할 때와 같을 수는 없었다. 더군다나 당시 한 팔만 잘린 것이 아니라 내기도 적지 않게 상해 공력이 약해졌으므로 그나마 복묘상이 여화적의 검을 견뎌낼 수 있었던 것이다.

만약 여화적의 무공이 과거 일견사로 불릴 때와 같았다면 이미 복묘상과 청풍의 목숨은 저승 문턱을 넘어섰을 것이다.

"계집 소문대로 제법 독하긴 하구나. 그러나 결국 넌 내 손에 잡히게 되어 있어."

여화적이 두 번이나 자신의 공격을 피해낸 복묘상을 노려보며 말했다. 그 자신도 과거와 다른 자신의 무공에 화가 난 모양이었다.

여화적이 좀 더 신중한 모습으로 복묘상에게 다가들기 시작했다. 이번만큼은 실수하지 않겠다는 기색이 역력하다. 자신의 약해진 무공을 구여분이나 다른 동료들에게 더 이상 드러내고 싶지 않은 여화적이다. 그래서 이번에는 좀 더 독하게 손을 쓰기로 작정한 여화적이 검을 들어 사선으로 내리그었다.

쐐액!

날카로운 파공음이 일어나며 여화적의 검이 복묘상의 오른

쪽 어깨를 쳤다. 복묘상이 재빨리 몸을 틀었다. 그런데 여화적
이 복묘상의 오른쪽 어깨를 먼저 공격한 것은 노련한 그의 술
책이었다.

청풍을 안고 있느라 복묘상의 왼손이 자유롭지 못한 상태에
서 오른손을 묶어두면 자신의 다음 한 수를 복묘상이 막을 수
없을 거란 계산이었다. 그리고 그의 계산은 정확했다.

허초로 복묘상의 오른쪽 어깨를 공격하는 듯하던 여화적이
재빨리 검로를 틀어 복묘상의 허벅지를 찔렀다.

"앗!"

속절없이 허벅지에 일검을 허용한 복묘상이 비명을 질렀다.
그러고는 다리를 절뚝거리며 뒤로 물러났다.

"죽이지는 않으마. 그러나 한 팔은 잘라야겠다. 난 누군가
에게 진 빚은 반드시 두 배로 갚는 성미거든. 네 한 팔과 청담
그놈의 두 팔을 자르겠다."

팟!

말이 미처 끝나기도 전에 여화적의 검이 비틀거리는 복묘상
의 왼팔을 향했다. 이번에도 여화적의 영악함이 드러나는 일
수였다. 어미가 자식을 포기하지 못한다는 약점을 이용해 청
풍을 안고 있는 복묘상의 왼팔을 공격했던 것이다. 과연 복묘
상은 여화적의 검을 피하지 않았다. 자신의 팔을 잘리지 않기
위해 청풍을 내어줄 수는 없는 일이기 때문이었다.

그런데 막 여화적의 검이 복묘상의 왼팔을 베려는 순간 벼
락같은 호통이 숲 속에서 터져 나왔다.

"이놈 멈춰라!"

호통과 함께 숲에서 한 마리 호랑이 같은 사내가 튀어나왔다. 사내는 십여 장이나 허공을 날아 그대로 여화적을 향해 떨어져 내렸는데 여화적은 감히 복묘상의 팔을 베지 못하고 황급하게 신형을 돌려 날아 내리는 사내의 검을 막아갔다.

쾅!

사내의 검이 여화적의 검을 때렸다.

"악!"

여화적의 입에서 단말마의 비명 소리가 터져 나왔다. 검을 자른 상대의 검이 동시에 여화적의 가슴을 베었다. 여화적이 가슴을 부여잡고 다섯 걸음 뒤로 물러나더니 그대로 그 자리에 고꾸라져 숨을 거뒀다.

"괜찮소?"

여화적을 일검에 베어 버린 사내가 복묘상을 부축하며 물었다.

"가가……."

복묘상이 온몸이 찢겨진 사내를 보며 울먹였다. 사내, 청담이 그런 복묘상을 보며 물었다.

"풍은?"

"여기……."

복묘상이 품 안의 청풍을 내보인다. 청풍 역시 혈인으로 변한 청담을 보자 울음을 터뜨렸다.

"으앙!"

아무리 똑똑한 아이라도 이제 겨우 네 살, 피칠을 하고 서 있는 부모를 보며 놀라지 않을 수 없다.

"이리 오너라."

청담이 손을 내밀었다. 그러자 청풍이 울면서도 어미의 품을 벗어나 청담에게 안겼다.

"풍, 무섭느냐?"

"응……."

청풍이 고개를 끄덕였다. 그러자 청담이 미소를 짓는다.

"그래, 세상은 본래 이렇게 무서운 곳이다. 이 아비도 매 순간 두려움을 느끼며 살아왔다. 그러나 풍아, 그 두려움에 무릎 꿇지는 말거라. 두려워도 그 두려움을 친구 삼아 네 길을 가야 한다. 그게 사내고 그게 인간이다. 알겠느냐?"

"예……. 으앙!"

청풍이 다시 울음을 터뜨린다. 청담이 하는 말을 알아들을 나이가 아닐지도 몰랐다. 청담은 비에 젖은 새처럼 떨고 있는 청풍을 힘주어 안았다. 그러자 청풍은 자신이 든든한 울타리 안에 들어 있다는 느낌을 받았다. 두려움도 절반이 사라졌다. 그때 문득 숲에서 한 떼의 사람이 모습을 드러냈다.

"대단하군, 대단해. 본 장의 포위망은 천라지망에 비견되는데 그 도산검림을 뚫고 여기까지 오다니. 애초부터 그렇게 대단한 무인이었던가, 아니면 부모의 마음이 그런 힘을 내게 한 건가?"

노인이 청담을 보며 물었다. 그러나 청담은 노인의 말에는

관심을 두지 않고 노인의 두어 걸음 뒤에 서 있는 또 다른 흑의
노인을 보며 물었다.

"그대의 이름을 알고 싶군."

그러자 앞서 청담에게 말을 건넸던 노인이 자신을 무시하는
청담의 행동에 노기를 드러냈으나 청담의 지목을 받은 흑의
노인이 앞으로 나서자 입을 닫고 자리를 비켜주었다.

"나 말인가?"

"그렇다."

"음……. 말해주지. 그대의 그 놀라운 무공에 대한 존경의
표시로 말이야. 난 이궐령이라고 하네."

"이궐령……."

청담이 노인의 이름을 되뇌었다. 그러다가 문득 복묘상에게
물었다.

"아는 이름이오?"

"아뇨, 모르는 이름이에요."

복묘상이 고개를 저었다.

"그렇다면 암중의 세력이 이 일에 관여되었다는 말이군. 그
대와 같은 절정의 고수가 속한……."

청담이 흑의 노인 이궐령을 보며 말했다. 그러자 이궐령이
미소를 지으며 고개를 끄덕였다.

"맞아, 이 일은 그대가 상상할 수 없는 커다란 계획의 일부
분이지. 잘만 된다면… 아마도 우린 천하를 노려볼 수 있을 거
야. 그래서 하는 말인데. 어떤가, 나와 손을 잡지 않겠나? 사실

자네에 대한 소문을 귀가 따갑게 들었지만 난 자넬 그리 대단치 않게 생각했어. 이 사천의 오지 금석촌에서 이름을 떨쳐 봐야 강호에 나오면 일류고수 소리도 듣기 어렵다고 생각했지. 그런데 오늘 보니 자네에 대한 소문은 오히려 부족한 감이 있더군. 자네 정도라면 대업을 함께 도모할 수도 있을 것 같은데. 어떤가? 나와 함께 장부의 길을 걸어보지 않겠는가?”

“살부의 원수와 말이오?”

“살부?”

“장인이 돌아가셨소.”

순간 복묘상이 찢어지는 목소리로 청담을 불렀다.

“가가!”

“미안하오. 지켜 드릴 수가 없었소. 그대와 풍을 위해 장인께선 스스로 목숨을 끊으셨소. 날 당신에게 보내기 위해…….”

“아!”

복묘상이 아득한 눈빛을 흘리며 쓰러질 듯 비틀거렸다. 그러자 청담이 복묘상의 팔을 부여잡으며 낮고 강하게 말했다.

“묘상, 정신 차리시오. 이곳에서 정신을 놓으면 풍이도 죽소. 풍이는 살려야지 않겠소?”

청담의 써늘한 말에 복묘상이 번뜩 정신을 차렸다. 죽음이 눈앞에 있다. 흑의 노인 이궐령의 제안을 받아들인다면 살 기회가 있을 테지만 청담의 말처럼 살부의 원수와 손을 잡을 수는 없는 일이다. 그렇다면 역시 세 사람이 살아날 기회는 없다. 그런데 청담은 어떻게 청풍을 살리겠다는 걸까.

"어쩌실 거예요?"

복묘상이 물었다.

"난 이곳에서 죽을 거요."

"가가⋯⋯?"

"싸움이 일어나면 풍을 안고 절벽으로 몸을 던지시오."

"가가!"

복묘상의 목소리가 커졌다. 멀리서 두 사람의 지켜보고 있던 추격자들이 무슨 일인가 하는 표정으로 두 사람을 바라보았다. 그러나 그들의 눈길에 아랑곳없이 청담이 낮고 빠르게 말했다.

"풍이 어떤 아이인지 잘 알고 있지 않소. 바위를 피해 제대로만 물에 닿는다면 풍은 살아날 거요. 이게 풍이를 살릴 수 있는 마지막 기회요."

"아⋯⋯!"

복묘상이 탄식을 흘렸다. 그때 다시 이궐령의 목소리가 들렸다.

"죽은 사람은 죽은 사람이고 산 사람은 살아야지 않겠나? 더군다나 친부도 아니고 장인이라면⋯⋯."

"말하는 것을 들어보니 과연 무도한 자들이 분명하군. 장인 역시 부모다. 피가 아닌 약속과 의로 맺어진 부모. 그런 장인을 배신하라고 말하는 그대들과 무슨 약속을 할 수 있겠는가?"

"소문대로 고지식하군. 그럼 할 수 없군. 이곳에서 그대의 목을 베는 수밖에. 난 일을 행함에 있어서 후환을 남기지 않

아. 그대의 여자, 그대의 자식도 모두 베어주마. 장주!"

이궐령이 처음 청담에게 말을 걸었던 노인을 불렀다. 그러자 노인, 모가장의 장주 모혼이 살기를 드러내며 앞으로 나섰다.

"역시 베어야겠지요?"

"그래야겠소. 그대에겐 좋은 일이군. 몸을 상한 둘째 아들의 복수를 할 수 있을 테니."

"제대로 해야지요. 놈은 눈앞에서 자신의 여자와 아들이 죽는 것을 보게 될 겁니다. 모두 쳐라!"

모혼의 입에서 명이 떨어지자 추격자들이 일제히 청담을 향해 달려들었다. 그러자 청담이 복묘상을 향해 소리쳤다.

"묘상, 기회는 지금뿐이오. 풍을 부탁하오."

청담이 땅에 대고 있던 검끝을 만근의 바위를 들어 올리듯 무겁게 들어 올렸다. 그러자 그의 앞에 있던 무거운 밤공기들이 마치 검에 끌려 올라가듯 검 주위로 몰려들었다.

"음……!"

청담을 향해 달려들던 무사들이 기이한 청담의 기세에 놀라 침음성을 흘리며 뒤로 물러났다. 그러자 청담이 그런 그들을 향해 벼락처럼 검을 떨쳤다.

콰릉!

땅이 흔들린다. 인간이 만들어낸 검의 위력이라고는 생각할 수 없는 강렬함이다. 땅 위에 있던 모든 것이 검이 향한 방향으로 움직였다.

"욱!"

"큭!"

곳곳에서 추격자들이 쓰러졌다. 개중에는 청담이 만들어낸 검기의 기운에 밀려 제풀에 쓰러진 자도 있었고, 또는 강력한 검풍에 휘말려 날아간 나뭇가지와 돌덩이에 맞아 쓰러진 자도 있었다.

이궐령 역시 경악스런 표정으로 세 걸음 뒤로 물러나 있었다. 그러면서도 손에 들린 검을 몇 차례 휘둘렀다. 그러자 그를 향해 날아들던 나뭇가지와 돌들이 사방으로 흩어지며 그의 시야를 밝게 했다.

그런데 그 순간 한줄기 검은 그림자가 그를 덮쳤다. 어느새 날아든 청담이 그의 머리를 쪼개 왔던 것이다.

"음!"

이궐령의 입에서 나직한 침음성이 흘렀다. 갑작스런 청담의 기습은 그로서도 당혹스러웠다. 더군다나 좀 전에 보여주었던 청담의 무공을 생각하자면 너무 위험한 공격이다. 어쩔 수 없이 이궐령이 다시 뒤로 물러난다.

콰앙!

이궐령이 서 있던 자리에 반 장은 족히 됨직한 구덩이가 파였다. 청담의 검에 실린 힘이 만들어낸 흔적이다.

"모두 놈을 공격해!"

어디선가 모가장주 모흔의 목소리가 들린다. 그러자 청담을 향해 사방에서 도검이 빗발치듯 달려들었다.

"묘상, 풍을 부탁하오!"

사람의 장막에 휩싸이며 청담이 소리쳤다. 그러자 간절한 마음으로 청담을 지켜보고 있던 복묘상이 퍼뜩 정신을 차리고 청풍을 부여잡았다. 그러고는 재빨리 절벽으로 달렸다. 그러나 장내의 누구 하나 두 모자에게 관심을 두지 않았다. 모가장의 추격자들은 청담의 전율적인 무공에 너무 놀라 그를 상대하는 데에만 온 신경을 집중하고 있었던 것이다.

휘잉!

절벽 아래에서 바람이 불어왔다. 검은 강물이 아스라이 눈에 들어온다. 복묘상이 청풍을 부여잡고 절벽을 뛰어내리려다가 문득 움직임을 멈췄다. 그리고 시선을 돌려 청담을 찾았다. 이렇게 떠나면 그를 보는 마지막이 될 것이다.

카카캉!

청담은 수십 명의 적에게 둘러싸여 성처 입은 호랑이처럼 싸우고 있었다. 그의 몸은 더 이상 사람이라고 할 수 없을 만큼 상해 있었고, 그런 그를 모가장의 추격자들이 이리 떼처럼 물어뜯고 있었다.

베어도 베어도 끝없이 몰려드는 추격자들을 청담이라고 모두 감당할 수는 없었다. 순간 복묘상의 눈빛이 굳어졌다. 그러고는 품 안의 청풍의 머리를 어루만지며 말했다.

"풍……. 엄마는 아버지에게 가봐야 할 것 같아."

"어… 엄마!"

“넌 물을 좋아하지? 그러니 넌 충분히 살아남을 수 있을 거야. 다른 때처럼 물에 너를 맡기렴. 물이 흘러가는 대로 그렇게 적어도 하루는 내려가야 한다. 절대 뭍으로 나오면 안 돼. 알겠지?”

“엄마, 싫어, 같이 가…….”

“풍, 미안하구나. 아버지를 혼자 두고 갈 수 없어. 그러니… 사내답게. 알겠지? 강하게 커라. 오늘의 일을 절대 잊지 말고……. 아니, 잊어라. 모든 것을 잊고 행복하게 살거라. 잘 가거라, 아들아!”

복묘상이 입술을 깨물었다. 그러고는 청풍을, 그녀의 어린 아들을 매정하게 절벽 아래로 던졌다.

“엄마!”

어두운 절벽 아래로 떨어져 내리는 청풍이 찢어지는 듯한 목소리가 들린다. 그러자 복묘상이 나직하게 중얼거렸다.

“넌 물의 기운을 타고 난 아이야. 그러니 물이 널 지켜줄 거다.”

복묘상이 시선을 돌렸다. 혈인이 된 청담이 보인다. 복묘상이 힘껏 검을 부여잡았다. 그리고 청담을 향해 달렸다.

＊　　　＊　　　＊

“훠이훠이!”

언제나처럼 들리는 어부들의 외침이 아침 공기를 깨운다.

안개 낀 강의 풍경이 다른 세상의 경계를 보는 듯하다.

간혹 안개 너머에는 다른 세상이 있을 것 같아 어부들이 가끔 그 속으로 들어갔다가 하류에 위치한 거대한 폭포로 떨어져 죽는 수도 있었는데, 그런 일이 발생하면 사람들은 강의 신이 그를 데려갔다고 말하곤 했다.

"언제라고 했죠?"

앞쪽에서 뒤로 돌아앉아 노를 젓는 타유를 보며 상목혜가 물었다. 두 사람은 아침 해가 뜨기도 전에 거처를 나와 금석촌으로 가고 있었다. 이틀 후면 청담과 약속한 그날이다.

청담의 가족과 시전에서 잠시나마 스치듯 볼 수 있는 그날, 두 사람은 마치 오래전 헤어진 자식을 만나러 가는 것처럼 가슴이 두근거렸다. 만나는 시간을 물어보는 것도 벌써 서너 번은 되었을 것이다.

"이틀 후 정오에 상춘객잔에서 보기로 했소. 이젠 그만 물어도 되지 않겠소?"

타유가 웃으며 대답했다.

"이상하게 마음이 급해요."

"그래도 기다리구려. 강을 건너 마차를 타고 밤새 달려도 내일 밤이나 금석촌에 들어갈 거요."

"아……. 풍은 어떻게 생겼을까?"

상목혜가 손에 든 보따리를 품에 안으며 말했다. 보따리 안에는 청풍에게 줄 선물들이 여러 개 들어 있었다. 개중에는 운룡산에서 캔 산삼도 있었는데 두 사람이 얼굴도 보지 못한 청풍을 생각하는 마음은 그렇게 깊었다.

"아주 잘생겼을 거요. 청담 그 친구나 제수씨 모두 미남미녀이니 풍의 모습이야 보지 않아도 짐작할 수 있지 않겠소?"

"그러게요. 잘생겼을 거예요."

상목혜가 강 상류를 돌아보며 말했다. 그곳에 금석촌이 있고 또 그곳에 청풍이 있다.

타유는 그런 상목혜를 보며 한편으로는 안쓰러운 생각이 들었다. 두 사람은 난주에서 천살문주 홍암의 덫을 벗어나며 몸이 상해 둘 모두 아이를 가질 수 없는 몸이 되었다.

특히 상목혜의 경우 당시에는 타유보다 몸이 덜 상한 듯 보였지만, 무공을 수련치 않은 보통 사람이라 시간이 지날수록 타유에 비해 급격히 몸이 쇠약해져 가고 있었다.

다행이 운룡산에는 좋은 약재가 많아, 하루가 멀다 하고 약재들을 캐다 몸을 보양시키는 타유 덕에 그나마 채마 밭을 가꾸고 이렇게 외출도 할 수 있는 상목혜였다.

그런데 한순간 힘껏 노를 젓던 타유의 표정이 살짝 변했다.

'피 냄새?'

타유가 고개를 갸웃하며 주변을 둘러보았다. 그러나 안개 낀 강에서 타유의 코를 자극한 피 냄새의 원인이 될 만한 것은 없었다. 그러나 오랫동안 잠들어 있던 살수의 본능은 여전히 희미하게 피 내음을 맡아내고 있었다.

타유가 젓던 노를 내려놓고 허리를 숙였다. 그러고는 마치 세수를 하려는 사람처럼 손을 한 줌 강물을 떴다. 그러고는 손에 든 강물을 코에 가져다댔다. 역시 피 내음이 느껴진다.

"무슨 일이에요?"

타유의 기이한 행동에 상목혜가 의아한 표정으로 물었다.

"상류에 무슨 일이 있는 모양이오."

"그게 무슨 말이에요?"

"물에서 피 냄새가 나오."

"피요?"

상목혜가 화들짝 놀라 되물었다. 그녀가 자신도 모르게 몸서리를 쳤다. 피 냄새라는 소리에 삼 년 전 그때의 악몽이 되살아난다. 잊힌 듯하면서도 영원히 잊지 못할 기억이다.

"무슨 일인가?"

타유가 고개를 들어 안개에 쌓인 상류를 바라본다.

"어서 가요. 그냥 가요!"

상목혜가 타유를 재촉했다. 설사 상류에서 혈겁이 벌어졌다고 해도 그 일에 관여하고 싶은 생각이 없는 상목혜다. 더군다나 지금은 풍을 보러 가는 길이 아닌가. 지체할 이유도, 지체할 마음도 없는 상목혜다.

상목혜의 재촉에 타유가 고개를 끄덕이고는 다시 노를 젓기 시작했다. 그러나 그의 시선은 여전히 상류에 가 있었다. 살수 특유의 본능이 그에게 말하고 있었다. 이 피의 냄새가 그와 무관한 것이 아니라고.

'냄새는 나는데 핏빛은 보이지 않는다. 그렇다면 적어도 하루 길 이상의 상류에서 일어난 혈겁이라는 말인데……. 하루

거리라면 금석촌의 영역이다. 또한 이 먼 곳까지 혈향이 흘러 내려왔다는 것은 결코 사소한 일은 아니라는 말이고……. 무슨 일인가?

그 모든 것을 상목혜에게 말할 수는 없었다. 이 혈사가 금석촌에서 일어난 일이라고 말한다면 상목혜는 더욱 불안해할 것이다.

"후우!"

타유가 깊게 한숨을 내쉬었다. 금석촌에 무슨 일이 일어났는지 알 수 없으니 답답할 뿐이다. 그러나 또 한편으로 타유는 그리 근심치 않았다.

그는 청담의 무공을 알고 있다. 지난번 숲 속에서 비무 할 때 이미 청담이 초식을 버리는 경지에 오른 것을 확인하지 않았던가. 강호에서 그와 같은 고수를 찾는 것은 쉽지 않다.

그런 청담이라면 금석촌에서 무슨 일이 벌어졌든 능히 해결할 수 있을 터였다.

'서두르자!'

타유가 내심 마음을 진정시키며 힘껏 노를 젓기 시작했다. 그러자 배가 빠르게 물살을 갈랐다. 그런데 그러던 어느 순간이었다.

"저게 뭐예요?"

문득 혈향이 묻어난다는 수면을 불안한 시선으로 지켜보고 있던 상목혜가 자리에서 일어서며 소리쳤다. 그 충격에 배가 잠시 흔들렸다.

“무슨 일이오?”

타유가 얼른 노를 놓고 상목혜 곁으로 다가섰다. 그러자 상목혜가 급히 손으로 수면의 한 곳을 가리켰다.

“저… 저건, 어떻게 저럴 수가……!”

평생을 살수로 살아 심장이 돌과 같은 타유도 놀라 입을 벌렸다. 그들로부터 이십여 장 떨어진 수면, 희미한 안개 속에 아이가 있었다.

처음 두 사람은 물에 떠 있는 것이 사람이라고 생각할 수 없었다. 사람이라면 어떻게 아무런 움직임도 없이 물에 떠 있을 수 있단 말인가. 혹 오래전 익사한 시체라면 가능할 수도 있었다.

그러나 지금 두 사람의 눈에 들어온 아이는 결코 죽은 시체가 아니었다. 아이의 두 손이 가슴에 모아져 있고 무엇인가를 꽉 움켜쥐고 있었다. 죽은 시체의 모습이 아니다.

“가봐요.”

아무리 길이 급해도 물에 빠진 아이를 외면할 상목혜가 아니다. 타유가 고개를 끄덕이고는 얼른 노를 잡아 아이가 떠 있는 곳으로 배를 저어갔다.

아이는 울고 있었다. 소리를 내지는 않았지만 얼굴을 덮고 있는 것은 결코 강물이 아니었다. 또한 아이는 두려움에 떨고 있었다. 타유와 상목혜가 배를 몰아 아이의 곁으로 다가갔을 때 아이는 눈동자만 돌려 두 사람이 탄 배를 보며 두려움에 떨었다.

"정말 사람이에요."

아이를 보며 상목혜가 말했다. 그러자 타유가 얼른 노를 들어 아이에게 내밀었다.

"움직일 수 있느냐? 어서 노를 잡아라."

타유가 아이 가까이 노를 내리며 말했지만 아이는 움직일 생각을 하지 않았다. 마치 물속이 타유와 상목혜가 탄 배보다 안전하다는 듯 아이는 타유가 내민 노를 애써 외면했다.

"얘야, 두려워 말아라. 우린 널 해치지 않는단다. 우린 나쁜 사람이 아니야."

상목혜가 부드럽게 말했다. 그 목소리에 두려움이 조금 옅어졌는지 아이가 물 위에 누워 고개를 돌렸다. 볼수록 신기한 아이다. 가까이서 보니 물속에도 아이를 받치고 있는 것은 아무것도 없었다. 그러니까 아이는 순전히 홀로 물 위에 떠 있는 것이다.

"영원히 물속에서 살 수는 없어. 그러니 내 손을 잡고 배로 올라오거라."

그러자 아이가 거짓말처럼 입을 열었다.

"여기는 어디죠?"

물에 뜬 채 말을 하는 아이를 신기하게 바라보며 상목혜가 대답했다.

"이곳은 운룡산 근처란다."

"운룡산……. 아… 운룡산!"

“운룡산을 아니?”

상목혜가 물었다. 운룡산을 안다면 근방에 사는 아이다.

“알아요. 운룡산에… 백부가 살고 있다고 했는데…….”

아이가 중얼거렸다.

“일단, 배로 올라오너라.”

상목혜가 다시 손을 내밀었다. 그러자 아이가 잠시 망설이다 상목혜의 손을 잡았다. 상목혜가 힘을 주자 아이가 가벼운 깃털처럼 물 위에 바로 서더니 이내 배에 올랐다.

오랫동안 물속에 있었음에도 아이는 전혀 지치거나 혹은 추운 기색을 보이지 않았다. 혈색도 좋아서 방금 멱을 감고 나온 아이와 다를 바가 없었다.

그런데 아이의 몸에 이상이 없나를 살피던 상목혜가 한순간 놀란 눈으로 아이를 바라봤다. 그러고는 재빨리 손을 뻗어 아이의 목에 걸려 있는 목걸이를 잡았다.

“왜, 왜 그래요?”

아이가 갑작스런 상목혜의 행동에 놀라 흠칫 뒤로 물러서며 소리쳤다. 그러자 상목혜가 아이의 얼굴을 가만히 바라보다 조심스럽게 물었다.

“이름이 뭐지?”

“청풍…….”

아이의 입에서 두려움이 섞인 목소리가 흘러나왔다. 순간 노를 들고 있던 타유가 노를 내던지고 아이에게 달려들었다.

“다시 말해보거라. 이름이 뭐라고?”

상목혜의 부드러운 얼굴을 대하다가 타유의 거칠고 투박한 모습을 대하자 아이가 울먹이다가 결국 울음을 터뜨렸다.

"아앙!"

아이가 울자 상목혜가 손을 들어 타유를 제지하며 아이를 부드럽게 안았다. 그러면서 속삭이듯 아이의 귀에 대고 말을 했다.

"풍, 걱정 말아라. 아저씨는 무서운 사람이 아니야. 그런데… 네 이름이 청풍이 맞니?"

상목혜의 물음에 아이, 금석촌의 죽벽에서 복묘상이 강으로 던졌던 바로 그 아이, 청풍이 울먹이며 고개를 끄덕였다.

"네 아버지의 이름이 청 담 자시냐?"

"어, 어떻게 아세요?"

"아……!"

청풍의 대답에 상목혜가 나직하게 탄식을 흘린다. 일이 벌어진 것은 확실하다. 피 내음은 금석촌에서 만들어진 것이다. 아니라면 청풍이 이곳에 있을 리 없다.

"풍……. 도대체 무슨 일이 있었던 거냐?"

상목혜가 부드러운 손길로 청풍을 떼어내며 물었다. 그러자 청풍이 고개를 저었다.

"몰라요. 엄마가, 엄마가 절 절벽에서 던졌어요. 아앙!"

청풍이 다시 운다. 아직은 네 살배기에 지나지 않는 청풍이다. 아무리 총명해도 모든 일을 한 숨에 이야기할 수 없다.

"아버지는… 어찌 되셨느냐?"

이번에는 타유가 물었다. 그러자 청풍이 고개를 젓는다.

"몰라요. 나쁜 사람들이 우릴 쫓아왔어요. 아버지는 그 사람들과 막 싸웠어요. 그러다가 엄마가 날 강으로 던졌어요. 엄마는 아버지 곁에 있어야 한대요. 아앙!"

청풍이 다시 울음을 터뜨린다. 그러나 청풍의 그 몇 마디로 모든 일은 명확해졌다. 금석촌에 혈사가 일어난 것이다.

"풍을 데리고 집으로 돌아가 계시오. 난… 금석촌에 다녀와야겠소."

"위험하지 않을까요?"

"풍이 여기까지 떠내려 왔다면 일은 이미 모두 끝이 났겠지. 그 친구의 생사라도 알아봐야겠소. 그리고 도대체 어떤 자들이 이런 일을 벌였는지……."

"함부로 검을 뽑지 마세요."

"걱정 마시오. 검을 뽑아도 당신과 상의를 한 후에 뽑을 테니까."

타유가 천천히 신형을 일으켰다. 그의 시선이 청풍이 떠내려 온 강의 상류로 향해 있었다.

*　　　*　　　*

수십 년 몸에 익은 습관은 하루아침에 사라지지 않는다. 잊었던 살수의 본능이 깨어났다. 타유가 소리없이 담을 넘었다. 매캐한 연기 냄새가 코를 파고든다.

"샅샅이 뒤져. 금석촌 촌장의 집이다. 금은보화가 없을 리 없어!"

수십 명의 사람이 금석촌의 촌장 복호인의 장원을 뒤지고 있었다. 아마도 집안에 보관하고 있던 귀중한 물건들을 찾아내려는 심산인 모양이었다.

'모든 사람이 같은 삶을 사는 것은 아니지.'

타버린 기둥을 파고, 무너진 벽을 다시 밀어 넘기는 자들을 보면서 타유가 생각했다. 과거 청담이 한 말에 따르면 복호인은 물욕이 없는 사람이었다. 금석촌의 촌장이라면 만금의 재산을 모았어야 정상이지만 복호인은 잘 꾸며진 장원이 가진 것의 전부라고 했었다. 그리고 청담은 복호인의 그런 무욕의 삶을 존경한다고 했었다.

그러니 아무리 뒤져도 나오지 않는 금은보화에 애가 탄 침입자들로서는 이해할 수 없는 일일 터였다.

"아무것도 없습니다, 삼객 어른!"

"이곳은 복호인의 장원이다. 금석촌 촌장의 집에 재물이 없다는 것은 말이 되지 않아. 필시 은밀한 곳에 단단히 숨겨두었을 것이다. 장원을 파헤쳐서라도 찾아라!"

장원을 뒤지는 자들은 필시 모가장의 식솔들일 터, 그들에게 삼객이라 불리는 자라면 모가장의 사풍객 중 삼객 온충이 분명했다.

타유가 잠시 고민에 빠졌다. 금석촌에서 일어난 일을 가장 쉽고 빠르게, 그리고 정확하게 알아내는 방법은 모가장의 수뇌 한 명을 잡아 일의 전후사정을 추궁하는 것일 터였다. 온충이라면 그에 적당한 인물이다.

그러나 또한 온충에게 손을 대는 것은 위험한 일이기도 했다. 타유가 금석촌을 반나절 이상 둘러본 결과, 금석촌은 모가장의 무사들이 완전히 장악하고 있었다. 이곳에서 그들의 눈을 피해 온충을 사로잡는 일은 거의 불가능한 일이었다.

'기회이기는 한데……'

본래 인간들이 가장 큰 허점을 드러낼 때는 욕심에 눈이 멀었을 때다. 지금 복호인의 장원을 뒤지는 자들이 바로 그런 자들이었다. 그들은 어딘가에 숨겨져 있을 복호인의 재물에 눈이 멀어 온충을 호위하거나, 혹은 주변을 경계하는 일을 소홀히 하고 있었다.

'잡는다!'

일단 결심을 한 타유가 신형을 움직였다. 그러자 그의 몸이 희미해지는 듯하더니 그림자처럼 땅을 기어 온충이 서 있는 근처로 다가갔다.

온충은 조금씩 초조해지고 있었다. 모가장주 모흔은 금석촌을 장악한 후 하루 말미를 주어 사풍객과 표국의 수장들에게 금석촌의 재물을 취할 것을 허락했다. 사풍객들이 취하는 재물은 모가장의 것이 아니라 오로지 사풍객 개인이 소유하게 된다.

이런 식의 약탈은 본래 몽골에서 전해진 것으로 싸우는 자들의 사기를 높이는 데 탁월한 효과가 있었다. 모가장주 모혼은 원의 관리들과도 친분이 있어 가끔 북방으로 원행을 다니기도 했다. 아마도 그곳에서 전쟁에서 승리한 장수들이 수하들에게 일정한 기간을 두고 약탈을 허락하는 풍습을 배워온 듯싶었다.

온충은 모혼이 약탈을 허락한 직후 금석촌의 촌장, 복호인의 장원으로 달려왔다. 당연히 촌장인 복호인의 장원에 가장 많은 재물이 있을 거란 계산 때문이었다.

물론 다른 사풍객도 복호인의 재물이 욕심나지 않은 것은 아니었으나 사풍객 중 가장 탐욕스런 사람이 온충이었고, 다른 풍객들은 그에 비하면 그리 물욕이 강하지 않았기에 순순히 온충에게 복호인의 장원을 양보했다.

그런데 결과적으로 보면 온충은 최악의 패를 선택한 꼴이었다. 온충이 수하들을 독려해 반나절 동안 복호인의 장원을 뒤진 결과물은 채 금자 천 냥어치도 되지 않았다. 몇 폭의 그림과 도자기 정도가 값이 나가는 물건들, 기대했던 금은보화는 그림자도 보이지 않았다.

수만 냥을 기대한 약탈이 겨우 일천 냥으로 끝날 상황이 되자 온충으로서도 초조하지 않을 수 없었다. 그런데 그런 온충의 눈을 번쩍 뜨이게 하는 말을 급히 다가온 수하가 전했다.

"삼객 어른 저쪽 후원 뒤쪽 땅 속에 기이한 창고가 있는 듯합니다."

"창고?"

온충이 눈빛을 빛낸다.

"예, 처음에는 평범한 곡식 창고인가 했는데 안으로 들어가니 바닥에 땅 밑으로 이어지는 별도의 공간이 있는 듯합니다. 교묘하게 가려놓았지만……."

"음, 비밀창고가 분명하군."

온충이 확신하듯 말했다.

"사람들을 불러 열까요?"

순간 온충이 얼른 고개를 저었다.

"아니다. 먼저 내가 가보겠다."

온충은 욕심이 많은 자다. 사람이 많이 모인 상태에서 비밀창고의 문을 열면 그 안에 있는 귀한 물건들을 모든 사람이 보게 된다. 그리되면 아무리 장주 모혼이 자유로운 약탈을 허락했다 해도 그중 가장 귀한 것을 장주에게 바치는 것이 수하된 자의 도리다.

그러니 사람을 몰고 가 창고 문을 여는 일은 온충의 성미에 맞지 않는다. 그가 먼저 창고 안을 살펴 귀한 물건을 따로 챙기고 나서 수하들을 불러 창고의 물건들을 들어내도 늦지 않다.

"안내하거라."

온충의 말에 수하가 고개를 숙여 보이고는 장원의 후원 쪽으로 이동했다.

"여깁니다."

수하가 창고 앞에서 입을 열었다.

"음……. 과연 교묘하군. 이렇게 평범한 창고에 또 다른 비밀 공간이 있을 거라고 누가 생각하겠는가. 문을 열어라."

온충의 명에 수하가 창고의 문을 열었다. 그러자 온충이 망설이지 않고 창고 안으로 들어섰다.

"밀실의 입구는 어디냐?"

온충이 뒤따라 들어온 수하에게 물었다. 그런데 그 순간 온충을 따라 들어온 수하가 갑자기 온충의 목덜미를 눌렀다.

"비밀창고는 바로 당신의 탐욕이지."

"큭!"

온충이 나직한 신음 소리를 내며 축 늘어졌다. 그러자 그의 수하가 늘어지는 온충의 몸을 받쳐 들었다.

"당신 같은 고수가 이렇게 맥없이 당하다니 과연 재물에 대한 탐욕이 무섭긴 무섭구나."

온충을 둘러매며 그를 이곳까지 유인한 사내가 말했다. 어둠을 밝히는 달빛이 창고 안으로 스며든다. 그 빛에 사내의 얼굴이 드러났다. 살수 타유다.

"으음!"

온충이 무거운 눈꺼풀을 치켜 올렸다. 몸이 천근처럼 무겁다. 그러고 보니 그는 땅 위가 아니라 물속에 있다. 자신의 처지를 깨닫는 순간 물의 한기에 몸이 떨려온다. 아마도 족히 한 시진 이상은 잠겨 있었던 듯싶었다.

"정신이 드시오?"

타유가 물 위로 고개만 나온 온충을 보며 물었다.

"네놈… 누구냐?"

온충이 두려움과 분노가 섞인 목소리로 물었다. 그러자 타유가 그의 턱에 검을 들이댔다.

"역시 고수군. 이 지경에도 성을 내다니. 후후"

"내가 누군 줄 알고 감히 이런 짓을 하느냐?"

"그대가 누구인지는 너무 잘 알고 있어. 모가장의 사풍객 중 삼객 온충이 아닌가? 그대를 데려오면서 그것도 모르고 데려왔을까?"

자신의 이름과 모가장을 대수롭지 않게 말하는 타유를 보며 온충의 표정이 어두워졌다. 모든 것이 계획된 것이라면 살아남기 힘들다. 더군다나 자신을 묶어 물속에 넣어둔 것은 고신을 하겠다는 의미다.

"죽여라!"

고신하려는 자에게 먼저 단호함을 보이려는 것이 보통 사람의 심리다. 그러나 타유는 사람에 대해 조금 더 알고 있다. 이런 자일수록 두려움이 많다는 것, 그의 물욕을 보건대 죽음에 대한 공포 역시 물욕만큼 강할 것이다.

"정말 죽여줄까?"

타유가 음산하게 물었다. 살수의 본색이 드러나는 목소리다. 그러자 온충의 동공이 흔들렸다. 상대가 정말 단숨에 자신을 죽일 수도 있는 자라는 것을 본능으로 느낀 것이다.

"원하는 것이 뭐냐?"

고신을 하려는 것은 곧 원하는 것이 있다는 의미, 만리풍 모가장은 무가보다는 상가에 가까운 표국이므로 거래라면 충분히 능한 온충이다.

"몇 가지 들어야 할 말이 있다."

"알고 싶은 것이 뭐냐?"

"금석촌의 혈사는 물론 모가장에서 일으킨 것이겠지?"

"금석촌과 인연이 있는 자냐?"

온충이 되물었다. 순간 타유의 검이 움직였다.

삭!

"큭!"

온충의 팔에 길게 자상이 생겼다. 상처를 따라 피가 붉게 흘러나온다. 달빛 아래서도 피의 존재는 확연하다.

"질문은 오직 내가 한다. 당신은 대답만 하면 돼. 대답이 만족스럽지 않으면 다시 검을 쓰겠다. 당신의 몸에 상처가 많아질수록 당신의 수명은 단축되겠지. 시간은 영원하지만 당신의 몸속에 흐르는 피는 영원하지 않아. 더군다나 물속에선 피가 더 빨리 빠져나오지."

타유의 서늘한 말에 온충이 강물과 침을 함께 꿀꺽 삼켰다.

"다시 묻지. 금석촌의 일은 모가장이 벌인 것이겠지."

"그, 그렇다."

"그러나 모가장 단독으로는 이런 일을 벌이지 못해. 삼 년 전 갈산에서의 일을 들었다. 당시의 상황을 고려하면 모가장이 비록 금석촌에 비해 세력이 강하다 해도 이렇게 하루아침에 금석촌을 몰락시킬 수 있는 힘은 없다. 다른 자들이 끼어들었다는 건데… 누구냐?"

"나, 나는 모른다."

삭!

다시 타유의 검이 움직였다. 그러자 이번에는 온충의 반대편 팔에 상처가 생겼다. 어김없이 피가 물과 섞인다.

"누가 끼어들었지?"

"그, 그들의 정체는 나도 잘 모른다. 이건 정말이야. 그들의 정체를 아는 사람은 오직 장주뿐이다."

"그들이라……. 어떤 자들이었지?"

타유가 물었다.

"무서운 자들이었다. 모가장과 같은 표국은 견줄 수도 없는……. 그중 한 명의 이름만 알고 있다. 이궐령이라는 자인데 모가장을 돕기 위해 온 자들의 수장이지. 그러나 그조차도 그들이 속한 조직의 우두머리가 아닌 듯 보였다."

"이궐령이라……. 기억해 두지. 무공은 어떠했나?"

"우리와는 다른 경지의 무인이었다. 검기를 만들 수 있는 사람이지. 혹여 금석촌에서 벌어진 일에 관여할 생각이라면 지금이라도 포기하라. 그들은… 무서운 자들이야."

"그건 내가 결정하지. 몇이나 왔지?"

"이궐령을 포함해 모두 열 명이 조금 넘는다."

"열이라. 그 열이 하룻밤 사이에 금석촌의 생사를 결정했다니 과연 대단한 자들이기는 하군."

타유의 표정이 어두워진다. 어쩌면 그가 생각했던 것보다 더 위험한 자들일 수도 있었다.

'시간은 많아.'

타유가 조급해지려는 마음을 다잡았다. 그리고 이젠 정말 중요한 것을 물을 때였다.

"지금부터는 잘 대답해야 할 거야. 제대로 대답을 하지 못한다면 이번엔 목에 구멍을 내주겠다."

타유의 협박에 온충이 몸을 떤다. 온충 같은 고수조차 소름이 끼칠 만큼 타유의 살기는 대단했다. 지금의 그는 상목혜의 너그러운 남편이 아니라 천살문 최고의 살수로 돌아와 있었다.

"세 사람의 생사를 묻겠다. 먼저… 금석촌장은?"

"죽었다. 스스로 목숨을 끊었지. 아마도… 자신을 구하기 위해 남았던 사위를 도주시키기 위함이었던 것 같다."

"음……!"

타유의 살기에 지레 겁을 먹었는지 온충이 묻지 않은 말까지 더했다. 타유가 낮은 신음을 흘렸다. 촌장 복호인이 스스로 목숨을 끊을 정도라면 당시의 처참함을 능히 짐작할 수 있었다.

"좋아. 그럼 그의 사위는 어찌 되었나?"

"그 역시 죽었다. 그는… 절벽 위에서 자신의 처와 자식을 지키다가 죽었다."

온충의 말에 타유의 동공이 잠시 흔들렸다. 그러나 그는 결코 침착함을 잃지 않았다. 그는 살수 타유다.

"그의 시신은?"

타유가 짧게 물었다.

"그의 명성이 두렵다며 장주가 산속 깊은 곳에 버려두었다. 그의 무덤을 만들면 과거의 금석촌을 생각하는 사람이 많아져 금석촌을 통제하기 어렵다면서……."

온충의 말에 타유가 고개를 끄덕인다. 비정한 일이지만 그라도 그런 결정을 내렸을 것이다.

"좋아. 지금까지는 우리 둘 다 아주 잘해왔다. 자, 이제 다른 한 사람에 대해 묻겠다. 그의 아내는 어찌 되었나?"

"아마도 죽었을 것이다. 듣기로 최후의 순간 청담이 강제로 그의 아내를 절벽 아래로 던졌다고 하더군. 그의 아내는 그 전에 벌써 아이를 절벽으로 던졌다던데……. 음, 그 높이에서 떨어지고서는 여자나 아이나 살 수 없지. 더군다나 그녀는 온몸에 수십 개의 자상을 입고 있었다. 그러니 도저히 살 수가 없었을 것이다."

"시신은?"

"찾지 못했다. 절벽 아래 강물이 워낙 급류라 밑으로 내려갔을 때는 이미 그 시신이 사라지고 없었다고 하더군."

온충의 말에 타유가 잠시 생각에 잠겼다. 청풍이 살아 있다. 청풍의 나이 이제 겨우 네 살, 그 아이가 살아 있으니 복묘상도 살아 있지 않을까?

'아니지. 청풍은 특별한 아이가 아니던가. 물의 기운을 타고 태어난 아이야. 스스로 물에 뜨기 때문에 살아 있는 것이고……. 시신이라도 찾았으면 좋겠는데…….'

그러나 그 일도 쉽지 않다. 강을 뒤지기에는 시간이 너무 지나 있었다.

'먼저 친구의 시신을 건사해야겠지.'

타유가 손을 내밀었다. 그러자 온충의 멱살이 타유의 손에 잡혔다. 타유가 힘을 주자 온충의 몸이 무 뽑히듯 쑥 물 위로 올라왔다.

"그 친구가 버려진 곳으로 가자."

타유가 물 위로 올라온 온충의 면전에 얼굴을 들이대며 말했다.

거대한 참나무 아래 이리저리 낙엽을 긁어모아 만든 봉분이 있다. 제대로 만든 봉분이 아니라서 미처 묻히지 못한 시신의 팔다리가 보이기도 했다.

"파!"

방치된 시신을 보며 화가 난 타유가 온충에게 말했다.

"뭐로 파란 말이냐?"

"손으로라도 파! 아니면 죽든지."

타유의 검이 온충의 목덜미를 찔렀다. 그러자 검신을 타고 피가 흐른다.

"아, 알겠다. 파지!"

온충이 맨손으로 땅을 파기 시작했다. 맨손이라고 크게 걱정할 것은 없었다. 시신을 덮은 것의 대부분은 낙엽이었고, 흙은 몇 줌 되지 않았기 때문이었다. 대략 이각여가 지나자 시신들이 모습을 드러냈다.

팔이 잘린 자, 다리가 잘린 자, 목이 잘린 사람까지 처참한 모습들이 어두운 밤하늘 아래 드러났다.

"이쯤이면 되었나?"

온충이 시신들이 드러나자 타유에게 물었다. 타유는 온충의 말에 대답을 하는 대신 시신 중 하나를 조심스레 들여다보았다. 청담이다.

"정말 죽은 것인가? 자네?"

타유가 마치 청담이 잠들어 있기라도 한 것처럼 말을 건넸다. 그러나 시신이 말을 할 리 없다. 대신 두려움에 떠는 것은 온충이다. 타유의 말투에서 그가 청담과 무척 가까운 사이라는 것을 눈치챈 것이다.

온충의 눈이 영활하게 돌아갔다. 타유는 죽은 청담의 시신에 충격을 받은 듯 그 시신을 부여잡고 말이 없다. 사방은 어두웠다. 십여 장만 벗어나도 어찌 도주할 수 있을 것 같았다.

온충이 조심스레 죽은 시신들의 손에 들려 있었던 검을 주워 들었다. 그러고는 검으로 타유를 겨눈 후 조금씩 조금씩 타유에게서 멀어지기 시작했다.

타유는 여전히 청담의 시신에서 눈길을 떼지 못하고 있었다. 온충은 탕유와 십여 장 정도 거리가 벌어지자 이내 신형을 돌려 어두운 숲 속으로 뛰어들었다.

"헉!"

온충이 기겁하며 고개를 들었다. 어느새 그의 목젖에 닿아 있는 검, 그 검의 주인이 누군지는 보지 않아도 알 수 있다. 어느새 타유가 추격해 와 온충의 앞을 가로막은 것이다. 그가 도주한 거리는 겨우 일백여 장에 지나지 않았다.

"친구의 시신을 찾지 않았나? 요구대로 모든 것을 해주었으니 날 살려주게."

온충의 말투가 변했다.

"당신을 살려준다는 약속은 한 적 없다."

타유가 차갑게 말했다. 하긴 그러고 보니 타유가 온충을 살려주겠다고 말한 적은 없었다.

"원하는 것을 말해보게. 내 뭐든지 해줌세."

죽음이 눈앞에 다가오자 온충이 좀 더 비굴해졌다. 그러자 타유가 무심한 눈으로 온충을 보며 말했다.

"제상에 올릴 제물이 필요해."

"내, 내가 구해오겠네."

"보통의 제물로는 안 돼. 억울한 원혼을 달래야 하니."

"걱정 마시게. 내 세상에서 가장 풍성한 제물을 장만하겠네."

"아니, 그럴 필요 없어. 난 이미 적당한 제물을 찾았으니까."

팟!

타유의 검이 움직였다. 그러자 가슴 한쪽을 찔린 온충이 맥없이 쓰러졌다.

"고통은 없을 것이다. 내 말에 제대로 대답해 준 대가지. 그리고… 너무 억울해 마라. 결국 이 일에 관여한 모든 자가 언젠가는 제물이 될 테니까."

타유가 온충을 집어 들었다. 살수의 검에 당한 온충의 몸에선 피도 나오지 않았다. 기이한 살법이다. 천살문 최고의 살수라던 타유의 본모습이 드러나는 순간이다.

두 개의 봉분이 생겼다. 금석촌으로부터 하루 거리는 됨직한 야산의 양지바른 곳이다. 봉분 아래로 멀리 굽이치는 강이 보인다. 다시 반나절을 이동하면 운룡산이다.

타유는 청담의 시신을 운룡산으로 가져가지 않았다. 어린 청풍에게 죽은 아버지의 시신을 보여줄 수는 없었다.

대신 그의 검에 죽은 온충과 함께 금석촌에서 하루, 운룡산에서 배로 반나절 거리의 야산에 봉분을 만들었다.

"친구, 과연 이자가 자네의 길동무가 되어줄 수 있을까?"

타유가 온충을 묻은 봉분을 손으로 툭툭 두드리며 중얼거렸다. 청담과 온충은 살아서는 원수지간의 사람들이다. 그런데 타유는 온충을 청담과 나란히 묻어주었다. 제물이기도 하지만 또한 죽어서라도 청담에게 사죄하라는 의미기도 했다.

어쩌면 청담은 온충을 용서할지도 모른다는 생각이 들기도 했다. 청담은 뒤끝이 없는 사람이다. 온충의 죄를 그의 죽음으로 용서할 수도 있었다. 그렇게 된다면 둘은 저승 가는 길동무가 될 것이다.

"오랜 뒤에나 오겠네. 풍이는 잘 키우겠네. 다시 올 때는 풍이 제물을 들고 올 걸세."

*　　　*　　　*

무사 부안은 쉬지 않고 말을 몰았다. 그 덕에 명산 금강의 절경 같은 것은 즐길 여유가 없었다. 그의 앞쪽에는 네다섯 살로 보이는 사내아이가 앉아 있다. 아이는 먼 여행이 피곤한지 말 위에서 졸고 있었다.

"워!"

부안이 갑자기 말을 세웠다. 고개를 들자 멀리 수백 척 절벽 중간에 암자 하나가 보인다. 물어물어 찾아온 선사 묵철이 현재 머물고 있다는 암자다.

"꼭 계셔야 할 텐데."

벌써 여러 곳에서 허탕을 친 부안이다. 그러나 이번만큼은 예감이 좋았다.

"검산, 일어나거라. 이제 걸어야 할 것 같구나."

부안이 졸고 있던 강검산을 깨웠다.

第二章
불과 물

수선경

물이 안개를 일으킨다. 거대한 폭포가 만들어내는 소리가 우레보다도 크다. 천지가 무너져 내리는 듯하다. 그 소리에 맞춰 청풍이 숨을 쉰다. 차가운 물줄기가 그의 머리를 때려, 어린 몸을 쓰러뜨리려 했지만 청풍은 물줄기를 피하지 않는다.

어찌 보면 가녀리기 이를 데 없다. 물에 맞은 어깨가 벌겋게 달아오른다. 곧이라도 앞으로 고꾸라질 것 같았지만 청풍은 쓰러지지 않았다.

천 근의 폭포수를 맞고도 쓰러지지 않는 십여 세 어린아이의 존재가 세상에 알려지면 아마 그 또한 적지 않은 기사로 세상 사람들의 입에 오르내릴 것이다.

"저대로 두어도 괜찮을까요?"

폭포수 아래서 갈대처럼 흔들리는 청풍을 보며 상목혜가 물었다. 그러자 타유가 대나무 아래서 죽순을 자르다 말고 대답했다.

"하루 이틀이 아니지 않소. 저렇게 해야 마음이 편해진다니."

"그래도 어제 비가 와서 오늘은 다른 때보다 수량이 두 배는 되어요."

"놓아두시오. 수기를 타고 태어난 아이요. 물에 빠져 죽지는 않을 거요."

"그래도……."

타유의 말에도 상목혜는 못내 불안한 모양이었다. 그런 상목혜를 보며 타유가 가볍게 한숨을 내쉬었다. 청풍을 데려온 이후 두 사람의 생활은 온전히 청풍을 중심으로 이뤄졌다. 금석촌의 혈사를 겪은 청풍이 혹시라도 그 충격으로 인해 잘못될까 두 사람은 한시라도 마음을 놓지 못했다.

지성이면 감천이랄까. 청풍은 두 사람이 생각하는 것보다 어린 시절 겪은 혈사를 잘 이겨내는 듯 보였다. 아이는 건강했으며 밝았다. 두 사람에게 잘 웃어주었고, 또한 마치 두 사람 사이에서 태어난 것처럼 살가웠다.

그런데 그것이 전부는 아니었다. 청풍의 마음 깊은 곳에는 어려서 겪은 그 충격적인 혈란의 기억이 깊이 잠재해 있었다. 더군다나 눈앞에서 혈인이 되어가는 부모를 보았다는 것은 그 어떤 약으로 치유되지 않는 상처다.

그래서 가끔 청풍은 악몽을 꿨다. 악몽을 꿀 때마다 청풍의 몸은 땀으로 흠씬 젖었다. 그리고 그 다음 날은 웃지 않았다.

처음 그 모습을 보고 놀란 타유 부부가 청풍을 어르고 달래도 악몽을 꾼 다음 날은 전혀 웃음을 보이지 않는 청풍이었다. 그러다가 청풍 스스로 그 악몽의 충격에서 벗어나는 방법을 터득했다. 그건 바로 물에 들어가는 것이었다.

쏟아져 내리는 폭포수 아래서 한 시진 정도를 서 있고 나면 청풍은 악몽의 충격에서 벗어났다. 마치 과거의 모든 원한을 씻어낸 것처럼, 폭포 아래에서 나온 청풍은 다시 웃음을 되찾고, 타유 부부의 밝은 아들로 되돌아오는 것이었다.

그런데 그러한 청풍을 보며 한동안 마음을 놓았던 타유 부부가 어느 날부터인가 폭포수에 몸을 맡기는 청풍을 다시 걱정스럽게 보기 시작했다. 그들이 모르는 사이 청풍이 견뎌내는 물의 양이 점점 늘어나고 있었고, 그 시간도 점차 길어지고 있었던 것이다. 어린아이가 감당할 수 없을 만큼의 양과 시간이었다.

그건 곧 청풍의 마음속에 잠재된 과거에 대한 분노가 점차 커지고 있다는 것을 의미했다. 아마도 청풍은 나이가 들면서 과거 금석촌에서 무슨 일이 일어났던 것인지를 좀 더 명확하게 알아가고 있는 듯 보였다.

지나친 분노는 몸과 마음을 함께 상하게 한다. 살수로 살아온 타유는 누구보다도 그걸 잘 알고 있었다.

"후우……."

타유가 한숨을 내쉬었다.

"당신도 걱정이죠?"

한숨을 쉬는 타유를 보며 상목혜가 묻는다.

"음……. 마음의 병이 더 커질까 그것이 두렵소."

"방법이 없을까요?"

"결국 두 가지 중 하나지."

"두 가지 중 하나라고요?"

"응. 복수를 하든지, 용서를 하든지……."

"아……!"

상목혜가 나직하게 탄식을 흘렸다. 둘 모두 어려운 일이다. 금석촌의 혈사 이후 모가장은 그 이전보다 서너 배나 세력을 키워 최고의 성세를 자랑하고 있었다.

당대의 모가장을 여전히 표국으로 보는 강호인은 더 이상 없었다. 모가장은 사천과 귀주, 그리고 운남을 장악한 강호의 일대 거파로 성장해 있었던 것이다.

세력이 커질수록 모가장은 점점 알 수 없는 문파가 되어갔다. 여전히 그 장주는 모혼이었지만 사람들 사이에는 실질적인 주인이 따로 있다는 말도 돌았다.

어쨌든 그렇게 강력해진 모가장에 복수를 하는 일은 거의 결코 쉽지 않다. 하루아침에 될 일도 아니었다. 그러나 그렇다고 그들을 용서하는 일은 더 어려운 일이다. 인간은 그리 선한 존재가 아니지 않던가.

"용서가 쉬운 일인가요? 포기는 몰라도……."

　상목혜도 난주 호금장에 대한 복수심에 불타던 시절이 있었다. 그리고 그 일을 위해 자신의 몸까지 내놓지 않았던가. 그러니 당사자 입장에서는 용서라는 말을 함부로 꺼내 들 수 없음을 누구보다 잘 아는 상목혜였다.

　"쉬운 일은 아니지. 하지만 방법을 찾을 수도 있을 것 같긴 한데……."

　타유가 망설이며 입을 열었다.

　"무슨 방법이요? 용서할 수 있다면, 아니, 풍이 혈한을 잊고 평범하게 살 수 있다면……. 청 대협에게는 미안하지만 전 그 방도를 찾고 싶어요."

　상목혜가 얼른 말했다. 그러자 타유가 얼굴을 굳히며 물었다.

　"그러기 위해 풍을 떠나보낼 수 있소?"

　"예?"

　상목혜에게는 당혹스런 질문이다. 청풍을 만난 이후 상목혜의 삶은 청풍을 향해 있었다. 그런데 갑자기 청풍이 떠난다면 그녀의 삶은 공허 그 자체일 것이다.

　"어디로 보낸다는 거죠?"

　"고려로……."

　"고려요?"

　상목혜가 좀 더 놀란다. 고려라면 가까운 곳이 아니다. 수만 리 길이다. 도대체 그 먼 곳까지 떠나야 할 이유가 무엇인가. 그곳에 가야만 혈한을 잊을 수 있는 것일까? 아니, 그 먼 곳에

간다고 사람 마음속에 담겨 있는 혈한이 사라질까?

"왜 그곳으로 가야 한다는 거죠?"

상목혜는 총명한 여인이다. 타유가 그리 말할 때에는 반드시 그 이유가 있을 거라 생각한 그녀가 타유에게 물었다. 그러자 타유가 신중하게 말했다.

"당신에게 말하지 않은 것이 있소."

"그게 뭐죠?"

타유가 자신에게 비밀이 있었다는 것에 놀란 상목혜가 되물었다. 타유는 지금까지 상목혜에게 비밀이 없었던 사람이었다.

"음……. 그건 청담 그 친구의 일이기에 당신에게 말하지 않은 거요. 그러나 이젠 그 일이 청풍의 일이 되기도 했으니 말해도 상관없겠지. 우린… 청풍의 부모나 다름없으니까."

"말해보세요."

청풍의 일이란 말에 상목혜가 타유의 말을 재촉한다.

"내가 고려에 가서 만난 그 선사 있지 않소?"

"묵철 선사님이요?"

"맞소. 그 양반이 사실은 청담 그 친구의 사부라는 것은 알고 있을 거요."

"서로 인정하지 않은 사제 간이라고 했었죠?"

"음, 그렇소. 두 사람은 서로 스승과 제자라는 인연을 부인하지만 어쨌든 청담 그 친구에게 무공을 가르치고 또 강호로 내려 보낸 것은 묵철 선사니까."

“그런데 왜 다시 그 이야기를?”

“음, 두 가지 이유가 있소. 하나는 청담 그 친구가 그저 아무 일 없이 세상 유람이나 하자고 고려로 돌아가지 않고 중원에 남은 게 아니라는 것을 말하기 위함이오. 그는 묵철 선사에게 특별한 명을 받고 강호에 나온 사람이오. 그런데 그 일은 사람들이 모르게 행해야 하는 일이었기에 나 또한 그의 일을 입에 올리지 않은 것이오.”

타유가 슬쩍 상목혜의 눈치를 본다. 그러나 걱정할 필요가 없는 일이다. 친구 간의 비밀을 부부 간에 털어놓지 않았다고 타박할 상목혜가 아니다.

“예전에 그분이 따로 할 일이 있다고 말씀하신 적이 있었지요. 그 일이겠죠? 아무튼 그건 알겠어요. 청담 대협의 비밀스런 일이니 부부 사이라도 함부로 말할 수 없죠. 그런데 그분이 돌아가신 후에도 왜 그 일을 무엇인지 말하지 않은 거죠?”

“그건 좀 더 절실한 이유에서였소.”

“그게 무슨 말이에요?”

“난… 풍을 떠나보내고 싶지 않았기 때문에 묵철 선사가 청담 그 친구에게 명한 일을 당신이나 풍에게나 아예 말하고 싶지 않았던 거요.”

“그 일을 말하면 풍이 떠나야 하나요?”

“최소한 풍에게 선택할 기회는 주게 되겠지. 난 그 기회조차 주고 싶지 않았는데……. 내 욕심인 건지, 이젠 말해줘야 할 것 같소. 이대로 마음속에 한을 담고 사는 것은 위험한 일이니까."

타유가 한숨을 쉬며 말했다.

"그 명이란 게 어떤 거죠?"

"음, 그 친구가 받은 명은 묵철 선사의 제자가 될 자질이 있는 사람을 찾는 것이었소. 오행의 기운을 지닌 사람을 찾는 일, 모두는 아니더라도 두서너 개의 자질을 가진 사람. 또한 아주 우둔하거나, 혹은 뛰어난 지능을 지닌 사람을 찾아야 하는 것이 청담의 일이었소. 그리고 그 친구는 그런 자질을 지닌 사람을 찾았지."

"그게… 청풍인가요?"

상목혜의 얼굴이 하얗게 상기되었다. 운명의 힘이 그녀를 옥죄는 것 같았다.

"그렇소. 그러나 청담은 결국 청풍을 고려로 데려가지 않았소. 그는 이렇게 말했지. 가야 할 운명이라면 자신이 데려가지 않아도 결국 가게 될 것이라고. 그런데… 그 말이 맞은 것일까? 결국 고려로 보내야 하는 것일까?"

나중에는 혼잣말을 중얼거리는 타유다.

"묵철 선사께 가면 풍이 모가장에 대한 혈한에서 벗어날 수 있을까요? 과연 그들을 용서할 수 있을까요?"

상목혜가 따지듯 물었다. 그러자 타유가 대답했다.

"그건 나도 알 수 없소. 그러나 그는 평범한 중이 아니오. 자신을 죽이려던 날 살려주었소. 그것뿐이오? 날 자신을 위해 일할 사람으로 만들었소. 청담 그 친구 역시 그렇소. 그 친구는 본래 원에 항쟁한 고려 삼별초에 속해 있던 무사의 후손인데 덕분에 마음에 깊은 원한을 담고 사는 친구였소. 그런데 그가 어떻게 변했소이까? 진중하고, 가볍지 않으며, 원에 대한 원한으로 자신을 훼손하는 사람은 아니었지 않소? 그러니… 아마도 풍을 그에게 보내면 묵철 선사는 어떤 방법으로든 풍의 마음을 안정시킬 수 있을 거요."

"아, 그러나……."

상목혜의 낯빛이 파랗게 변했다. 청풍이 떠나서는 자신이 살 수 없다는 느낌이 드는 상목혜였다. 그런 상목혜를 타유가 불안하게 바라봤다.

사실 타유가 청풍을 데리고 고려로 가지 않는 다른 이유도 있었다. 그리고 그 이유야말로 어쩌면 가장 중요한 이유일 수도 있었다. 그런 바로 상목혜의 몸 때문이었다.

상목혜의 몸은 줄곧 나빠지고 있었다. 이젠 작은 충격에도 혈색이 변했고, 운룡산 정상에 오르는 일도 힘겨워했다. 난주에서 입었던 내상들이 시간을 두고 성을 내고 있었다.

이젠 약재로도 쇠약해진 기운을 다시 돋우기가 어려운 상황, 그런 상목혜에게서 청풍을 떼어낼 수 없었다. 그렇다고 일가족이 고려로 가자니 상목혜가 그 여행을 견딜 수 있을지 확신할 수 없는 타유였다.

그러나 이제는 결정을 해야 할 때다. 어떤 식으로든 청풍의 삶을 결정해야 한다. 그렇지 않는다면 청풍이 위험한 지경에 빠질 것이다.

"청풍에게 맡겨요."

상목혜가 굳은 얼굴로 말했다.

"나도 그리 생각하오. 어리지만 그래도 벌써 열 살이오. 자신의 생각을 말할 나이는 되었지."

타유도 상목혜도 알고 있었다. 청풍이 또래의 아이들보다 훨씬 일찍 철이 들었다는 것을, 그래서 이제는 자신의 삶을 결정할 시기가 되었다는 것을.

"고려요?"

상목혜가 넘겨주는 천으로 물기를 닦으며 청풍이 타유에게 되물었다.

"그래, 고려."

"거긴 왜요?"

열 살이라고는 해도 의젓해 보이는 태도와 말투다.

"그곳에 묵철이라는 선승이 계시다. 네 아버지의 스승이셨던 분이지. 그분을 찾아가지 않겠느냐?"

"그래야 할 이유가 있나요?"

청풍이 조금 꺼려하는 듯한 표정으로 물었다.

"언제까지 마음속에 화를 폭포수로 식히며 살 수는 없지 않느냐?"

타유의 말에 청풍의 표정이 어두워졌다. 숨기고 있어도 자신의 모든 것을 읽고 있는 타유다. 한참 동안 생각에 잠겼던 청풍이 타유에게 물었다.

“꼭 가야 하나요?”

그러자 타유가 고개를 젓는다.

“그건 아니다. 네가 결정할 문제지. 풍, 한 가지 묻겠다. 네 대답 여하에 따라 너의 행보가, 네 삶이 결정될 것이다.”

“말씀하세요.”

청풍이 천을 내려놓고 타유 앞에 공손히 무릎을 꿇고 앉았다. 다른 때는 모르지만 어릴 때부터 청담에게 배운 습관대로 가르침을 받을 때나 혹은 타유 부부가 진지한 말을 건넬 때는 항상 공손히 무릎을 꿇고 앉는 것이 청풍의 오랜 버릇이었다. 타유 부부는 그런 청풍이 불편해 보여 몇 번이고 편히 앉으라고 말해도 청풍의 버릇은 고쳐지지 않았다.

“네 가슴 깊이 도사리고 있는 분노를 푸는 방법은 두 가지다. 하나는 그들을 향해 복수의 검을 드는 것, 다른 하나는 그들을 용서하는 것! 둘 모두 어려운 일이다. 더 어려운 일은 그들을 용서하는 것이겠지. 복수의 검을 든다면 그 길에서 죽을지도 모르지만 그들을 용서하기 위해 겪어야 하는 마음의 고통은 겪지 않을 수 있을 것이다. 묻겠다. 어느 것을 원하느냐?”

타유가 묻자 청풍이 한참 동안 생각에 잠겼다가 되물었다.

“지금 대답을 해야 하나요?”

“그렇다. 이유는 네가 올해로 열 살이고, 이제 넌 두 길 중 하나를 택해 가야 하기 때문이다. 복수를 위해 무공을 수련하자면 지금부터는 검을 들어야 하고, 또 그들을 용서하는 길로 가겠다면… 그 또한 다른 수련이 필요할 것이다.”

"전… 복수를 하겠어요."

"그러냐?"

"네, 장부가 살부지원을 갚지 못한다면 어떻게 장부라 하겠어요."

"좋다, 그럼 또 하나를 묻겠다. 너는 내가 하는 말을 잘 생각해서 결정해야 한다. 이는 무척 어려운 결정이 될 것이다."

"네, 아버님!"

청풍이 대답했다.

"네게 천하제일의 무공을 가르쳐 줄 수 있는 사람이 있다. 그는 천하에서 가장 신묘한 무공을 지니고 있지. 그러나 그에게 무공을 배운다면 넌 복수의 길을 걷지 못할 수도 있다. 왜냐하면 그는 복수를 위한 검을 가르치는 사람이 아니기 때문이다. 또한 그가 네게 무공을 가르친다면 그건 네가 너의 사사로운 복수 말고 다른 일을 하길 원해서일 테니 그의 무공을 얻어 네가 복수의 길을 걷게 될 수 있을 거란 확신할 수가 없구나. 네 마음속의 살기를 모를 리 없는 그가 과연 네게 무공을 전수할지도 모르겠고……."

"그분이 바로 제가 고려로 가면 만나야 할 아버님의 스승이신가요?"

"그렇다."

타유가 고개를 끄덕였다.

"복수를 하고자 하면 그분의 가르침을 받지 못할 수도 있다는 말이군요."

"그렇다. 그 양반은… 사람의 마음을 읽는 사람이니 네 마음을 속일 수도 없을 것이다. 그러나 그의 가르침을 받게 되면 반드시 천하제일의 무공을 얻을 수 있겠지. 본래 너의 친부도 널 그분께 데려가야 하는지에 대해 무척 고민이 많았단다. 선승께서는 특별한 재능을 지닌 제자를 원했고 그 제자를 찾기 위해 강호로 네 아버님을 보냈다. 그 이전에도 몇 명의 사람이 그분의 명을 받고 강호로 나갔지."

"제가 그분이 원하는 특별한 재능을 지녔다는 건가요?"

역시 청풍의 머리는 명석하다.

"그렇단다. 넌 수기와 화기를 동시에 지니고 있어. 그런 체질은 세상에 흔치 않지. 더군다나 넌 명석하다. 또한 무공을 익힌 내 눈으로 볼 때 근골도 훌륭해. 넌 선사가 찾는 사람에 가깝다."

타유가 확신하듯 말했다. 그러자 청풍이 가만히 고개를 끄덕였다. 그러다가 고개를 들며 다시 물었다.

"만약 제가 그분을 찾아가지 않으면 어떤 무공을 익힐 수 있나요?"

"또 다른 좋은 스승을 찾는 것은 쉬운 일이 아니다. 더군다나 모가장과 맞서려는 제자를 키울 자는 거의 없겠지. 네가 고려로 가지 않겠다면, 그러면서도 복수의 길을 걷겠다면 내일부터 내가 널 가르칠 것이다. 난 아마도 네게 무척 고된 수련을 시킬 것이다. 이 아비가 수련한 무공은 모두 살법이다. 물론 고려에서 묵철 선사의 가르침을 얼마간 받아 검에서 살기가 많이 빼냈다고는 해도 결국 살검은 살검이지."

타유의 말에 청풍이 다시 묻는다.

"아버님이 남기신 무공은요?"

"네 몸을 튼튼하게 하고 진기를 모으는 데는 무척 유용할 것이다. 네 친부가 어려서 네게 가르쳐 준 그 호흡법은 아마도 고려의 그 선사에게서 나온 것일 텐데 내가 알기로 네 친부는 그 나이대의 강호인 중에서는 견줄 바가 없는 내공을 지니고 있었다. 나의 무공과 너의 심공이 상충될 수도 있겠지만 그것이야 무공을 수련하며 조금씩 맞춰 가면 될 것이고……. 그런데 가장 큰 문제는 따로 있다."

"그게 뭔가요?"

"내가 가르치는 무공으로는 모가장을 상대하기가 어렵다는 점이다. 겨우 몇 사람 은밀히 잡아 죽이는 것은 몰라도……."

타유가 미안한지 말꼬리를 흐렸다. 그러자 청풍이 가만히 생각에 잠겼다가 단호하게 입을 열었다.

"그래도 전 어머니와 아버지 곁을 떠나지 않을래요."

상목혜의 얼굴에 웃음이 떠오른다. 반면 타유의 표정은 하늘을 이고 있는 사람처럼 무거워졌다.

타유는 최근 통 잠을 자지 못했다. 상목혜와 청풍이 잠든 후에도 늦은 새벽까지 마당을 서성이거나 혹은 상목혜가 난주 상가장의 시절을 그리워하는 것을 보고 그녀를 위로하기 위해 만든 작은 오두막의 서재에서 밤을 새기 일쑤였다.

그의 밤이 고되진 것은 청풍이 무공 수련을 시작한 이후였다. 가끔은 배우는 사람보다 가르치는 사람이 힘겨울 때가 있다. 특히나 배우는 사람의 자질이 스승을 능가할 정도로 뛰어날 때에는 가르치는 사람의 부담은 더욱 배가 되게 마련이다.

지금 타유의 처지가 꼭 그랬다. 청풍은 모두의 예상대로 무재였다. 물론 어려서부터 청풍을 키우며 아이의 범상함을 모르지 않았지만 본격적으로 무공을 수련시키기 시작하자 타유는 자신이 과연 청풍을 감당할 수 있을지 걱정되기 시작할 정도였다.

무공에 대한 이해는 열 살 아이의 그것을 훨씬 뛰어넘었고, 몸은 유연하면서도 강인했다. 더군다나 천 근 폭포의 수압을 견뎌내던 끈기까지 있으니 무공을 수련하기에 더없이 좋은 자질을 지닌 청풍이었다.

좋은 흙을 얻은 도공이 일대명품의 도자기를 굽기 위해서는 신중에 신중을 기할 수밖에 없다. 하물며 청풍은 사람이다. 사람을 키워내는 일이 도자기 굽는 일에 비할 바가 아니다.

타유가 스스로의 부족함을 자책하며 밤을 새는 일은 너무도 당연한 일이었다. 더군다나 청풍은 보통의 제자가 아니다. 타유와 상목혜의 모든 삶이 청풍으로 이뤄지지 않았던가.

"후우……. 어렵구나."

타유가 초가를 벗어나 강이 내려다보이는 작은 공터에서 소나무 줄기를 잡고 중얼거렸다. 막상 무공을 가르치기 시작했지만 몇 가지 호흡법과 보법 구절을 전해주는 것 말고는 본격적인 도검의 수련에는 진입하지 못하고 있었다.

타유가 소나무를 놓고 다시 주변을 서성이기 시작했다. 그러다가 문득 아주 어릴 때 천살문주 홍암이 자신과 어린 살수의 재목들을 매몰차게 몰아치며 했던 말이 생각났다.

"가장 좋은 검은 벤다는 것에 충실한 검이다. 일체의 허식이 배제된 검, 오직 베는 것에 정신과 몸, 그리고 검이 몰두되었을 때 가장 강력한 살검이 나온다. 상대를 베야 내가 산다. 그 하나만을 기억하고 다른 모든 것은 잊어라. 그리고 모든 심력을 상대를 베는데 집중하라. 그리하다 보면 빛의 빠름을 얻을 수도 있다."

홍암이라는 사람은 타유와 악연으로 맺어진 사람이지만 돌이켜 보면 그가 가르쳤던 무공들까지 거짓은 아니었다. 그는 잔인하게 자신들을 몰아붙였지만 그 수련의 효과는 확실한 것이었다. 그러니 스승으로서는 그리 나쁜 사람이 아니었다.

"결국 그를 따라가야 하는가?"

타유가 중얼거렸다. 사람은 결국 자신이 배운 대로 가르칠 수밖에 없다. 타유가 청풍을 가르치는 방법은 결국 천살문의 살법 수련과 비슷할 수밖에 없었다. 그러다가 문득 다시 묵철 선사의 말이 떠오른다.

"하나에 집중해 주위를 보지 못하면 엉뚱한 곳에 자신의 힘을 낭비하게 된다. 하나의 검으로 하나의 목표만을 상대하는 것은 고수의 할 일이 아니지. 그대는 고수이나 힘을 낭비하는 경향이 있어. 하나의 목표를 베는 살수로서는 최선일 수도 있으나 세상일이 어디 그런가. 꼭 필요한 만큼의 힘을 내고 나머지 힘으로 주변을 살피는 연습을 하게. 그래야 활검을 얻을 수 있어. 활검이 다른 것인가? 사람을 지키는 것이 곧 활검이지. 검은 상대를 베는 일에만 쓰는 것이 아니야. 누군가를 지키는 일에도 쓰게 되지. 더불어 그리되면 검이 스스로 자유로워지면서 검 스스로 힘을 지니게 될 걸세. 그 순간이 되면 자네가 쓰는 힘의 삼분지일도 필요치 않을 거야."

묵철 선사의 몇 마디 충고는 살법만을 수련한 타유를 무인으로 만들었었다. 그 말들 중에서도 천살문주 홍암의 가르침과 정면으로 배치되는 이 가르침은 타유에게 많은 것을 깨닫게 해준 가르침이었다. 꼭 무공에서만이 아니라 세상을 살아가는 일에 있어서도…….

"풍을 살귀로 만들 수는 없는 일이니. 수련은 독하게, 검은 자유롭게 해야겠지. 그래, 천살문이 살검에 묵철 선사의 가르침을 가미한 검공을 하나 만들어야겠어. 살수가 아닌 무인으로 키워야 하니까. 그리고 내 수련도 다시 시작되어야겠지. 풍에게 가르치기 전에 내가 확인을 해봐야 하니."

타유가 천천히 고개를 끄덕였다.

*　　　*　　　*

"헉헉!"

청풍의 입에서 거친 숨소리가 흘러나왔다. 그러나 앞에서 걷고 있는 타유는 묵묵히 자신의 길을 갈 뿐이다. 다른 때라면 여러 번 뒤돌아와 청풍을 부축했을 타유지만 오늘은 전혀 청풍을 돌보지 않는다. 어린 청풍은 그런 타유를 원망하지 않았다. 이것이 수련의 하나라는 것을 청풍은 어렴풋이 짐작하고 있었다.

이른 아침 청풍을 깨운 타유가 갑자기 사냥을 가자고 했을 때, 청풍은 직감으로 아버지가 정식으로 수련을 시작했다는 것을 알아챘다.

"힘이 드냐?"

타유가 청풍을 돌아보고 말을 건넨 것은 그들이 운룡산 동쪽 높은 산봉우리 정상에 섰을 때였다.

"괜찮아요."

청풍이 대답했다. 그러자 타유가 한 번 고개를 끄덕인 후 손을 들어 산봉우리에서 이십여 장 아래쪽의 숲을 가리켰다.

"잘 살펴보거라."

그러고는 다시 입을 닫는 타유다. 청풍은 타유의 말대로 숲을 살피기 시작했다. 그러나 어떤 특별한 것도 발견할 수 없었다. 근 일각을 살핀 후 청풍이 고개를 저으며 말했다.

"모르겠어요. 뭘 찾아야 하는 거죠?"

그러자 타유가 입을 열었다.

"이 세상에 살아 있는 모든 것, 사람이든 동물이든, 나는 새
든 혹은 물속에서 사는 물고기조차도 자신이 지나간 길에 흔
적을 남긴다. 그 흔적을 찾아내는 것으로 수련을 시작하겠다.
그래서 난 네 수련의 첫 번째를 그 흔적들을 찾는 것으로 시작
하려 한다. 물론 그동안 네게 호흡법과 몸을 단련하는 법을 가
르치기는 했으나 그것은 마치 이른 봄 쟁기로 땅을 가는 것과
같은 일이다. 무공를 수련하기 위해 몸을 튼튼히 만드는 일들
인 거지. 이제부터는 그 밭에 씨를 뿌리겠다. 오늘이야말로 네
게 처음 나의 무공을 전하는 날인 것이다. 무슨 말인지 알겠
지?"

"예, 잘 알겠어요."

청풍이 고개를 끄덕인다.

'총명한 아이다.'

타유가 다시 한 번 가슴이 무거워진다. 감당할 수 있을까란
의문이 다시금 든다. 그러나 이내 타유도 마음을 다잡았다. 시
작한 이상 최선을 다하면 된다.

"동물의 흔적을 찾는 일로 시작해 끝에는 사람의 흔적을 찾
게 될 것이다. 사람이 남긴 흔적에는 무척 많은 것이 담겨 있
다. 그 사람의 키와 몸무게, 나이, 무공의 고하… 더불어 그 사
람의 성정까지……. 그것들을 알게 되면 그를 상대하는 데 훨
씬 유리하게 되지."

타유의 말에 청풍이 다시 고개를 끄덕였다. 무공 수련에 대
한 열망이 청풍의 눈을 통해 드러난다.

"자, 이제 내려가서 저 숲에 어떤 놈이 숨어 있는지 가르쳐주마. 난 지금까지 그놈의 흔적을 따라온 것이다. 이번에 나와 함께 그 흔적을 살피고 나면 다음번에는 너 혼자서도 놈을 추격할 수 있을 것이다."

"알았어요."

청풍의 대답에 타유가 청풍의 머리를 한 번 쓰다듬고는 앞서서 봉우리를 내려가기 시작했다.

크르르!

사나운 맹수의 으르렁거림이 들린다. 청풍은 긴장한 듯 타유의 뒤를 바싹 따랐지만 타유는 아무런 두려움 없이 소리가 나는 쪽으로 걸음을 옮겼다.

그리고 한순간 큰 절벽 사이에서 이쪽을 노려보고 있는 거대한 멧돼지가 모습을 드러냈다.

"정말 커요. 아버지 말씀이 사실이었어요. 족히 오백 근은 나가겠어요."

청풍이 놀란 얼굴로 소리쳤다.

"놈의 발자국 크기와 그 깊이를 봐야 하는 이유를 알겠지?"

"예, 알겠어요."

"좋아. 그럼 한 가지 더 보여주마. 잘 보거라."

타유가 청풍에게 당부를 하고는 천천히 앞으로 걸어 나갔다. 그런데 그 순간 청풍은 갑자기 타유가 전혀 다른 사람처럼 느껴졌다. 그의 몸에서 온기가 사라지고 차가운 한기가 흐른다. 부드럽던 타유의 어깨와 등은 단단한 암석처럼 다가온다.

청풍이 자신도 모르게 걸음을 멈췄다. 낯선 타유의 모습에서 한 가닥 두려움조차 느껴지는 청풍이다.

꿀꺽!

청풍이 침을 삼켰다. 어느새 타유눈 거대한 멧돼지가 삼 장 안쪽까지 접근해 있었다. 멧돼지가 곧이라도 타유를 들이받을 것처럼 성을 내며 앞발로 땅을 긁어댔다. 그런데 한순간 기이한 일이 벌어졌다. 타유가 성난 멧돼지가 향해 불쑥 검을 들이밀자 성을 내던 멧돼지가 벌벌 떨고 몸을 움츠렸다.

타유의 검이 자신의 코앞까지 다가왔지만 멧돼지가 반항할 기미를 보이지 않았다. 오히려 눈을 감고 죽음을 기다리는 듯 보였다. 타유의 검이 그런 멧돼지가 바로 앞까지 다가가 멈췄다. 멧돼지가 몸이 사시나무 떨리듯 떨렸다.

그러던 한순간 타유가 검을 거둬들이며 훌쩍 뒤로 물러났다. 타유와 멧돼지가 거리가 다시 십여 장 밖으로 벌어졌다. 그러자 멧돼지가 번쩍 눈을 뜨더니 이내 절벽을 타고 옆으로 도망가기 시작했다. 타유가 도망가는 멧돼지가 일별하고는 청풍의 곁으로 다가왔다.

"보았느냐?"

"네, 그런데 잡지 않으세요?"

멧돼지가 살려 보낸 타유는 다시 본래의 온화한 그로 돌아와 있었다.

"잡아서 무엇하게. 우리가 먹기에는 너무 크지 않더냐?"

“그렇긴 해요……”

청풍이 고개를 끄덕였다.

“그것보다 멧돼지가 모습을 보았느냐?”

“네. 그런데 정말 어떻게 된 거죠? 왜 멧돼지가 처음처럼 반항하지 않은 거죠?”

청풍이 호기심이 동한 표정으로 묻자 타유가 대답했다.

“그게 바로 기세라는 거다. 난 잠시 살기를 일으켰다. 너도 아비가 과거 살수였다는 것을 알고 있지?”

“네.”

“살수의 살기란 보통 사람과는 달라서 짐승조차도 그 살기를 감당하기 어려운 법이다. 놈은 내 살기에 기세가 꺾인 거야. 일단 기세가 꺾인 짐승은 죽음을 기다릴 뿐 반항하지 못한다. 그건… 인간도 마찬가지다. 이 사실을 명심해라. 생사를 건 싸움에 임해선 무공의 고하도 중요하지만 그보다 더 중요한 것은 기세다. 세상에 죽음이 두렵지 않은 사람이 없고, 도검이 무섭지 않은 사람이 없다. 그러나 그 두려움과 무서움을 견뎌내고 그보다 더한 투기를 일으킬 수 있다면 결국 싸움에서 이기게 될 것이다. 이 이치를 명심하거라.”

타유의 말에 청풍이 또렷한 눈동자가 타유를 보며 고개를 끄덕였다.

“알겠어요. 하지만… 겁이 나는 건 어쩔 수 없다는 거군요. 단지 견뎌내는 것일 뿐이라는 거네요.”

“그렇단다. 많은 사람이 어떤 사건이나, 혹은 사람에게 겁을 집어먹게 되면 의기소침해지고 용기없는 자신을 부끄러워하게 된다. 그러나 그건 부끄러운 일이 아니야. 인간은 하나 예외 없이 누구나 두려움을 느낀다. 그러므로 인간은 선천적으로 약한 존재야. 그런 인간을 강하게 하는 것은 그 두려움 속에서도 자신의 본래 모습을 지켜내는 의지다."

한 순간 타유의 눈빛이 강렬하게 빛났다. 그러고는 그 시선으로 청풍을 응시하며 말을 이었다.

"그 의지로 두려움을 견디며 자신이 할 일을 해내는 사람이 강한 사람인 거다. 그 의지라는 것을 선천적으로 타고 태어나는 사람도 있지만 또한 삶이나 수련을 통해서 얻어내는 사람도 있다. 그 의지를 가지고 두려움 속에서도 자신이 가지고 있는 모든 능력을 발휘할 수 있다면 그런 사람을 강한 심장을 가진 자라 할 수 있을 것이다."

"알겠어요. 저도 그런 심장을 갖도록 노력할게요."

"넌… 이미 가지고 있는지도 모르지."

"네?"

"네가 겪은 그 혈난이 네게 그런 심장을 갖게 했을 수도 있다는 말이다. 아무튼 그건 두고 볼 일이고. 이제 내일부터는 네가 녀석들을 찾아내어 추적해 보도록 하거라. 시간이 얼마나 걸리든 끈기있게 추격하다 보면 오늘처럼 쫓김을 당하는 놈들이 기다리고 있을 때가 있을 것이다. 그때가 바로 사냥을 할 때지. 사냥꾼의 입장에서는 말이다."

"알았어요."

청풍이 작은 입술을 깨물며 고개를 끄덕였다. 그렇게 소년 청풍의 무공 수련이 시작되었다.

*　　*　　*

어느덧 세월이 흘러 청풍의 나이는 열다섯 살이 되었다. 무공을 수련한 지도 어느덧 오 년, 그동안 타유는 청풍에게 네 가지 무공을 수련시켰다. 물론 살수로서 감당해야 하는 체력과 인내심을 기르는 수련은 아침저녁 밥을 먹듯 빠지지 않고 이어졌다.

그러나 타유가 청풍에게 기대하고 있는 것은 살수로의 청풍이 아니다. 청풍을 살수가 아닌 대범한 무인으로 만들기 위해 타유는 최선을 다하고 있었다.

그리하여 그가 선택한 무공은 네 가지였다. 그중 제일은 청풍이 어려서부터 수련해 온 등천심공이다. 등천심공은 죽은 청담이 선사 묵철에게서 전수받은 것으로 타유가 감히 상상할 수 없는 경지의 신공이었다.

처음 타유는 등천심공을 수련하는 것이 자신이 청풍에게 전수할 무공들과 상충되어 문제를 일으키지 않을까 걱정했지만 등천심공은 다른 무공들과도 무리없이 섞여들었다. 그 하나만으로도 등천심공이 타유가 수련한 흑밀공과는 차원이 다른 신공임을 알 수 있었다.

더군다나 같은 나이 또래였던 청담의 경우 타유에 비해 그

공력이 월등히 높았었다. 해서 타유는 등천심공이 청풍에게 자신이 원하는 경지에 이를 수 있는 좋은 기회를 제공할 것이라 기대하고 있었다.

그렇게 타유가 생각하는 청풍의 제일무공으로 등천심공은, 청담이 어린 청풍에게 전한 신공이니 사실대로 보자면 그것은 타유가 전한 무공이라고 할 수 없었다. 그리하여 타유가 청풍에게 실질적으로 전한 첫 번째 무공은 흑밀공이었다.

흑밀공은 천살문의 독문 내가기공으로 진기를 모으는 법은 물론 체내의 진기를 특별한 방법으로 일주천시켜 몸을 유연하게 만드는 효용을 지닌 신공이었다.

등천심공과 견주자면 흑밀공의 축기에 대한 효용은 도저히 등천심공과 비교할 수 없었다. 그래서 처음 타유는 등천심공을 수련하고 있는 청풍에게 흑밀공까지 전수하는 것이 과연 필요할까 고민했으나 결국 흑밀공을 전하기로 결정했다.

그 이유는 그가 전수할 나머지 무공들이 몸을 유연하게 만드는 흑밀공의 운기법이 바탕이 되어야 완벽하게 시전이 가능한 무공들이기 때문이었다.

등천심공과 흑밀공은 모두 진기를 다스리는 운기법인 데 비해 타유가 전수한 나머지 두 개의 무공은 하나의 신법과 하나의 검법이었다.

그중 귀영팔보라는 신법은 천살문이 자랑했던 신법으로 천살문이 강호에서 명성을 얻은 이유 중 칠 할은 오로지 이 귀영팔보라는 신법 때문이라 해도 과언이 아니었다.

　귀영팔보는 여덟 개의 기이한 발동작을 뒤섞어 육십네 번의 변화를 일으키는 신법으로 일단 신법에 통달하게 되면 사람의 육신은 사라지고 오로지 그림자만 남게 되는 강호의 일대절기라 할 수 있었다.

　타유는 청풍에게 네 가지 무공을 전수하면서도 특히 이 귀영팔보의 전수에 심혈을 기울였다. 그 이유는 간단했다. 귀영팔보만 극성으로 익힌다면 청풍이 어떤 위기에 빠진다 해도 자기 한 목숨을 살려 나올 수 있는 구명절초가 될 것이기 때문이었다.

　등천심공과 흑밀공, 그리고 귀영팔보에 뒤이어 가장 늦게 타유가 전수한 무공은 야천구검(夜天九劍)이라는 검법이었다. 야천구검은 본래 세상에 존재하는 검법이 아니다. 야천구검은 타유 스스로 창안해 낸 검법이었다. 그렇다고 타유가 과거 청담처럼 스스로 초식을 창안해 낼 만큼의 검의 경지에 오른 고수는 아니었다.

　야천구검의 뿌리는 천살문의 천살검에 있었다. 타유는 그 천살검에 선사 묵철이 조언으로 깨달은 무리를 더해 야천구검이라는 독특한 아홉 초식의 검법을 만들어내 청풍에게 전수했던 것이다.

　야천구검을 만든 타유의 목적은 하나였다. 청풍이 살수의 검이 아니라 무인의 검을 얻기를 바라는 마음, 청풍이 살수가 아니라 한 명의 무인으로 성장하기를 바라는 마음에서 밤낮을 새워 만들어낸 것이 야천구검이었다.

　그러나 그 뿌리를 속일 수 없어서 야천구검은 무척 살기가 강한 검법이었다. 덕분에 야천구검을 수련하는 와중에 청풍은 여러 번 스스로의 검에 상처를 입는 일을 당하곤 했다.

　상목혜는 가끔 그런 위험한 검법을 청풍에게 전수한 타유를 원망했지만 청풍은 오히려 야천구검에 담겨 있는 그 치열함이 좋다면서 야천구검의 수련에 매달렸다. 그래서 수련 오 년째로 접어드는 지금에 와서는 이제 야천구검을 수련하면서 자신의 몸을 베는 일이 없어진 청풍이었다.

　본래 운룡산은 산이 깊기는 하지만 호랑이가 살지 않았는데 언제부턴가 산속의 동물들이 맹수에게 당하는 일이 벌어지기 시작했다. 타유는 운룡산과 동쪽으로 이어진 산맥을 타고 호랑이가 들어온 것이라 생각해 호왕을 사냥할 계획을 세웠다.

　타유가 이러한 마음을 먹은 것은 산속의 동물들이 죽어 나가는 점도 한 이유지만 청풍과 타유 두 사람이 수련을 나갔을 때 집에 홀로 남게 되는 상목혜를 위한 것이기도 했다.

　가끔 민가에서도 호랑이에게 변을 당하는 일이 생기고 있었으므로 외떨어진 타유의 초가에 호랑이가 출몰하지 말란 법이 없었다.

　그런데 이런저런 이유로 운룡산에 나타난 호랑이를 사냥하기로 결심한 타유에게 청풍이 자신이 직접 대호를 사냥하겠다고 나섰다. 타유와 상목혜는 깜짝 놀라 호랑이 사냥은 멧돼지가 사냥하는 것과는 전혀 다른 문제라며 말렸다.

비록 청풍이 뛰어난 자질로 타유가 전수한 무공들을 빠르게 수련해 나가고 있지만 이제 겨우 열다섯의 소년이다. 더군다나 타유와 상목혜의 눈에는 그에 대한 애정으로 나이보다 더 어려 보이는 청풍이었다. 그런 청풍에게 대호 사냥을 맡기는 것은 쉬운 일이 아니었다.

그러나 청풍은 자신의 결심을 고집했다. 일단 마음을 굳히면 청풍을 말릴 사람은 없었다. 청풍은 여러 이유를 대며 타유와 상목혜를 설득했다. 그래서 결국 두 사람은 삼 일 만에 청풍의 대호 사냥을 허락할 수밖에 없었다. 대신 타유가 청풍의 뒤를 봐주는 조건이었다.

"등천심공, 흑밀공, 귀영팔보(鬼影八步), 야천구검(夜天九劍)! 이것들이 과연 풍을 모가장을 상대할 수 있는 고수로 만들어줄 수 있을까?"

타유가 이십여 장 뒤에서 청풍의 뒤를 쫓으며 중얼거렸다. 산에서 자라 짐승처럼 날랜 청풍이었지만 살수 타유의 눈에서 벗어날 수는 없었다. 청풍은 벌써 오 일째 호왕(虎王)을 뒤쫓고 있었다.

타유는 청풍의 뒤를 쫓으면서 내심 크게 놀라고 있었다. 호랑이의 흔적을 찾아내는 청풍의 눈과 대호와 서서히 거리를 좁히는 청풍의 빠름은 그가 예상했던 것보다 훨씬 훌륭했다.

열다섯의 소년 청풍은 어느새 타유가 생각했던 어린아이가 아니었던 것이다. 그리하여 타유는 자신이 전수한 네 개의 무공이 언젠가는 청풍을 자신이 생각했던 것 이상의 경지로 이

끌 것이라는 기대에 가슴이 뭉글거렸다.

문득 청풍이 걸음을 멈췄다. 자연스럽게 타유의 걸음도 멈췄다. 청풍이 고개를 숙여 땅을 살피더니 이번에는 허리를 들어 산 중턱에 위치한 무성한 침엽수림을 응시했다. 그러면서 자연스럽게 그의 허리춤에 매달린 검을 빼 드는 청풍이다.

"녀석, 결국 찾아냈군."

타유가 대견한 목소리로 중얼거렸다. 그가 보기에도 청풍의 시선이 닿은 숲에 호왕이 머물러 있는 것이 분명했다. 몇 시진 전부터 호왕의 발자국에서 젖은 흙이 보이기 시작했다.

그건 호왕이 아주 가까운 곳에서 자신을 쫓고 있는 청풍의 존재를 알아채고 그 움직임을 살피며 이동하고 있다는 의미였다.

호랑이는 영물이다. 아마도 놈은 청풍을 깊은 숲으로 끌어들여 오히려 자신이 청풍을 사냥할 생각을 하는 게 분명했다.

"조금 가까이 가야겠군."

지난 며칠간 청풍의 뒤를 따르면 청풍이 호왕을 사냥할 충분한 능력이 있음을 확인한 타유였지만 그래도 만약을 대비하지 않을 수는 없었다. 인생이란 항상 예상치 못한 일들이 벌어지게 마련이니까.

"이번에 호왕을 잡는다면 풍의 무공은 다시 한 단계 진보하게 될 것이다. 그리되면 이젠 나와 비무를 할 수 있겠지."

타유가 속도를 높였다.

그르릉…….

맹수의 눈에 살기가 돈다. 핏줄이 선 것을 보니 추격자에 대한 분노가 보통이 아닌 듯 보였다. 아니면 모습을 드러낸 추격자가 생각보다 어리자 오랜 도주로 주린 배를 채울 먹잇감이 나타난 것에 흥분했을 수도 있었다.

청풍은 검을 들어 대호를 겨누며 한 걸음 한 걸음씩 앞으로 나아갔다. 두려움이 없는 것은 아니었다. 그러나 어떤 싸움이든 기세를 잃으면 안 된다는 타유의 가르침 때문에 청풍은 두려움을 밖으로 드러내지 않고, 오히려 그 이상의 강렬한 투기를 흘려내며 대호를 압박했다.

사냥이 가능한 먹잇감으로 보았던 청풍이 예상치 못한 기세에 단숨에 청풍을 덮칠 것 같던 대호도 신중한 모습으로 돌변했다. 머리는 땅에 붙을 듯 바싹 낮아졌고, 눈동자는 기회를 찾아 연신 번들거렸다.

서서히 해가 지고 있었다. 대호의 눈동자에 노을이 깃들어 더욱 붉게 보였다.

청풍과 대호의 거리가 오 장 안쪽으로 가까워졌다. 사나운 맹수라면, 혹은 무공을 수련한 고수라면 한 번의 도약으로 공격할 수 있는 거리다.

그르륵!

대호가 앞발로 땅을 긁었다. 길게 쇠스랑으로 긁어댄 것 같은 흔적이 남는다. 공격을 하겠다는 신호다. 그러나 청풍은 여전히 걸음을 멈추지 않았다. 정지하는 순간 싸움의 기세는 대호 쪽으로 넘어갈 것이다. 그렇게 되면 심산의 영물 대호와의 승부가 어려워질 수도 있다.

이렇게 계속해서 대호를 압박해 대호가 자신의 모든 힘을 발휘할 기회를 갖지 못하게 해야 한다. 이는 타유로부터 누누이 배운 살수행의 기본 행보이기도 했다.

크앙!

대호가 산이 떠나갈 듯 포효하며 땅을 박찼다. 검은 흙의 대호의 발끝에 패여 사방으로 튀어져 나갔다. 대호의 앞발이 청풍의 머리를 가격했다.

웅!

전장의 장수가 백 근의 철퇴를 휘두르는 것 같은 파공음이 인다. 순간 청풍이 귀영팔보를 밟았다. 그러자 대호의 바로 앞에서 청풍의 모습이 사라졌다.

크앙!

사라지는 청풍의 그림자를 보고는 대호가 다급하게 앞발을 휘둘렀다. 그러나 이미 청풍의 모습은 사라지고 없었다. 대호의 신형이 허공에서 활처럼 휘었다. 보통의 맹수라면 절대 보일 수 없는 동작이다. 그러나 아무리 영물이라도 신법을 수련한 고수의 움직임을 따를 수는 없다.

쿵!

청풍이 어깨로 강하게 대호의 옆구리를 밀었다. 어느새 청풍은 대호의 배 아래에서 솟구쳐 대호의 왼쪽 옆구리에 나타났던 것이다.

크앙!

대호가 다시 한 번 포효한다. 그러나 이번에는 상대를 위협하기 위해 내지른 포효가 아니다. 자신의 모든 진기를 끌어 모아 어깨로 호랑이를 들이친 청풍의 공격에 대호의 갈비뼈 몇 개가 부러져 버려 그 고통에 지르는 비명 소리였다.

크륵크륵!

대호가 청풍에게 밀려 뒤로 물러나며 연신 낮은 으르렁거림을 흘렸다. 그러나 그 기세는 처음의 그것과는 비교할 수도 없다.

"이곳은 처음부터 네 땅이 아니었어."

청풍이 대호를 향해 달려들었다. 대호가 풀쩍 허공으로 뛰어올랐다. 그러면서도 본능적으로 달려드는 청풍을 향해 다시금 휘둘렀다. 순간 청풍이 대호의 공격을 피하며 검으로 날카롭게 대호의 이마를 갈랐다.

팟!

크앙!

이번만큼은 대호의 입에서 비명이 터져 나왔다. 더불어 대호의 양 미간 사이에서 붉은 피가 튀었다.

크앙, 크앙!

커다란 호랑이 입에서 고양이 울음 같은 소리가 흘러나왔다. 죽음 앞에서는 맹수의 사나움도 사라진다. 오로지 살기 위한 애절한 본능이 남을 뿐이다. 급소를 베인 대호는 이제 영물도 사나운 맹수도 아니다. 그저 고통과 죽음에 대한 두려움으로 떠는 한낱 미물일 뿐이다.

"일찍 죽여주는 것도 널 위해 좋겠지."

청풍이 검을 들었다. 다시 한 번 깊숙이 급소에 검을 찔러 넣으면 대호는 고통없이 죽을 것이다. 그러한 죽음은 사냥꾼이 베풀 수 있는 최고의 호의다.

그런데 막 청풍이 검을 대호의 정수리에 찔러 넣으려는 찰나 타유가 그의 검을 막았다.

"기다리거라."

갑작스런 타유의 만류에 청풍이 의아한 표정으로 뒤를 돌아보았다.

"왜요? 죽이지 말아요?"

"그래, 죽이지 말거라."

"하지만……."

"물러나 있거라."

타유의 말에 청풍이 의문스런 표정을 지으면서도 대호에게서 물러났다. 그러나 타유가 품속에서 금창약을 꺼내 들고 대호 앞에 쪼그려 앉으며 입을 열었다.

"이곳이 네 땅이 아님을 알겠지?"

마치 철없는 아이 어르듯 말하는 타유다. 그러면서도 그의 손이 대호의 이마에 난 상처에 금창약을 바른다.

금창약은 천살문 살수들이 살행에 나설 때 필히 지참하는 것으로 오랫동안 그들 사이에서 전해진 비방으로 만들어 그 효험이 무척 좋았다. 덕분에 대호의 이마에 난 상처에서 흐르던 피가 금세 멎었다.

"크릉!"

대호가 말을 알아들었는지 혹은 상처에 발린 금창약에서 전해지는 통증 때문인지 낮은 울음을 흘린다.

"이곳은 네가 살기에는 너무 작은 땅이다. 멀리 심산유곡으로 돌아가거라. 왜 네가 운룡산까지 왔는지 모르지만 너와 같은 영물이 머물 곳은 아니다. 내 말 알아듣겠느냐?"

타유의 물음에 대호는 답이 없다. 영물이라도 금수는 금수, 사람의 말을 알아들을 리 만무하다. 그러나 사람이든 동물이든 진심은 통하게 된다. 대호도 타유의 진심을 눈빛으로 알아채고 있는 듯 보였다.

탁!

타유가 대호의 등을 쳤다.

"가거라, 네가 본래 살던 곳으로. 이곳은 우리 부자의 땅이다."

타유의 호통에 대호가 언제 부상을 입었었냐는 듯 벌떡 일어나더니 나는 듯이 숲 속으로 달려가기 시작했다. 그리고는 이내 타유와 청풍의 시야에서 사라지는 것이었다.

"왜 살려주셨어요? 설마 저놈이 아버지 말을 알아듣고 이곳을 떠날 거라 생각하시는 거예요?"

청풍이 이해할 수 없다는 듯 물었다.

"떠날 게다."

타유가 확신하듯 말했다.

“그놈이 정말 말을 알아듣는다고요?”

“내 말을 알아듣는 것이 아니라, 자연의 이치를 따르는 것이지. 놈도 이곳이 자신의 땅이 아니라는 것을 알고 있다. 호랑이들은 자신의 영역에 충실한 동물이지. 어쩌다 이곳에 들어왔는지는 몰라도 자신이 살던 곳보다 깊지는 않았을 것이다. 저런 놈을 품을 산이라면 천하의 명산이어야 가능하지. 아무튼… 자신의 땅도 아닌데 자신을 죽음으로 몰아넣을 만큼 강한 존재가 있는 땅이라면 놈이 이곳에 머물 이유가 없다. 맹수들은 본능적으로 강한 존재를 피해 살게 마련이니까. 놈도 이곳이 우리의 땅임을 인정하게 될 거야. 떠날 거다.”

크앙!

그때 멀리서 대호의 울부짖음이 들려왔다. 어떤 의미인지는 알 수 없었다. 타유와 청풍에 대한 원망일 수도 있었고, 혹은 살려준 것에 대한 고마움을 담은 작별인사일 수도 있었다.

“그런 건가요?”

청풍이 타유의 말을 이해했는지 대호의 울음소리가 들리는 곳을 바라보며 말했다.

“어떤 면에서는 사람보다 낫지. 자족할 줄 알거든.”

“그런 면에서 전 무모한 건가요?”

“무슨 소리냐?”

“홀로 모가장을 상대하겠다고 하고 있으니까요. 자연의 이치대로라면 약자인 제가 떠나야 하는 것 아닌가요? 이 사천에서……”

청풍의 말에 타유가 고개를 저었다.

"아니다. 그게 바로 사람과 짐승의 차이다. 짐승은 본능으로 싸우지만 사람은 의지로 싸운다. 사람만이 불가능에 도전하지. 그리고 가끔 사람은 그 불가능을 넘어선다. 난 네가 그런 사람이 되길 바란다."

청풍이 타유에게 시선을 돌렸다. 존경의 빛이 보인다. 청풍이 보기에 타유는 무척 특별한 사람이었다. 학식으로 보자면 어머니인 상목혜나 혹은 자신에게조차 훨씬 미치지 못하지만, 타유에게는 서책에서 배울 수 없는 현명함이 있었다.

청풍이 어떤 질문을 하든 타유는 자신의 경험에 비추어 최선의 답을 해주었다. 그리고 그 답들은 어떤 서책의 답보다도 명확했다. 경험으로 얻은 지혜란 그렇게 값진 것이다.

"아버지는 참 대단한 분이세요."

"응?"

갑작스런 말에 타유가 청풍을 본다.

"모든 것에 대한 답을 알고 계신 것 같아요."

"하하, 그건 네가 날 모르고 하는 말이다. 난 서책을 멀리는 무식쟁인데……."

"그러나 어떤 학자보다도 현명한 눈을 가지고 계세요."

"나에게 뭐 부탁할 거라도 있느냐?"

"아뇨. 이건 진심이에요."

청풍이 정색을 하며 말했다. 그러자 타유가 조금 겸연쩍은 표정을 짓다가 금세 말머리를 돌렸다.

“돌아가서는 수련 방식을 바꿀 거다.”
“어떻게요?”
“이젠 비무를 할 거다.”
“비무요? 아버지와요?”
“그래.”
“에이, 제가 상대가 되나요?”
“내 경험으로 말하자면 검은 맞댈수록 빠르게 성취한단다. 특히나 살검의 경우에는.”

*　　　*　　　*

상목혜는 초가 앞쪽 마당에 서서 산과 산 아래 강변을 달리며 이어지는 두 부자의 비무를 보고 있었다. 사람을 베는 검을 서로에게 겨눈 두 부자의 비무는 세상의 그 어떤 모습보다도 아름다웠다.

“저이의 검이 저리 아름다운 줄 오늘까지 왜 몰랐을까?”

상목혜가 낮은 목소리로 중얼거렸다. 대호 사냥에서 돌아온 타유와 청풍이 비무를 한다고 했을 때 상목혜는 무척 걱정을 했었다.

물론 타유가 청풍을 향해 살검을 쓸 것은 아니지만 애초에 타유의 검이 살검에서 시작된 것을 아는 그녀로서는 만에 하나 청풍의 몸이 상하는 일이 벌어지지 않을까 하는 우려하지 않을 수 없었다.

그러나 막상 두 사람의 비무가 시작되자 상목혜의 마음속에 있던 약한 불안감은 씻은 듯이 사라졌다.

상목혜의 눈에 두 사람의 비무는 무를 겨루는 것이 아니라 한바탕 춤사위를 추는 듯 보였기 때문이었다. 때가 봄이라서 그랬을 수도 있었다.

사방에 들꽃이 흐드러지게 피어 땅을 뒤덮고 있었다. 야생의 나무들도 꽃을 피웠는데 타유와 청풍이 그 꽃들 속에서 비무할 때면 두 사람은 속세를 떠나 선계에 들어선 사람들 같았다.

모든 상념을 잊고 오로지 검에만 집중하는 두 사람의 비무에서는 상대에 대한 살기보다 상대의 검과 어우러져야겠다는 애정의 기운이 느껴졌다.

눈부신 강변의 모래사장에 수많은 발자국을 남긴 타유와 청풍이 다시 산을 타고 오르기 시작했다.

차앙차앙!

맑은 검명들이 상목혜의 귀를 시원하게 한다. 검과 검이 충돌하는 소리가 이렇게 맑을 수 있다는 것도 최근에 들어서야 알게 된 상목혜다. 마침 바람이 불었다. 상목혜의 머리 위로 마당 앞쪽에 심어둔 벚나무에서 하얀 벚꽃이 눈처럼 흩날렸다. 그런데 그 순간 상목혜가 심한 기침을 시작했다.

"콜록콜록!"

어쩌면 꽃가루가 기침을 유발했을 수도 있다. 그러나 그녀의 손에 묻은 피는 결코 그녀의 기침이 꽃가루로 인해 일어난 것이 아님을 말해주고 있었다.

상목혜가 얼른 집 안으로 들어갔다. 타유와 청풍을 피 묻은
손으로 맞을 수는 없는 일이었다.

차앙!

맑은 충돌음과 함께 타유와 청풍의 검이 멎었다. 두 개의 검
이 반 자 거리를 두고 마주하고 있었고, 그사이로 봄꽃들이 떨
어졌다.

"도저히 아버지를 상대할 수 없네요."

청풍이 먼저 검을 거뒀다. 실망스런 표정이 역력하다. 이번
의 비무에서도 그는 여실히 넘볼 수 없는 타유의 벽을 느낀 듯
보였다.

"내 생각은 조금 다르구나."

타유도 검을 거두며 말했다.

"또 절 위로하시는 거면 되었어요. 아버지는 수십 년 동안
검을 수련한 분인데 제가 어떻게 아버지의 상대가 되겠어요."

"내가 허언으로 널 위로한 적이 있더냐?"

"뭐, 그건 아니지만……."

청풍이 말꼬리를 흐린다. 타유의 말은 사실이었다. 타유는
허언을 하는 사람이 아니다. 살수행을 하지 않은 지 오래이지
만 행동과 언사에 허세가 없는 것은 여전한 타유다.

"너의 검은 무척 좋다. 아마도 내 생각에 야천구검의 칠성은
완성하지 않았나 싶구나."

"에이, 그렇게까지요? 아버지에 비하면 조족지혈인데……."

"음……. 그건 검술의 차이가 아니다. 경험의 차이지. 너의 검은 한 번도 사람을 베어본 적이 없다. 아니, 단 한 번도 정식으로 강호의 싸움을 경험한 적도 없지. 무인에게 무공이란 초식의 완성이 오 할, 다시 실전의 경험이 오 할이다. 넌 그중 나머지 오 할의 경험이 없으니 내게 크게 뒤진다고 느끼는 것이다. 그러나 오로지 초식의 완성만 놓고 보자면 능히 칠성의 경지에 있다."

타유의 말에 청풍이 잠시 생각에 잠겼다가 물었다.

"아버지와의 비무가 그 경험 부족을 메워주지 못하나요?"

"흉내는 낼 수 있으나 실전과는 차이가 있지."

"결국… 무림에 나서야 한다는 말이군요."

"조급해하지는 말거라. 그 길은 늦으면 늦을수록 좋단다."

"그러다 모가장주 모혼이 늙어 죽겠어요."

"후후, 그의 나이 이제 육십오 세. 무공을 수련했으니 몇 십 년은 거뜬할 테니 그런 걱정은 말거라. 그리고… 내일부터는 좀 더 깊은 곳으로 들어가 비무를 하자."

"왜요?"

"실전과 비슷한 비무를 하자면 검이 거칠어져야 하는 데 그 모습을 네 어머니에게 보일 수는 없지 않느냐?"

타유가 빙그레 미소를 지어 보였다.

“그 아이가 이곳에 없다니 그게 무슨 말씀이십니까?”

무사 부안이 눈처럼 하얀 수염의 노승에게 당황한 표정으로 물었다.

“화암골 방 서방이 자손이 없어 노심초사한다기에 그 사람에게 보냈네.”

“예? 아니, 그게 무슨……!”

무사 부안이 미친 늙은이를 다 보겠다는 듯 소리쳤다. 그러자 노승이 손을 저으며 말했다.

“내 나이가 이미 구십이 넘었어. 설마 나 같은 늙은 중이 그 아이 밥하고 빨래해 주며 키울 줄 알았던가?”

“그, 그건…….”

부안이 생각하기에도 노승이 아이 뒤치다꺼리를 하기에는 너무 나이가 많았다. 그러나 그렇다고 아이를 다른 사람에게 맡긴 것은 너무한 처사다. 알아본 바에 의하면 노승은 천리를 꿰뚫는 혜안과 산을 쪼개는 무공을 지닌 사람이라 했다. 그래서 아이를 믿고 맡긴 것이었다.

그런데 오 년 만에 찾아온 노승의 곁에는 아이가 없고, 아이는 이름 모를 사내에게 맡겨졌다지 않는가.

“좋은 사람이니 걱정 말게.”

“뭐하는 사람입니까?”

“응, 이름난 대장장이야. 아마 고려, 아니, 천하에서 가장 뛰

어난 대장장이일 거야. 그 기술을 배우면 평생 굶은 걱정
은……."
　"스님!"
　부안이 참지 못하고 소리쳤다.
　"귀 안 먹었네."
　"그 아이가 누군 줄 아시지 않습니까? 만고의 충신 강천궁
대인의 아들 강검산이란 말입니다. 그런 아이를 겨우 대장장
이에게 맡겨 대장장이로 키우겠다고요?"
　"대장장이가 어때서?"
　"아, 강 대인이 사람을 잘못 보았군."
　부안이 더 이상 노승과 이야기할 생각이 없다는 듯 고개를
돌리며 탄식했다. 그러고는 불쑥 자리에서 일어났다.
　"그 아이 제가 데려가겠습니다."
　"좋을 대로. 검산이 원한다면."
　"그 아이도 평생 대장장이로 사는 것보다 나를 따라가는 것
을 원할 겁니다. 강 대인의 누명이 벗겨진 이 와중에 검산을
맡아줄 명문가도 적지 않을 겁니다."
　"그것도 좋겠지. 그 아이가 원한다면……."
　노승이 같은 말을 계속했다.
　"잘 계십시오. 다시 볼 일 없을 겁니다."
　무사 부안이 인사를 하는 둥 마는 둥 하고는 서둘러 노승의
앞을 물러났다. 그러자 노승이 빙그레 웃으며 중얼거렸다.
　"아마, 다시 보게 될 걸세! 그리고 검산을 찾기는 쉽지 않을

걸? 화암골을 찾는 데만도 몇 년은 걸릴 거야. 멍청한 인사 같
으니라고. 화암골이 어딘지 묻지도 않고 가네. 뭐… 나로서야
좋은 일이지만."

第三章 영원한 이별은 없다

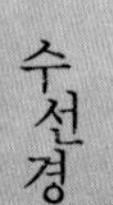
수
선
경

　계절이 다시 변했다. 천지가 눈이다. 사천의 겨울은 짧지만 운룡산의 겨울은 길다. 다른 곳에 비해 운룡산은 사계절의 변화가 극명한 곳이다. 어쩌면 그래서 사람들이 운룡산에 정착하지 않는지도 모른다.

　한여름의 폭염과 한겨울의 매서운 한파가 공존하는 땅, 사람들이 거하기 힘든 땅이니 동물과 나무들의 천국이다.

　그 땅에 다시 겨울이 왔다. 며칠 전에 내린 폭설로 눈이 무릎까지 빠진다. 덕분에 산짐승들도 돌아다니지 않아 산은 태고처럼 적막했다. 그런데 갑자기 그 적막을 날카로운 소성이 깼다.

　카카캉!

깊은 겨울잠을 자던 동물들도 놀라 깰 만큼 강렬하고 매서운 충돌음이다.

"하앗!"

그리고 연이어 사람의 목소리까지 들린다. 어느 순간 설원에 검을 교환하는 두 사람이 나타났다. 두 사람은 눈보라를 일으키며 설원을 질주했다. 그러면서도 눈에 잡히지 않을 만큼 빠른 속도로 검초를 교환했는데 둘 모두 일류의 경지를 넘어선 검객들이었다.

언제나처럼 비무에 나선 타유와 청풍이다.

차앙차앙!

검이 조금 느려졌다. 그러자 두 사람의 검이 마치 자석이 붙은 듯 느리게 상대의 검에 기대며 움직였다. 그러나 그 느린 검의 움직임에 쌓인 눈들이 풀풀 날려 황홀한 눈꽃의 황연을 만들어낸다.

파파팟!

다시 두 사람의 움직임이 빨라졌다. 회오리를 만들 듯 두 사람이 원을 그리며 돌기 시작했다. 그러자 눈송이들이 두 사람을 중심으로 소용돌이 모양을 만들어 나갔다. 일대장관이다.

무공을 수련한 자들 중 내가의 기공을 수련자들이라면 누구나 눈보라를 일으킬 수 있으나 타유와 청풍이 만들어내는 것 같은 기이하면서도 아름다운 눈꽃의 향연을 만들어낼 수 있는 사람은 무척 드물 터였다.

"하앗!"

다시 청풍의 입에서 강렬한 기합성이 터져 나왔다. 동시에 그의 검이 직각으로 내리꽂혔다.

파아아!

허공을 맴돌던 눈송이들이 청풍의 검에 파도처럼 갈라진다. 그 안에 타유가 서 있다. 타유는 조금 허술한 모습으로 내리꽂히는 청풍의 검을 응시하고 있었다.

마치 그 청풍의 검면에 읽어내야 할 글귀라도 있는 것처럼 자신을 향해 떨어져 내리는 청풍의 검을 응시하던 타유가 가볍게 한 발을 옆으로 내디뎠다.

파앗!

순간 청풍의 검이 채 한 치의 공간만을 남기고 타유의 우측 공기를 가르며 설원에 꽂혔다.

퍽!

강력한 진기를 머금은 검은 오히려 눈을 흩뜨리지 않는다. 눈 위에 미세한 검의 자국만이 깊이 남아 있을 뿐이다.

"좋구나."

타유가 눈 위에 남은 검의 흔적을 보며 말했다.

"별로 좋지 않았다는 것을 아시잖아요?"

청풍이 시무룩하게 말했다.

"그야 마음이 편치 않으니 그렇지. 그러나 그 와중에도 이 정도 검을 뿌릴 수 있으니 좋다고 말한 것이다."

"휴우……. 얼른 돌아가요."

청풍이 타유를 재촉한다. 그의 얼굴에 근심이 가득하다.

“오냐, 가자. 그런데 그 전에…….”

“하실 말씀이라도 있으세요?”

“응, 내가 어딜 좀 다녀와야겠다.”

“어딜요?”

청풍이 의아한 표정으로 물었다. 청풍이 생각하기에 지금은
타유가 집을 떠나 있을 때가 아니었다.

“성도엘 좀 다녀오마.”

“성도요? 거길 왜? 가까운 길이 아닌데…….”

“어느 곳이든 정월이면 큰 장이 서지. 이 사천 땅에서 성도
만큼 큰 장이 서는 곳은 없으니 거길 다녀와야겠다.”

“뭘 사시려고요?”

시전이라면 가까운 곳에도 있다. 당장 금석촌만 해도 큰 시
전이 선다. 비록 주인이 바뀌었지만 그렇다고 금석촌이 사라
진 것은 아니다. 금석촌의 정월 시전은 웬만한 성의 시전보다
화려하고 크다.

“정월의 성도라면 고려에서 온 삼이 있을 수도 있다.”

“삼(蔘)이요? 삼이라면 여기서도 나잖아요? 깊은 골에 들어
가면 지금이라도…….”

“아니, 아니다. 물론 이곳에서도 삼이 나기는 하지만 고려의
삼과는 다르다. 본래 고려의 삼은 그 약효가 뛰어나서 예로부
터 황제에게 진상되는 귀한 것이었지. 같은 삼이라도 고려의
삼과 중원의 삼은 다르다. 성도에나 가야 한두 뿌리 구할 수
있을 게야.”

“알겠어요. 그런데… 그만큼 위중하신 거죠?”

청풍이 우울하게 물었다.

“그래. 특히나 이번 겨울 들어서는 유난히 힘들어하시는구나.”

“어머님은 제가 잘 모시고 있을 테니 얼른 다녀오세요.”

“그러마. 네가 이렇게 장성해서 든든하구나. 네가 어머니를 지금까지 버티게 해주었다는 것을 알고 있지?”

“저 때문이 아니라 아버지 때문이세요. 지극 정성이시니…….”

“후후, 그 사람은 내게 과분한 사람이지. 이 정도 정성도 없이 내 사람이 되어달라고 할 수 없는 사람이란다.”

“또 그러시네. 아버지는 대단한 분이세요. 다른 사람은 모두 아는데 오직 아버지만 아버지의 가치를 모르세요.”

“아들의 평가는 믿을 수 없어, 팔은 안으로 굽으니까. 어서 가자. 늦으면 또 나와서 기다리신다. 기온이 차.”

“예, 아버지.”

청풍이 얼른 검을 거두어들이고는 이내 설원은 달리기 시작했다.

“이것 봐요. 정말 가야겠어요?”

아직 날이 밝지 않았는데 타유는 일찍 자리를 털고 일어나 길 떠날 준비를 하고 있었다. 그 옆에서 상목혜가 파리한 안색으로 타유의 소매를 잡으며 말했다.

“걱정 마시오. 내 금세 다녀오리다. 열흘이면 돌아올 수 있을 거요.”

“아…… . 내 몸은 내가 알아요. 이건… 약으로 고칠 수 없어요. 전 하루라도 더 당신과 함께 있고 싶어요. 가지 말아요.”

상목혜의 말에 타유가 자신을 잡고 있는 상목혜의 손을 부여잡으며 말했다.

“지금까지 난 한 번도 당신의 말을 따르지 않은 적이 없소. 그러나 이번만은 내가 하고 싶은 대로 하게 해주시오. 난… 당신에게 할 수 있는 모든 일을 하고 싶소.”

“제게 필요한 것은 남은 시간 동안 당신, 그리고 청풍과 함께 있는 거예요. 성도에 가서 고려 삼을 구해온다고 해도 전 오래 살 수 없어요.”

“그런 말 마시오. 난 반드시 당신을 살릴 거요. 당신이 없다면… 당신이 없다면 내게 남은 시간은 오직 고약한 고통의 시간이 될 거요.”

“청풍이 있잖아요.”

“물론 청풍은 소중하지. 그러나 당신은 청풍과는 다르오. 당신은… 아!”

타유가 말을 하다 말고 가만히 상목혜를 안았다. 마른 그녀의 몸이 타유의 품 안에서 바르르 떤다. 어쩌면 상목혜도 두려워하고 있는지 모른다. 난주에서 처음 타유를 만난 이후 상목혜는 오로지 타유를 의지해 살아왔다.

이 투박하면서도 거친 살수는 사실 마음속에 세상에서 가장

부드러운 푸근함을 지니고 있어서 사람들에게 상처 입은 상목
혜가 너끈히 그 품에서 평온을 찾을 수 있게 만들어주었던 것
이다.

　이런 사람을 떠나 홀로 저 세상으로 갈 수 있을까? 저 세상
도 이 세상처럼 험하게 살아내야 하는 곳이라면 과연 타유 없
이 살아갈 수 있을까?

　그런 두려움이 상목혜의 마음속에도 깃들어 있었던 것이다.

　"걱정 마시오. 내 반드시 당신을 지켜낼 것이니."

　타유가 가만히 상목혜의 등을 쓰다듬으며 말했다. 그러자
상목혜가 타유의 등을 힘주어 안으며 말했다.

　"빨리 돌아오세요. 당신이 없을 때 눈을 감고 싶진 않아요."

　며칠째 폭설이다. 길이 막혔다. 사람이 오고 가는 일은 오직
하늘의 뜻에 맡겨야 하는 계절, 한겨울 삭풍이 산허리를 베고
지나갈 듯 강렬하다.

　청풍은 참나무 숯에 불을 붙여 화로에 담은 후 상목혜가 누
워 있는 방으로 들어갔다.

　"풍이냐?"

　상목혜가 천천히 고개를 돌렸다.

　"예, 어머니."

　"눈이 오니?"

　"예. 어머니."

　다시 청풍이 대답했다. 그러나 상목혜가 다시 물었다.

"얼마나 되었지?"

"오늘로 팔 일째에요."

"휴우……. 그렇구나."

상목혜가 한숨을 쉰다.

거짓말처럼 상목혜는 타유가 성도로 떠난 그날 쓰러졌다. 그녀는 마치 자신이 기대고 있던 벽이 사라진 것처럼 쓰러져 이후로는 청풍의 부축 없이는 일어나지 못했다.

청풍은 그제야 아버지가 어머니에게 어떤 존재였는지를 깨달았다. 두 사람의 관계를 잘 알고 있다고 생각했었지만 사실은 그 겉모습만 보았을 뿐이라는 것을 깨닫게 된 청풍이었다. 그건 자신이 메워줄 수 없는 것들이리라.

"문을 열어다오."

"바람이 차요."

청풍이 걱정스레 말했다. 그러자 상목혜가 낮게 웃음을 흘렸다.

"호호, 찬바람을 걱정해서 눈 오는 풍경을 보지 않겠다는 건 곧 죽는 게 두려워 살지 않겠다는 말과 같은 거란다. 문을 열어다오. 아버지가 오는 길을 보고 싶구나."

상목혜의 말에 청풍이 어쩔 수 없이 문을 열며 말했다.

"이틀은 더 있어야 오실 거예요."

"아니다. 아버지는 오늘 오실 게다."

상목혜가 확신에 찬 목소리로 말했다. 청풍이 조금 놀란 표정으로 상목혜를 돌아봤다. 그러자 상목혜가 말했다.

“그리 느껴진단다. 오늘 오실 거라고……. 난 그분이 오시는 것을 보고 싶구나.”

문이 열리자 눈길이 드러난다. 아니, 길이라고 할 수도 없었다. 이제는 폭설에 덮여 길과 산을 구분할 수 없다. 천하의 모든 것이 눈에 묻힌 세상이었다.

“아름답구나.”

상목혜가 나직하게 말했다. 차가운 바람이 어떤 면에서는 그녀의 정신을 좀 더 맑게 해준 듯도 싶었다.

“눈을 좀 치워 놓아야겠어요.”

청풍이 말했다.

“괜한 일 하지 말거라. 넌 내 곁에 있어야지. 너마저 없으면 너무 쓸쓸해.”

상목혜의 말에 청풍이 시큰거리는 슬픔을 느꼈다. 그러자 상목혜가 청풍을 보며 말했다.

“풍, 이리 가까이 오너라.”

상목혜의 부름에 청풍이 상목혜의 곁으로 다가섰다.

“네가 올해 몇이지?”

상목혜가 청풍의 손을 잡으며 물었다.

“열일곱이잖아요.”

청풍이 짐짓 미소를 짓는다.”

“그래, 그렇구나. 참 시간이 빨라. 네 살 때 널 보았는데 벌써……. 풍아.”

“예, 어머니.”

"고맙구나."

"……."

"내 아들로 살아줘서 고마워. 네가 아니었다면 난 좀 더 일찍 죽었을 게다."

"어머니, 왜 그런 말씀을 하세요."

"아니, 이젠 작별을 해야 할 때가 된 것 같아. 그래서 꼭 네게 하고 싶은 말이 있다."

"……."

"장부의 복수는 시간을 따지지 않는다. 십 년이든 이십 년이든 혹은 백 년이든……. 장부의 복수는 진중하고 무거워야 해. 내가 왜 이 말을 하는지 알겠니?"

"조급하지 말라는 말씀이시죠?"

"역시 넌 총명해. 아… 그 일이 아니었다면……."

상목혜가 탄식을 흘렸다. 만약 금석촌의 혈사가 없었다면 청풍은 전혀 다른 삶을 살 수도 있었을 것이다. 상목혜는 줄곧 복수를 위해 살아가는 청풍의 모습이 안쓰러웠다. 그러자 청풍이 상목혜의 손을 잡으며 말했다.

"걱정 마세요, 어머니. 나쁘지 않아요. 지금도 나쁘지 않고, 과거도 나쁘지 않았어요. 그리고… 미래도 나쁘지 않을 거예요. 아버지 어머니와 함께 살 수 있어서 전 행복했어요."

"고맙다. 아버지를 잘 부탁한다. 내가 죽은 후 과연 어찌 사실지……. 한편으로는 두렵구나."

"잘 모실게요."

“그래. 풍아, 넌 사실 아버지에 대해 잘 몰라. 네가 아버지를
만났을 때는 이미 아버지가 살수의 길을 벗어났을 때였으니
까. 그런데… 그 이전 아버지의 삶은 그리 녹록한 것이 아니었
단다. 나로 인해, 아니, 어쩌면 날 위해 아버지는 살수의 본능
을 억누르셨지. 그런데 만약 내가 죽게 된다면… 네가 모가장
에 가지고 있는 원한보다 더 강렬한 원한을 품게 되실 수도 있
다. 난 그게 두려워. 아버지가 스스로를 위험에 빠뜨리실까
봐.”

물론 청풍으로서는 상목혜의 말을 모두 이해할 수 없었다.
그가 알고 있는 타유는 온화한 사람이었다. 살수의 습관이 남
아 있어 간혹 날카로움을 드러낼 때도 있었지만 자신과 상목
혜를 대할 때 나오는 그 온화함 속에서는 그 어떤 살기도 느끼
지 못했던 청풍이었다. 그래서 상목혜가 하는 말을 머리로는
이해해도 마음으로는 느끼지 못하는 청풍이었다.

“제가 곁에 있잖아요.”

“그래……. 네가 있어서 안심이야. 내가 없어도 네가 있으
니 아버지는 널 위해 자신을 돌보실 게다.”

상목혜가 청풍의 손을 쓰다듬었다. 그 손길에 부쩍 힘이 없
다는 것을 청풍이 느끼는 순간 상목혜의 고개가 옆으로 기울
어졌다. 그러면서 그녀의 눈이 반짝였다.

“오시는구나.”

갑작스런 상목혜의 말에 청풍이 놀라 고개를 돌렸다. 그러
자 과연 눈길 아주 먼 곳에 사람의 흔적이 희미하게 보였다.

놀랄 일이다. 무공을 수련한 청풍의 눈으로도 제대로 보지 못하는 타유를 어떻게 상목혜는 볼 수 있을까.

타유가 손을 들어 내리는 눈을 가렸다. 길이 사라진 땅 위에 외로이 서 있는 초가가 보인다. 그런데 초가의 문이 열려 있다.

"왜, 문을 열어놓았지?"

타유가 고개를 갸웃했다. 그리고 다음 순간 강렬한 충격이 그의 머리를 때렸다.

"그 사람이……!"

순간 타유의 몸이 눈 위로 떠올랐다. 그러고는 눈 위를 달리기 시작했다. 그가 지나간 설원에는 새가 앉았다 날아간 자국처럼 미세한 자국만이 남아 있었다. 타유의 무공은 어느새 강물을 날아 건너는 등평도수의 경지에 올라 있었다.

"목혜!"

타유가 나는 듯이 초가 안으로 들어왔다. 그의 눈에 누운 채 고개를 돌려 자신을 바라보는 상목혜가 보인다.

"목혜!"

타유가 다시 소리치면서 방으로 달려 들어와 상목혜를 안아 들었다.

"왔어요?"

상목혜의 가느다란 목소리가 타유의 심장을 도려낸다. 이건 죽음에 이른 자의 목소리다. 살수 타유에게 너무 익숙한 목소리.

"목혜, 잠시만 기다리시오. 내 삼을 구해왔으니 곧 다려……."

순간 상목혜가 손을 들어 타유의 입에 가져다댔다. 그러고는 고개를 저으며 말했다.

"지금이 좋아요. 당신이 없는 곳에서 죽고 싶지는 않아. 당신 품에서 죽게 되어 다행이야. 당신… 풍… 그리고 나…….이렇게 같이……."

상목혜의 목소리가 모기 소리처럼 가늘어졌다. 타유의 손에 느껴지는 상목혜의 맥이 점점 느려진다. 타유가 두 손을 부들부들 떨었다.

타유는 상목혜의 맥이 완전히 멈춘 후에도 두 시진 동안 그녀를 안고 있었다. 청풍은 그런 타유를 말리지 않았다. 타유가 아니었다면 청풍이 그렇게 했을 것이기 때문이었다.

청풍은 타유와 상목혜를 방 안에 놓아두고 홀로 밖으로 나왔다. 그러고는 운룡산의 설원을 거침없이 질주했다. 뺨을 흐르던 눈물이 바람에 날려 눈송이와 함께 허공으로 사라졌다. 터질 것 같은 아픔도 한겨울 한파에 얼얼하게 무뎌진다.

"사람은 누구나 죽는다."

처음 청풍이 운룡산에 왔을 때 타유가 한 말이다. 부모의 죽음을 슬퍼하는 청풍을 위로하고 한 말인데 이상하게 그때는 그 말이 힘이 되었다.

“사람은 누구나 죽어.”

청풍이 스스로를 위로했다. 그러자 마음이 조금씩 가라앉는다. 청풍이 걸음을 멈췄다. 멀리 운룡산 아래로 펼쳐진 언 강과 설원이 눈에 들어온다. 청풍은 마음이 공허해지는 것을 느꼈다. 무엇으로 채울까.

스르릉!

청풍이 허리춤에 매달려 있던 검을 뽑았다. 그리고 야천구검을 펼치기 시작했다.

사각사각!

가끔 초식이 하단으로 향할 때 검날에 갈라지는 눈 소리가 속삭이듯 들려왔다. 갸름한 얼굴의 청풍이 펼치는 야천구검은 타유의 그것과는 또 달라서 살수의 검이라기보다는 무동의 춤사위와 비슷했다.

파파팟!

청풍이 땅을 박차며 허공으로 치솟았다. 그리고는 번개처럼 검을 그어 내렸다.

투둑… 쿵!

굵은 허리의 아름드리나무가 단번에 잘려 쓰러졌다. 그러자 청풍을 막고 있던 시야가 트였다.

“잘 가세요, 어머니……!”

청풍이 길게 소리를 질렀다. 청풍의 목소리가 호랑의 울음처럼 운룡산을 뒤흔들었다.

딸칵!

문이 열리는 소리에 타유가 고개를 돌렸다. 타유의 표정은 변해 있었다. 무심함이 그의 얼굴에 드러난다. 청풍은 자신 앞에 있는 타유가 낯설다.

"왔느냐?"

"이제 괜찮으세요?"

"응, 장사는 내일 치르자."

"삼 일도 지나지 않고요?"

"응."

타유가 덤덤히 말했다. 그런 타유가 더욱 생경한 청풍이다.

"그렇게 준비할게요."

청풍이 대답을 하고는 다시 방을 나갔다.

언 땅은 이미 아침나절에 청풍이 파 놓았다. 고수 두 사람에게 추운 겨울이라도 장례를 치르는 일은 그리 어려운 일이 아니었다. 타유는 보통의 장례와 다르게 깨끗한 솜이불로 상목혜를 싸 땅에 묻었다.

"네 어머니는 추위를 많이 탔지."

이불로 염을 하며 타유가 한 말이다.

청풍은 묵묵히 타유가 상목혜를 장사지내는 것을 도왔다. 가끔 눈물이 났지만 타유 모르게 재빨리 눈물을 훔쳐내곤 하는 청풍이었다. 물론 청풍의 그런 모습을 타유가 보았는지 보지 못했는지는 알 수 없으나 타유는 입을 열지 않았다.

타유와 청풍이 차례로 상목혜의 봉분에 술을 따랐다.

"차로 준비할 걸 그랬어."

문득 타유가 입을 열었다.

"그러게요. 어머니는 차를 좋아하셨는데……."

청풍이 맞장구를 쳤다.

"다음부터는 차로 준비하자꾸나."

"예."

청풍이 고개를 끄덕였다.

"그리고… 내일부터는 좀 더 힘껏 수련해야 할 것 같다."

"무슨 일이라도……?"

"복수할 곳이 한 곳이 아니야. 네 어미를 저렇게 만든 놈들을 그냥 놓아둘 수는 없다. 그동안은 네 어미가 말려서 묻었지만……."

순간 청풍은 등줄기에 소름이 돋는 것을 느꼈다. 그는 다시 한 번 살수 타유를 보았다.

*　　　*　　　*

다시 세월이 흘렀다. 운룡산이 몇 번 계절의 옷을 갈아입었다. 그리고 청풍은 열아홉 살이 되었다. 운룡산에 들어온 지 정확하게 십오 년, 무공을 정식으로 수련한 것은 구 년이 되었다.

칭캉!

오늘로 타유와 청풍은 비무에 열중하고 있었다. 상목혜가 죽은 이후 두 사람의 삶은 무척 거칠어졌다. 이름 모를 꽃들과 예쁘게 자란 나무들로 둘러싸여 있던 초가는 손을 보지 않아 수풀이 무성했고, 초가의 지붕 역시 곧이라도 무너질 듯 허름 해져 있었다.

단 하루라도 두 사람이 더러운 옷을 입는 것을 보지 못했던 상목혜 덕에 언제나 말끔했던 옷차림도 이제는 허름하게 변해 있었다.

변한 것은 사는 집과 옷만이 아니었다. 두 사람의 성정도 무 척 강렬하게 변해 있었다. 눈에서는 보통 사람들이 감당하기 힘든 강렬한 안광이 흘렀다.

누군가에 대한 원한, 그리고 살수와 무인의 경계를 넘나드 는 두 사람의 무공이 그들의 성정 또한 그리 변하게 만들었다.

두 개의 검이 만들어내는 살기가 늦봄의 공기를 차갑게 만 든다. 검이 격돌하고 허공을 가를 때마다 수목의 가지들이 잘 려 나갔다.

쿠웅!

타유의 손에서 일어난 장력이 아름드리나무를 뒤흔든다.

쩌적!

나무가 그 힘을 이기지 못하고 반으로 갈라져 쓰러졌다. 그 러자 청풍이 쓰러지는 나무를 타고 올라 허공에서 한 바퀴 제비를 돌더니 타유를 향해 일검을 내리그었다.

전광석화와 같은 검초다. 세상에서 그 검초를 피할 수 있는 사람이 없을 것 같은 검초를 그러나 타유는 한 발을 옆으로 흘리는 것만으로 피했다. 동시에 검을 들지 않은 손으로 자신을 지나쳐 가는 청풍의 옆구리를 가격했다.

팟!

청풍이 급히 몸을 틀어 타유의 주먹을 피해냈다. 그럼에도 그의 옷자락이 타유의 주먹에 걸려 한 치가량 찢어져 나갔다. 권장에 옷이 찢어져 나갔으니 타유의 권이 가지고 있는 날카로움이 도검에 못지않다는 의미다.

웅!

몸을 틀어 타유의 일권을 피한 청풍의 발이 바람을 일으켰다. 어느새 그의 오른발이 허공을 격하고 날아들어 타유의 목덜미에 얹혔다. 그러자 타유의 신형이 앞으로 푹 꺼졌다.

청풍의 발이 아슬아슬하게 타유의 상투를 차고 지나갔다. 순간 타유의 검이 재빨리 청풍의 배를 찔러갔다. 강호의 일류 고수라도 감당하지 못할 각도와 속도를 지닌 검초다.

쩡!

타유의 검이 막 청풍의 배를 꿰뚫으려는 순간 청풍의 왼 팔뚝이 타유의 검을 막았다. 청풍의 왼 팔목을, 거꾸로 부여잡은 검은색 단검이 보호하고 있었다. 두 사람의 거리가 손가락 하나 사이로 좁혀졌다.

"되었다."

타유가 입을 열었다.

"오늘도 졌어요."

청풍이 의기소침한 표정으로 말했다. 과거의 치기는 찾아볼 수 없다. 청풍은 어느새 굴강한 청년이 되어 있었다.

"병기의 잘 다루는 자를 상대하는 것은 가능할 것이다. 그러나 내가기공의 고수를 상대할 때는 조심해야 한다. 내 검에 상승의 내공이 실렸다면 네 단검과 팔목이 함께 잘렸을 것이다."

타유가 엄중하게 주의를 주었다.

"명심할게요."

"그렇다고 너무 의기소침할 필요는 없다. 너의 무공은 이제 네 한 몸 지키는 데 충분하니까."

"하지만 한 사람에게선 제 목숨을 지킬 수 없죠."

"누굴 말하는 거냐?"

"아버지요."

"웅? 하하, 설마 내가 널 죽이려 하겠느냐?"

타유가 오랜만에 웃음을 터뜨렸다. 그러자 청풍이 고개를 저으며 말했다.

"물론 그런 일은 없겠지요. 다만 전 아버지의 무공을 말씀드리려 한 것이에요. 처음 무공을 배울 때는 십 년을 수련하면 아버지를 따라잡을 수 있을 거라 생각했어요. 그렇다고 아버지를 무시한 것은 아니에요. 단지 제가 수련하다 보니 등천심공과 흑밀공은 아무래도 차이가 있더라고요."

"그건 그렇지. 등천심공은 선가의 신묘한 이치가 서린 상승 무공이니까. 반면에 흑밀공은 살수문의 심공, 비교할 수가 없지."

타유가 고개를 끄덕였다.

"그래서요. 제가 십 년 정도 등천심공을 수련하면 결국 흑밀공만을 수련하신 아버지를 무공으로는 따라잡지 않을까 그렇게 생각했거든요. 처음 몇 년은 그렇게 될 듯싶었고요."

"그런데?"

"그런데… 최근에는 오히려 아버지와 저의 차이가 더 멀어진 것 같아요. 특히……."

청풍이 말꼬리를 흐린다. 그러자 타유가 대신 입을 연다.

"특히 어머니가 돌아가신 이후에 말이냐?"

"네, 어떻게 된 거죠?"

타유도 그 사실을 알고 있는 것에 놀란 청풍이 급히 되물었다.

"그건 뒤를 돌아보지 않는 마음 때문이다."

"네?"

"어머니가 살아 계실 때 나는 살필 것이 많았다. 너와 어머니 모두 내 보호가 필요한 사람들이었지. 더불어 너희 두 사람의 존재는 내게 평온을 주었다. 애야."

아주 오랜만에 타유가 청풍을 아이 부르듯 불렀다.

"예, 아버지."

"사람은 고난을 겪어야 강해지는 법이다. 평온은 고인 물과 같다. 그렇다고 그 시절이 의미없다는 것은 아니다. 오히려 내

생에 가장 화려하고 가치있는 날들이었지. 그러나 무인의 입장에서 보았을 때는 그 평온은 날 고인 물과 같은 존재로 만들었었다. 무슨 말인지 알겠느냐?"

타유의 물음에 청풍이 잠시 생각에 잠겼다가 입을 열었다.

"알겠어요. 더군다나 아버지의 검은 살검이죠."

"그래. 살검에 온기가 돌면 검이 무뎌진다. 내 검은 네 어미를 만난 후 줄곧 무뎌졌다. 무인으로서는 몰라도 살수로서는 거의 죽은 것이나 마찬가지였는데……."

"어머니가 돌아가시고 그자들에게 다시 검을 겨누겠다고 결심하신 것이……."

"그렇다. 그게 내 본성을 일깨웠다. 꼭 살수만이 아니라도 본래 검 든 자는 누구나 살기를 가지고 있게 마련이다. 검이란 물건의 본성이 무엇을 베는 것이니 검의 수련에 살기는 반드시 필요한 것이다. 그리고 이를 온전히 다스리는 경지에 올라야 그를 절대지경의 고수라 할 수 있다. 네 어머니가 죽은 후 난 잠들어 있던 살기를 다시 깨웠다. 더군다나 그즈음 너도 내가 돌보지 않아도 될 만큼 성장했고, 목혜도 죽고 말았으니 내가 돌볼 것이 아무것도 없었다. 그게… 고목에 꽃을 피게 하더구나. 마음을 몰두해 수련에 매진하니 한 경지를 보았고, 그 경지에 올라섰다."

"아……!"

청풍이 나직하게 탄식을 흘렸다. 상목혜의 죽음은 비극이지만 무인 타유에게는 오히려 반전의 계기가 되기도 했던 것이다.

"다시 느낀 거지만 세상일이란 게 양면이 있어. 선과 악, 밝음과 어둠……. 그게 결국 하나거든."

타유가 이해할 수 없는 말을 한다. 아마도 그가 깨달은 무공에 대한 심득을 말해줌이겠지만 청풍으로선 이해할 수 없는 말이다.

"내가 내가기공의 중요함을 말했지?"

"예. 방금 전에도 내가의 상승고수라면 제 검과 팔을 함께 잘랐을 거라 하셨지요."

"음……. 그 말을 조금 고쳐 하겠다. 보통의 경우라면 도검의 고수가 내가의 고수를 당할 수 없다. 그러나 그 내가의 고수 역시 당할 수 없는 사람이 있다."

"그게 어떤 사람인가요?"

"그건 바로 마음의 고수다. 동전의 양면을 모두 볼 수 있는 사람. 어둠 속에서 밝음을 볼 수 있는 사람, 혹은 선악의 굴레에 집착하지 않는 사람이라면 필시 아이의 검으로도 내가의 고수를 벨 수 있을 것이다."

"……?"

청풍이 이해할 수 없다는 듯 타유를 바라본다. 그러자 타유가 말했다.

"어린아이가 네 품속에 안겨 웃고 있다. 넌 그 아이를 경계할 수 있겠느냐?"

"아……."

청풍이 탄식을 흘렸다.

"그 아이의 손에 검이 들려 있다면 넌 필시 죽을 것이다. 물론 이는 단지 내가 너의 이해를 돕기 위해 한 가지 비유를 든 것일 뿐이지만, 그렇게 검이란 것이 반드시 내력과 초식에 의존하는 것은 아님을 알아야 한다는 것이다. 벨 수 있다는 신념……. 그것이 중요해. 물론 그 신념을 가지려면 왜 베어야 하는가에 대한 이유와 명분도 분명해야지. 아이가 검으로 널 찌르려 할 때 한 치의 망설임이라도 있다면 넌 그 검을 피할 수 있을 테니까. 일체유심조……. 그 노승이 나에게 해준 말인데 이제야 그 말을 이해하게 되었다. 어머니의 죽음도 그리 생각하면 조금 마음이 편하구나."

타유의 말을 들으며 청풍은 타유가 아득히 먼 곳에 가 있다는 느낌을 받았다.

*   *   *

차앙차앙!

숲이 소란스러워졌다. 나른했던 늦봄의 정적이 한순간에 깨졌다. 한 떼의 사람들이 산비탈을 타고 내려와 강으로 흘러드는 계곡에서 도검을 휘두르며 싸움을 하고 있었다.

싸움에 뛰어든 자들의 숫자는 대략 이십여 명, 도기와 검기가 충만하고 장력이 바위를 깨뜨리는 것으로 보아 모두가 절정의 고수들임이 분명했다.

"이런 일이 없었는데 무슨 일일까?"

청풍이 계곡 물에 발을 담그고 검의 날을 세우다 말고 고개를 갸웃했다. 운룡산에 산 지 십오 년이 지났지만 타유와 청풍의 비무 외에 도검이 충돌하는 소란은 없었다. 그때 나는 듯이 타유가 달려와 청풍의 곁에 내려섰다.

"무슨 일이냐?"

아마도 도검의 충돌 소리에 청풍의 안위가 걱정되어 나온 모양이었다.

"무인들이 운룡산에 들어온 모양이에요."

"수십 년 동안 운룡산에는 무인의 출입이 없었는데……. 근방에 무림문파도 없고. 무슨 일일까?"

타유가 고개를 갸웃했다.

"내려가 볼까요?"

"아서라. 괜한 일에 관심을 둘 필요없다."

타유가 고개를 저었다. 그러자 청풍도 순순히 고개를 끄덕였다. 그 역시 자신들이 하고자 하는 일을 이루려면 다른 분란에 섞여 들어서는 곤란하다는 것을 잘 알고 있었다.

"초가로 돌아가자꾸나."

"그러고 보니 밥 지을 때군요."

"벌써 그렇게 되었나?"

타유가 고개를 들어 서쪽 하늘의 해를 봤다. 서서히 붉은 기운이 하늘을 물들이고 있다.

"돌아가자."

왠지 모를 불길한 예감에 타유가 청풍을 재촉해 초옥 쪽으로 이동했다.

밤은 금세 찾아왔다. 청풍과 타유는 이른 저녁을 먹고 잠자리에 들었다. 멀리서 아련히 들려오던 도검의 충돌음이 더 이상 들리지 않은 것도 두어 시진쯤 되었다. 싸움이 끝났든지 아니면 다른 곳으로 옮겨간 듯싶었다.

청풍의 가슴이 두근거렸다. 낮에 보았던 싸움이 머릿속에서 지워지지 않았다.

도광과 검광이 충천하고 사람 몇이 피를 흘리며 죽어갔다. 한두 명은 팔다리가 잘려 나가 있었다. 무공을 수련한 지 십여 년이 되었지만 지금껏 실제 싸움을 본 적이 없는 청풍이다.

상목혜가 죽은 이후 타유와의 비무가 좀 더 거칠고 위험해졌지만 그래도 타유는 비무에서 청풍의 안위를 제일로 생각했다. 그런 청풍에게 살이 베이고 피가 튀는 강호인들의 싸움은 충격적일 수밖에 없었다.

"그런 일들을 해낼 수 있을까?"

청풍이 나직이 한숨을 내쉬었다. 도검을 들어 사람을 벨 수 있을까란 생각이 들자 그가 꿈꾸는 복수가 절벽처럼 느껴진다. 이런 약한 마음으로 복수행에 나갈 수 있을까.

청풍이 자리를 털고 일어났다. 마음이 심란할 때는 달구경이 최고다. 청풍이 조용히 문을 열고 마당으로 내려섰다. 건너편 타유의 방에서는 기척이 없다. 아마도 타유는 깊이 잠든 모양이다.

"아버지에게는 두려움이 없으시겠지. 아니, 그 두려움에 마음이 흔들리시지 않겠지."

이럴 때는 살수로 살아온 타유의 삶이 한편으로 부럽기도 청풍이었다. 청풍이 마당을 벗어났다. 달빛이 만들어낸 그림자가 친구처럼 청풍을 따라왔다. 밤이 깊어서인지 으슬으슬한 습기가 느껴진다. 청풍의 걸음이 자연스럽게 낮에 싸움이 벌어졌던 곳으로 향했다.

거짓말처럼 싸움의 흔적은 거의 남아 있지 않았다. 쓰러진 자도 없었고, 흘린 핏자국도 없었다. 단지 베어진 나무와 부숴진 돌들이 싸움이 일어났던 곳이라는 것을 말해주고 있었다.

"흔적을 지운 것 같지는 않고……. 죽은 사람이 없다는 건가?"

그러나 낮에 본 싸움에서 몇몇 사람이 쓰러졌었으니 죽은 자를 동료들이 수습해 갔을 수도 있었다.

청풍이 좀 더 찬찬히 주변을 살폈다. 그러자 그제야 달빛 아래 좀 더 확연한 싸움의 흔적들이 드러나기 시작했다. 찢어진 옷가지도 몇 개 보였다. 그리고 암기들도 보였는데 그건 오늘 있었던 싸움이 평범한 무인들 간의 싸움이 아니었다는 의미였다.

"살수가 있었다는 건가?"

그렇다면 이상한 일이다. 대낮에 살수가 싸움을 벌이는 일은 흔치 않다.

"어떤 자들이었을까?"

청풍이 낮에 싸움을 벌이던 자들의 정체가 자못 궁금했으나 당사자들이 떠나간 마당에 이곳에서 그들의 정체를 알아낼 방도는 없었다. 청풍이 천천히 허리를 펴고 신형을 들었다. 그러고는 장내를 떠나려던 찰나 문득 북쪽 나지막한 설벽의 바위 틈에서 무엇인가가 반짝거리는 것이 보였다.

"뭐지?"

청풍이 고개를 갸웃하며 물건이 있는 곳으로 다가갔다. 그러자 바위 깊숙한 곳에 금빛 천으로 감싼 물건이 숨겨져 있는 것이 보였다. 낮이라면 오히려 찾기 힘든 위치였는데 마침 한밤중 달빛이 황금빛 보자기를 비추는 바람에 청풍의 눈에 띈 것 같았다.

청풍이 잠시 망설였다. 물건이 놓여 있는 모양을 보건대 누군가 일부러 숨겨놓은 것 같았다. 주인이 있는 물건을 함부로 손댈 수는 없다. 그러나 과연 이 물건의 주인이 살아 있을까? 살아 있다면 왜 물건을 그대로 놓아두고 갔을까.

청풍의 나이 이제 열아홉, 호기심을 억누르기에는 너무 젊은 나이다. 청풍이 손을 바위틈으로 넣어 물건을 끄집어냈다. 금빛 비단 천에 단단히 싸인 물건은 손바닥 두 개 크기의 서책인 듯싶었다.

"서책이라……. 무슨 책이길래 이렇게 숨겨놓은 걸까?"

청풍이 고개를 갸웃하며 바위 위에 앉아 비단 천을 풀기 시작했다. 그런데 그때 갑자기 물건이 들어 있던 절벽 위에서 냉기 서린 목소리가 흘러나왔다.

"그 물건에 손을 대지 않는 것이 좋을 거예요."

막 비단 천을 풀어가던 청풍이 흠칫하며 고개를 들었다. 그러자 절벽 위에 검은 그림자가 달빛을 등지고 서 있는 것이 보였다.

"이 물건의 주인입니까?"

청풍이 물었다.

"그래요. 그건 제 물건이에요."

여인이다. 얼굴은 달을 등지고 있어 보이지 않았지만 달그림자 진 그녀의 몸매는 여인의 그것이다. 무엇보다 확실한 것은 차갑지만 가는 그녀의 목소리다.

"주인이 그대란 걸 어떻게 믿을 수 있지요?"

청풍이 물었다. 그러자 절벽 위의 여인이 대답했다.

"내가 주인이 아니라면 어떻게 그 물건이 이곳에 남아 있다는 걸 알고 있겠어요?"

"그렇지만……."

"당신을 설득할 여유가 없군요. 물건을 주세요."

여인이 손을 내밀었다. 그러나 청풍은 섣불리 물건을 내줄 수 없었다. 주인이 따로 있을 수도 있다는 의심은 당연한 것이었다. 청풍이 망설이자 여인이 훌쩍 몸을 날렸다. 그러자 그녀가 월하의 선녀처럼 옷자락을 날리면 사뿐히 청풍 앞에 내려섰다. 그러고는 다시 손을 내밀었다.

“물건을 주세요. 위험한 물건이니 그대가 가지고 있을 이유가 없어요.”

청풍은 그제야 여인을 보았다. 그러고는 내심 크게 당황했다. 왜냐하면 여인이 그의 예상과 달리 너무 아름다웠기 때문이었다.

창백하리만큼 흰 얼굴에 조금은 가는 듯 붉은 입술, 그리고 뒤로 동여맨 머리카락은 비단처럼 반짝인다. 어쩌면 달빛 탓일 수도 있었다. 본래 밤의 달빛은 사람을 좀 더 신비롭게 보이게 만들지 않던가.

“이 물건이 당신의 것이라고 증명할 수 있나요?”

여인이 아름답기는 하지만 상대의 미모에 홀려 수중의 물건을 순순히 넘겨줄 청풍이 아니다. 그의 친부 청담을 닮아서 청풍의 심성은 무척 진중한 편이었다.

“그걸 어떻게 증명하겠어요. 날 믿으라고 말할밖에…….”

“내가 어떻게 당신을 믿지요?”

“아, 당신과 말씨름을 하고 있을 시간이 없어요. 순순히 건네지 않겠다면 손을 쓸 수밖에 없어요.”

여인이 두 손을 살짝 들어 올리며 말했다. 무공을 사용하겠다는 의미다. 그러자 청풍이 한 걸음 물러나며 말했다.

“강제로 물건을 빼앗기는 쉽지 않을 거예요.”

“후……. 소협은 정말 강호의 무서움을 모르는군요. 오늘날 만난 것을 행운으로 아세요. 다른 사람이었다면 당신은 살아 있지 못했을 거예요.”

여인이 차갑게 말을 하는 동시에 한 손을 뻗어냈다. 그녀의 손이 허공에서 묘한 곡선을 그리며 청풍의 손목을 낚아챘다. 순간 청풍이 재빨리 몸을 틀어 여인의 손길을 피하면서 훌쩍 뒤로 물러나 절벽 바로 앞에까지 다가섰다.

"무공을 익혔군요. 당신은 누구죠?"

여인이 유려한 청풍의 신법에 놀라 소리쳤다.

"그대의 정체부터 먼저 밝히는 것이 순서가 아닌가요?"

청풍이 대꾸했다. 그러자 여인이 나직하게 한숨을 내쉬었다. 그러다가 청풍을 보며 말했다.

"그대가 만약 밀문, 밀황류의 사람이 아니라면 그만 물건을 주고 물러나세요. 이젠 정말 그대의 사정을 보아줄 수 없어요."

여인의 눈에 차가운 한기가 느껴진다.

"밀황류 같은 것은 모르겠으나 이대로 그대에게 물건을 넘길 수도 없어요. 물건을 찾고 싶으면 내일 운중룡 서쪽의 초가를 찾아와요. 아버지와 상의해서 물건을 내어줄지 결정할 테니까."

"어쩔 수 없군요. 오늘 난 이곳을 떠나야만 하니 제 손속이 조금 독하더라도 날 원망치는 말아요."

파팟!

여인이 한순간 허공으로 떠오르며 두 손을 휘둘렀다. 그러자 그녀의 손에서 흘러나온 두 줄기의 지력이 청풍의 가슴과 머리를 노리고 닥쳐들었다. 청풍이 다시 몸을 흔들었다. 귀영팔보가 한순간에 청풍의 몸을 허깨비로 만들었다.

"아!"

여인이 나직이 탄성을 흘려냈다. 청풍의 무공이 생각보다 훨씬 비범하다는 것을 깨달은 것이다. 여인이 허공에서 한 바퀴 몸을 틀었다. 그 모습이 마치 천상의 선녀와 같다. 그러나 그녀의 손은 결코 그 겉모습처럼 아름답지만은 않았다.

쐐액!

여인의 손이 다섯 개의 수영을 만들어냈다. 허공에 떠오른 수영들은 마치 하나하나가 잘 벼른 칼처럼 날카롭다. 그 수영들이 번개처럼 물러서는 청풍을 향해 달려들었다.

청풍이 본능적으로 허리춤의 검에 손을 가져갔다. 그러나 그도 잠시 청풍이 고개를 저으며 재차 귀영팔보를 밟았다. 그러자 그의 몸이 절벽을 타고 오르기 시작했다.

스스슥!

청풍이 마치 거미처럼 미세한 소음을 내며 여인이 뛰어내렸던 절벽을 타고 올랐다. 그러자 여인이 절벽 아래서 고개를 들어 절벽의 중간쯤에서 걸음을 멈춘 청풍을 바라봤다.

"이런 산골에 당신과 같은 고수가 있을 줄은 몰랐군요."

여인은 아마도 청풍을 쫓기를 포기한 모양이었다.

"나도 당신과 같이 아름다운 여인이 이렇게 독한 무공을 쓸 줄은 몰랐어요."

청풍의 말에 모욕감을 느꼈는지 여인의 얼굴이 붉게 물들었다.

"어떻게 하면 그 물건을 내게 줄 건가요?"

모욕을 받은 여인의 관심은 여전히 청풍이 바위 사이에서 꺼낸 물건에 가 있었다.

"쉽게 가져갈 수는 없을 거예요. 이 물건이 진정 당신의 것인지 나는 확신할 수 없어요. 일단 아버지와 이 문제를 상의해야겠어요."

"아버지? 당신의 부친은 어디 있나요?"

"지금 주무시고 계시죠."

"음……. 그럼 지금 아버님을 뵈러 가죠."

여인이 거부하지 않고 타유를 보러 가자고 나오자 청풍의 마음이 조금 흔들렸다. 그 당당한 태도로 보건대 그녀가 정말 물건의 주인일 가능성이 많기 때문이었다. 주어버리면 그만인 것을 괜히 타유를 번거롭게 하는 것이 아닌가 하는 생각에 청풍이 망설이자 여인이 재차 입을 열었다.

"미안하지만 내겐 시간이 많지 않아요. 그러니 어서 당신의 아버지를 만나러 가요."

여인의 재촉에 청풍이 잠시 생각에 잠겼다가 불쑥 물었다.

"당신의 이름은 뭐지요?"

갑작스런 질문에 여인이 잠시 당황한 듯하다가 고개를 저으며 말했다.

"내 정체를 밝힐 수는 없어요."

"정체를 밝히라는 게 아니라 이름을 알고 싶은 거예요. 당신이 이름만 들어도 정체를 알 수 있을 만큼 강호에서 유명한 사람인가요?"

청풍의 질문에 여인이 잠시 생각에 잠겼다가 입을 열었다.

"좋아요. 말해주죠. 제 이름은 조명이에요. 아마 들어본 적이 없을 거예요. 하지만 이 이름을 다른 사람에게는 말하지 말아주었으면 해요. 오늘 저와 제 동료들이 이곳에 있었다는 것은 강호에 알려지지 말아야 하는 일이라서……."

여인의 대답에 청풍이 고개를 끄덕였다. 타유 말고는 그녀의 이름을 말할 사람도 없었다. 청풍이 손에 들고 있던 금포에 싸인 물건을 눈 아래로 들었다.

"애초에 내 물건은 아니었으니까."

청풍이 중얼거리며 막 물건을 던지려는 찰나 갑자기 절벽 위에서 다시 날카로운 목소리가 들려왔다.

"아이야, 잠깐 기다리거라. 그 물건을 그 계집에게 넘기면 안 된다."

절벽 위에서 생경한 목소리가 들리는 순간 어느새 청풍의 몸은 그 자리에서 사라지고 없었다. 절벽에서 사라진 청풍의 신형은 잠시 후 동쪽의 사람 키만 한 바위 위에 나타났다.

"당신은 또 누구죠?"

청풍이 절벽 위에 나타난 초로의 인물을 보며 물었다. 달빛 아래 번뜩이는 그의 눈빛이 날카로우면서도 한편으로는 음산하다. 심성이 밝은 사람은 아닌 것이 분명했다.

"내 이름은 불탁불이라고 한다. 누구처럼 이름을 숨기는 사람은 아니지. 그리고… 그 물건의 본래 주인이기도 하다."

"흥, 거짓말 말아요. 그 물건이 어떻게 당신의 것이란 말인 가요? 소협, 저 노괴의 말에 속으면 안 돼요."

여인 조명이 얼른 소리쳤다. 그러자 불탁불이라 이름을 밝힌 노인이 조명을 보며 말했다.

"계집, 네 이름이 조명이라고 했지? 그 이름은 내가 좀 알고 있지. 화산파 후기지수 중 조씨 성을 가진 계집이 있어. 그 재주가 다른 사형제들의 시기를 받을 정도라. 그래서 화산 늙은 이들의 총애를 한 몸에 받는다고 하던데 네가 바로 그 계집이 렸다. 후후……. 요 며칠간 너희 패거리의 절반이 죽었고 그 대부분이 젊은 연놈들이었는데, 너만이 늙은이들과 함께 살아남았으니 그 재주는 칭찬받을 만하다고 할 수 있다. 그러나 조가 계집, 넌 이곳으로 돌아오는 것이 아니었어. 늙은이들의 유인책을 우리가 모를 거라 생각했느냐?"

불탁불이라는 노인의 말에 조명의 얼굴이 하얗게 질린다. 그러자 불탁불이 득의한 표정으로 말을 이었다.

"난 반드시 너희 중 하나가 갔던 길을 되돌아올 거라고 생각 했지. 이런 경우 귀중한 물건을 품에 지니고 도주하는 자들은 그리 많지 않거든. 그런데 너희의 행보가 본 왕의 예상에서 한 치도 벗어나지 않는구나. 하하하!"

"스스로 왕을 자칭하는 것은 그대가 밀문오왕 중 일인이라 는 말이군."

"그렇다. 내가 바로 밀문삼왕 불탁불이다. 그러니 네가 지금 저승사자 앞에 있다는 것을 알 것이다. 순순히 물건을 넘기

고 날 따라온다면 한 목숨 살려주마. 밀황께서는 인자하신 분
이다. 너처럼 아리따운 아이를 결코 해하지 않으실 거다.”

불탁불의 눈에 음흉한 미소가 감돈다.

“흥, 너희 밀황류 마인들의 패음함을 어찌 모를까. 당신을
따라갈 일은 없어.”

“그럼 죽어야지.”

툭!

불탁불이 허공에서 빙글 한 바퀴 제비를 돌더니 이내 조명
앞에 내려섰다. 그러자 조명이 서너 걸음 뒤로 물러났다. 그녀
는 아마도 노인의 정체를 잘 알고 있는 모양이었다. 그래서인
지 그녀의 눈에 드러나는 두려움을 숨길 수 없다.

“의천맹이 본 문에 간자를 두고 있다는 것은 이미 오래전에
눈치채고 있었다. 그런데 설마 놈이 본 문이 의천맹에 심어놓
은 형제들의 명단을 알아냈을 줄은 꿈에도 몰랐지. 참 대단한
놈이었어.”

“청 사숙의 죽음은 반드시 갚아주마.”

“하하하, 그래그래. 그런데 그러려면 네 한 목숨 살아야지.
지금 네가 살아날 수 있는 방법은 오직 하나다. 나를 따르는
것!”

불탁불이 꾸짖듯 소리쳤다.

“흥, 그럴 바에는 차라리 죽고 말겠다.”

조명이 차갑게 소리치며 불탁불을 향해 일수를 내뻗었다.
그러자 그녀의 손에서 다섯 개의 수영이 생겨났다. 청풍을 공

격할 때의 바로 그 수공이다.

"그런 재주로는 본 왕의 옷자락도 건드릴 수 없다."

강호에 나서면 일대절기로 칭송받을 조명의 수공이다. 그러나 불탁불의 눈에는 어린애 장난처럼 보이는 모양이었다. 불탁불이 몸을 한차례 흔들었다. 그러자 그의 신형이 다섯 개의 수영 사이로 연기처럼 비집고 나가더니 한순간에 조명의 목을 낚아채려 했다.

"흡!"

조명이 불탁불의 움직임에 놀라 다급성을 토해내며 뒤로 물러났다. 동시에 허리춤에서 한 차루 검을 매섭게 뽑아 다가오는 불탁불을 후려쳤다.

"하하하, 화산의 문도라면 당연히 검을 뽑아야지. 그 유명한 화산의 매화검을 구경해 볼까."

검을 앞에 두고도 불탁불은 여유가 있었다.

"홍!"

일단 검을 뽑은 조명도 어느 정도 자신감을 회복한 듯 한 가닥 비웃음과 함께 불탁불을 향해 매섭게 검을 휘둘렀다.

조명의 검이 허공에 화려한 검화를 피어 올렸다. 반 장 너비의 원을 그리는 검을 따라 수십 개의 검영이 생겨났다. 그리고 잠시 후 화려하면서도 그 안에 날카로움을 숨긴 매화의 검영이 불탁불을 덮쳐갔다.

"내 언젠가는 화산의 매화검을 나의 흑마권으로 깨뜨려 보고 싶었지. 그런데 오늘 바로 그 기회를 잡는구만!"

불탁불이 두 다리를 나란히 한 채 무릎을 약간 굽혔다. 그러고는 두 손을 가슴에 모으더니 닥쳐드는 조명의 검을 향해 두 손을 내밀었다.

우웅!

불탁불의 손에서 검은 기운이 일어났다. 그러더니 그 기운이 주먹 모양으로 모이며 마치 팔이 길게 늘어난 것처럼 검은 꼬리를 물고 날아가 조명의 검에 부딪혔다.

쾅!

불탁불의 권과 격돌하자 조명의 검이 만들어냈던 매화 문양의 검영이 한순간에 사라졌다. 그러고는 조명이 비틀거리며 뒤로 물러났다.

조명은 삼사 장을 물러나서야 겨우 몸을 바로 세웠다. 그녀의 얼굴은 창백했고 다리는 떨리고 있었는데 아마도 내상을 입은 듯 보였다.

"하하하, 아직은 어린 것이 분명하군. 내가 듣기로 화산의 매화검은 보이는 것은 부드러우나 그 안에 만근의 힘이 실린다고 했는데 나의 일권을 견디지 못한 것은 매화검이 부족해서가 아니라 네 공력이 부족해서일 것이다. 언제 한번 제대로 된 매화검의 고수와 승부를 결하도록 하고 오늘은 너와 물건을 가지고 가야겠다."

문득 불탁불의 시선이 청풍에게로 향했다. 청풍이 대답을 하지 않고 불탁불을 바라봤다.

"넌 대체 어디서 온 녀석이냐?"

　불탁불은 이미 절벽 위에서 조명의 공격을 신법으로만 피해
내는 청풍을 보았기에 청풍이 어리다고 함부로 경시하지 못하
고 침착하게 물었다.

　"이 운룡산이 본래 나의 집이지요."

　"음, 이곳에 살고 있었다는 말이군. 그런데 참 이상하군. 어
떻게 이런 산속에서 사는 네가 그런 신묘한 신법을 알고 있는
거지?"

　"내가 무공을 알고 있으면 안 된다는 건가요?"

　"뭐, 그건 아니지. 강호에는 은거한 기인이사가 한둘이 아니
니까. 아마 너도 그런 기인에게 무공을 전수받은 모양이구나."

　"그렇다고 할 수 있죠."

　"좋아. 그건 그렇고, 아이야. 세상의 인연이란 것은 언제나
두 가지 경우가 있다. 악연과 선연. 그런데 이 두 가지의 인연
은 사실 그리 큰 차이가 없어. 첫 번째 만남에서 서로에게 어
떤 마음을 가지느냐가 중요하거든. 넌 나와 선연을 맺고 싶으
냐? 악연을 맺고 싶으냐?"

　불탁불이 조금 무거운 어조로 물었다. 그러자 청풍이 불탁
불을 시선을 피하지 않으며 물었다.

　"지금 날 협박하는 건가요? 그렇다면 당신은 이미 나와 악
연을 맺을 생각을 한 모양이군요. 처음부터 협박을 해대
니……."

　"아아, 오해 말거라. 우리 두 사람의 인연은 나의 말이 아니
라 너의 행동에 따라 결정될 테니까."

그러자 청풍이 금포에 싸인 물건을 들어 보이며 말했다.

"결국 이 물건을 건네라는 거군요."

"그렇지. 똑똑하구나. 어린 나이에 비범한 무공을 익혔고, 또한 머리고 총명하니 기재라 아니할 수 없군. 어떠냐, 날 따라가지 않겠느냐? 날 따라간다면 넌 네가 보지 못했던 세계를 볼 수 있을 것이다. 천하에 군림하는 강자가 될 수 있지."

그러자 조명이 곁에서 소리쳤다.

"그의 감언이설에 속지 마세요. 저자가 속한 곳은 천하의 마인들이 모여 있는 복마전이에요. 그러니 소협은 절대 저자의 말을 믿지 마세요."

조명의 외침에 불탁불이 살짝 눈살을 찌푸렸다. 그러다가 이내 웃음을 흘리며 말했다.

"뭐, 틀린 말은 아니다. 내가 몸을 담고 있는 곳에는 다양한 사람들이 있지. 그리고 그들 중 대부분은 성정이 독한 사람들이다. 그러나 독하지 않고서야 어찌 천하를 얻겠느냐? 강호의 정의니 협의니 하는 것은 사실 수백 년 강호를 지배해 온 명문이란 작자들이 권력을 지키기 위해 내세우는 허울 좋은 말들이고 사실 강호란 곳은 힘있는 자가 권력을 얻는 세계가 아니겠느냐? 그런 의미에서 본다면 내가 속한 곳은 천하를 노릴 만한 힘이 있다. 너도 사내니 세상을 훔쳐볼 야망이 있을 터, 나와 함께 가면 그 꿈이 실현될 수 있을 것이다."

"아버지와 상의해야 돼요."

"응?"

갑자기 엉뚱한 말을 내뱉은 청풍의 대답에 불탁불이 당혹스런 표정을 지었다.

"당신의 제안을 어떻게 받아들일지는 아버지와 상의해야 한다고요."

"하하하! 네 나이가 몇이냐?"

"열아홉."

청풍이 짧게 대답했다. 그러자 불탁불이 은근한 목소리로 말했다.

"남아가 이십 세가 되면 평천하한다는 말도 있다. 그런데 열아홉이나 된 네가 스스로 네 행보를 결정하지 못한단 말이냐? 남들이 들으면 아마도 넌 애송이라는 놀림감이 될 것이다."

"음, 역시 내 예상대로군요."

"그건 또 무슨 말이냐?"

"난 당신의 말과 행동을 보며 참으로 거칠고 배운 것 없는 사람이라고 생각했지요. 세상의 도리 같은 것은 생각지 않고 사는 사람 말이에요. 그런데 지금 보니 부모에 대한 예법도 모르고 있는 것 같으니 내 생각이 맞은 것 같아요. 본래 아무리 나이가 들어도 집을 떠나고 들어오는 것은 항상 부모와 상의하는 것이 세상의 예법이지요. 그런데 그 이치를 모르다니. 쯔쯔!"

청풍이 혀까지 차며 측은한 표정으로 불탁불을 바라본다. 청풍의 말 한마디에 졸지에 배운 것 없는 불학무식한 사람이 되어버린 불탁불이 얼굴에 노기를 드러내며 호통을 쳤다.

　"이제 보니 어린놈이 간교하기 짝이 없구나. 교묘한 말로 사
람을 놀리다니……."

　"교묘한 말로 사람을 꼬여내려는 당신도 간교하긴 마찬가
지지요."

　청풍이 지지 않고 대답했다.

　"네놈의 무공이 기특하여 데려가 쓸까 했더니 네가 권주를
마다하고 벌주를 자청하는구나. 사실 네놈 따위가 꼭 필요한
것은 아니다. 오늘은 그 물건과 이 계집이면 족하지. 죽기를
자처했으니 날 원망치 말거라."

　불탁불이 호통과 함께 허공으로 떠올랐다. 하늘로 솟구치는
그 모습이 마치 성난 밤 짐승과 같다. 허공으로 떠오른 불탁불
이 불문곡직하고 청풍을 향해 주먹을 내밀었다.

　쿠우웅!

　불탁불의 주먹이 팽팽한 파공음을 만들어냈다. 그의 오른손
주먹이 쭈욱 뻗어 나오면서 조명의 매화검을 깨뜨렸던 강맹한
권영을 만들어냈다.

　청풍이 재빨리 신형을 날렸다. 그러자 미처 불탁불의 권장
이 청풍에게 닿기도 전에 청풍의 신형이 그림자만 남기고 사
라졌다.

　콰앙!

　뒤늦게 청풍이 올라 있던 바위를 가격한 불탁불의 권장이
강력한 파열음을 일으킨다. 그러자 청풍이 서 있던 바위의 한
쪽 끝이 크게 부서져 나갔다. 그야말로 산도 무너뜨릴 권장의

위력이다.

"흥, 쥐새끼처럼 도망은 잘 가는구나."

자신의 권장을 피해낸 청풍을 향해 불탁불이 냉소를 흘리며 바위를 차고 올라 다시 허공으로 떠올랐다. 그러더니 보지도 않고 청풍이 있는 곳을 향해 재차 주먹을 내뻗었다. 이번에는 두 개의 주먹을 번갈아 내쳤는데 그러자 두 개의 권영이 생겨나 앞서거니 뒤서거니 하면서 청풍을 몰아쳤다.

청풍이 닥쳐드는 권장을 다시 피하려다 말고 재빨리 검을 뽑아 들었다. 지금까지 조명을 상대할 때나 혹은 불탁불을 상대하면서 한 번도 뽑지 않았던 검이었다.

청풍이 불탁불의 권장을 피해 오른쪽으로 몸을 기울이는가 싶더니 이내 사선으로 땅을 차고 오르면서 검을 휘둘렀다.

쐐액!

회초리처럼 휘둘러진 청풍의 검에서 검은빛의 검기가 일어났다. 검기는 측면에서 불탁불의 권영을 들이쳤다.

콰릉!

청풍의 검기가 불탁불의 권장과 부딪히며 우레 같은 충돌음이 일어났다. 그러자 청풍과 불탁불이 거의 동시에 같은 거리를 두고 뒤로 물러났다. 뒤로 물러난 불탁불의 얼굴에 은은한 놀람의 빛이 떠오른다.

"네놈은 정말 보통 녀석이 아니구나."

"당신도 늙은 나이에 비하면 힘이 세군요."

청풍이 불탁불에 지지 않고 대꾸했다. 그러자 불탁불이 신중하게 걸음을 앞으로 옮기며 말했다.

"불행하게도 넌 오늘 반드시 이곳에서 죽어야겠다. 강호에 이 불탁불이 스물도 되지 않은 녀석을 제압하지 못했다는 소문이 나면 난 얼굴을 들고 다니지 못할 테니까."

불탁불이 두 손을 풍차처럼 휘둘러 댔다. 그러자 그의 신형이 자신이 만들어내는 권풍에 휩싸였다. 불탁불은 권풍에 몸을 감춘 채 마치 돌개바람이 밀려오듯 청풍을 향해 달려들었다.

청풍이 귀영팔보를 밟으며 불탁불의 돌진을 피해냈다. 그러나 불탁불이 일으키는 권풍의 위력이 워낙 강해서 청풍의 소맷자락들이 그의 권풍에 휘감겨 곳곳에서 찢어져 나갔다. 그 와중에도 청풍은 눈을 가늘게 뜨고 불탁불의 허점을 찾기 위해 노력했다.

타유의 가르침 중 가장 중요한 것은 적의 허점을 찾는 것이다. 타유는 세상에 완벽한 인간은 없다고 생각하는 사람이었다. 성품이든, 혹은 무공이든 그 어떤 면에서라도 완벽한 인간은 없다. 단지 명성을 얻은 자들은 그 명성의 힘으로 완벽해 보일 뿐이다.

살수의 첫 번째 일은 상대의 허점을 찾는 것이다. 허점만 찾는다면 아무리 상대가 강한 자라도 그 청부의 절반은 성공한 것이나 다름없다.

타유가 처음 야천구검을 가르치며 한 이 말을 청풍은 지금까지 가슴에서 지우지 않고 있었다. 그런 생각이 있으면 적의

무공에 놀라거나 혹은 두려움에 질려 본래의 실력을 발휘하지
못하는 일이 없기 때문이었다.

그러나 불탁불의 무공은 청풍이 생각하는 것 이상이었다.
그의 권풍에 말려들면 바위든 아름드리나무든 큰 상처를 입고
쓰러져 갔다. 덕분에 장내는 순식간에 큰 전쟁이라도 치른 곳
처럼 폐허로 변해갔다.

그럼에도 청풍은 여전히 건재했다. 비록 불탁불의 권풍에
말려드는 위기를 겪지 않은 것은 아니지만 그렇다고 치명적인
부상을 입지도 않았다. 몸에 여럿 상처가 생겨나고 멍이 들었
지만 적을 상대로 싸우지 못할 바는 아니었다.

그러나 그렇다고 피하기만 해서는 싸움을 끝낼 수 없다. 청
풍은 여전히 불탁불의 허점을 찾고 있었지만 좀체 그의 허점
이 보이지 않았다. 그런데 좀처럼 찾을 수 없던 불탁불의 허점
이 한순간 청풍의 눈에 크게 드러났다. 하나 그건 불탁불 스스
로가 만든 게 아니라 타인에 의한 것이었다.

"죽어랏!"

날카로운 음성과 함께 청풍을 공격하던 불탁불의 등 뒤에서
조명의 검이 떨어져 내렸다. 비록 불탁불의 권장에 내상을 입
은 조명이지만 청풍에게 허점을 만들어줄 만큼의 공력은 충분
히 남아 있었다.

"이년이!"

자신의 후미를 공격하는 조명의 존재를 알아챈 불탁불이 노
기를 흘려내며 재빨리 방향을 틀어 권풍을 조명에게로 향했

다. 그런데 그렇게 방향을 트는 사이 불탁불의 옆구리가 비었
고 그걸 청풍이 놓치지 않았던 것이다.

팟!

청풍의 검이 움직였다. 먹이를 낚아채는 독수리처럼 청풍의
검이 날카롭게 불탁불의 옆구리를 베었다.

"흡!"

조명을 공격하던 불탁불이 청풍의 검에 놀라 다급하게 신형
을 틀었다. 덕분에 조명은 위기에서 벗어났다. 청풍이 뒤로 물
러나는 불탁불을 향해 재차 야천구검의 검초를 펼쳤다.

살수의 검을 바탕으로 만들어진 야천구검의 초식들은 일단
적의 약세를 보면 이리처럼 물고 늘어지는 독함이 있었다. 청
풍의 검이 꼬리에 꼬리를 물고 불탁불을 공격했다.

사삭!

청풍의 검에 불탁불의 허벅지 어림에 얕은 검상이 생겼다.
계속해서 수세에 몰린 불탁불의 얼굴이 붉게 물들었다. 그러
다가 한순간 크게 고함을 지르며 불탁불이 두 손을 어지럽게
흔들었다.

"하앗!"

불탁불의 두 주먹에서 검은 기운이 뭉실거리며 일어났다.
그 와중에도 청풍의 검은 여전히 불탁불을 노리고 달려들고
있었는데 막 청풍의 검이 불탁불의 팔을 자르려는 순간 불탁
불의 주먹에서 일어난 검은 기운이 맹렬하게 회전하며 청풍의
검날을 쳤다.

깡!

벼락 치는 소리가 일어나면 놀랍게도 청풍의 검이 중간에서 뎅겅 부러졌다.

"요, 애송이 놈! 죽여주마!"

청풍의 검을 자른 불탁불이 당황해 물러나는 청풍을 향해 호랑이처럼 덮쳐왔다.

"아!"

두 사람의 싸움을 지켜보고 있던 조명이 다급한 탄식을 흘렸다. 누가 보아도 불탁불의 장력이 당황해 물러나는 청풍의 머리를 박살 낼 것처럼 보였기 때문이다.

청풍은 정신이 어지러운 속에서도 자신을 향해 닥쳐드는 권풍을 향해 반으로 잘린 검을 휘둘렀다. 야천구검의 초식 두세 개가 자신도 모르는 사이에 동시에 펼쳐졌다.

"흥!"

온전한 검이 아니지만 그래도 청풍이 펼치는 야천구검의 초식은 무서운 위력이 있었다. 그러나 불탁불 같은 고수에게 불완전한 초식은 위협이 되지 않는다.

쿵쿵!

불탁불의 장력에 밀려 청풍이 펼친 초식들이 허공에서 소멸했다. 그러자 청풍의 검초를 와해시킨 불탁불의 권장이 철퇴처럼 청풍의 머리를 향해 떨어져 내렸다.

청풍이 힘껏 몸을 틀었다. 이 수는 청풍의 구명절초였다. 어깨를 내어주고 머리를 보호하는 수법, 최악의 경우에나 쓸 수

법으로 내어준 어깨는 영원히 쓰지 못할 수도 있었다.

　그런데 그 순간 갑자기 청풍의 눈에 불탁불의 등 뒤로 불쑥 솟아오르는 검은 그림자가 보였다. 그리고 다음 순간 거짓말처럼 불탁불의 움직임이 굳은 듯 정지했다.

　"크윽!"

　불탁불의 입에서 참을 수 없는 신음성이 흘러나왔다. 그의 가슴 앞쪽으로 날카로운 검이 한 자루 삐쭉 머리를 내밀고 있었다. 불탁불이 자신의 가슴을 관통한 검을 보고 다시 고개를 돌려 그 검의 주인을 찾으려고 했지만 그의 머리는 이미 그의 마음대로 움직일 수 없었다.

　"남의 집에 와서 주인의 아들을 죽이려 하다니 당신은 죽어 마땅하지. 더군다나 당신이 밀문의 사람이라면!"

　검의 주인이 불탁불의 귀에 대고 나직하게 속삭였다.

　"누…구……?"

　"금석촌……."

　"음……."

　신음과 함께 불탁불이 모든 것이 이해간다는 표정을 지었다. 그리고 그는 죽음을 받아들였는데 이유나마 알고 죽는 자의 평온함이 그의 얼굴에 드리워져 있었다.

　청풍은 모든 것이 혼란스러웠다. 물론 그가 불탁불과 목숨을 걸고 싸움을 하고 있었지만 눈앞에서 이렇게 갑작스레 죽어버린 불탁불의 모습은 그가 생각했던 것 이상의 충격이었다.

더군다나 불탁불을 죽인 사람은 청풍과 너무도 가까운 사람
이다.

"아버지……."

청풍이 불탁불의 시신에서 검을 빼 드는 타유를 불렀다.

"위험했구나."

타유가 담담하게 말했다.

"어떻게……?"

"너무 오래 걸려서 나와봤다. 다행히 늦지 않았구나. 일단
이자를 묻고 자리를 옮기자. 혹시라도 이자의 동료들이 있다
면 곤란해질 수도 있으니."

타유가 침착하게 말했다. 청풍은 그런 타유가 거대한 산처
럼 느껴진다. 어떤 상황에서도 침착함을 잃지 않는 타유의 모
습은 청풍이 꿈꾸던 무인이 모습 그것이다.

"알았어요."

청풍도 타유를 따라 정신을 차렸다. 그러고는 불탁불의 시
신을 불쑥 어깨에 걸처 멨다.

"가요."

청풍이 먼저 신형을 날렸다. 타유도 재빨리 주변의 흔적을
대충 지운 후 청풍의 뒤를 따랐다. 그러자 조명이 잠시 망설이
는 듯싶더니 이내 두 사람을 따라 몸을 날렸다.

"의천맹?"

촛불이 밤바람에 흔들렸다. 타유와 청풍의 초가, 조명이 타

유의 앞에 앉아 고개를 끄덕였다.

"네, 그래요."

조명의 대답이 뒤를 이었다.

"음, 내 의천맹에 대해선 들은 바가 있긴 있소. 어지러운 강호의 정세를 바로잡고자 전통의 명문들이 모여 만든 단체라 들었소."

타유의 말에 조명이 조금 놀란 표정을 지었다.

"대협께선 보통 분이 아니시군요. 의천맹의 존재는 강호에 잘 알려지지 않았는데⋯⋯."

"음, 구파와 사대세가가 모였는데 어찌 그 소문이 흘러나오지 않겠소."

"하긴 그렇지요. 애초에 그 존재를 숨기는 게 불가능한 일이었을 거예요."

조명이 순순히 타유의 말에 수긍했다. 그러자 타유가 잠시 생각에 잠겼다가 들고 있던 물건, 청풍이 절벽 바위틈에서 찾아낸 물건을 조명에게 건넸다.

"가져가시오."

"고맙습니다. 대협!"

"대신 나도 조건이 있소."

"말씀하세요."

조명이 타유가 건넨 물건을 소중히 품에 넣으며 말했다.

"오늘 우리는 보지 않은 것으로 합시다. 의천맹에 돌아가서라도 우리의 존재를 발설치 말아주시오. 나와 풍은 번거로운 것을 싫어하여 은거한 사람들이니 강호에 이름을 알리고 싶지 않소."

그러자 조명이 잠시 망설이는 듯한 모습을 보였다. 조명 역시 허투루 약속을 하는 사람이 아니다. 일단 약속하면 반드시 지키는 여인이었다.

그런 조명의 성정으로 보아 이 일은 함부로 약속할 일이 아니었다. 의천맹은 몰라도 문중의 어른들에게 이 일을 숨길 것이라고 쉽게 약속할 수 없었던 것이다.

그러나 결국 조명은 타유의 제안을 수락했다. 그녀로서는 무엇보다도 자신에게 돌아온 물건이 중요했다.

"알겠습니다. 대협의 말씀대로 하지요."

"고맙소. 명문의 제자로서 바깥에서 일어난 일을 존장들에게 숨기는 것이 쉬운 것이 아닌데 큰 결심을 해주었소."

타유가 조명의 모든 것을 이해한다는 듯 말했다. 그러자 조명이 다시 잠시 생각에 잠겼다가 물었다.

"대협의 사문은 어찌 되시는지요?"

그녀의 입장에서 보자면 타유와 같은 고수를 길러낼 문파는 그리 많지 않았다. 더군다나 타유가 불탁불에게 쓴 살수는 무척 냉정하고 거침이 없는 것이어서 타유의 정체가 더욱 궁금한 조명이었다.

"특별히 사문이랄 것도 없소. 어려서부터 강호에서 뒹굴다 보니 이리 한 수 저리 한 수 얻어 배우게 되었다오. 그러다가 어지러운 강호사를 벗어나기 위해 이 아이와 함께 이곳에 은

거하게 되었는데 오늘 이렇게 다시 강호의 은원에 개입하게
되었구려."

타유의 담담히 대답했다. 조명은 타유의 말을 믿어야 할지
분간할 수 없었다. 조명은 비록 젊은 나이이긴 하나 의천맹의
고수로서 제법 풍부한 경험을 가지고 있었다. 그래서 다른 사
람이 말에 대한 진위를 구분하는 눈 정도는 가지고 있었는데
타유의 이 무심한 말투는 전혀 그 진위를 가늠할 수 없게 만드
는 것이었다.

"알겠습니다. 제 약속은 믿으셔도 좋아요."

"물론 조 여협의 약속을 믿소."

타유가 한줄기 미소를 지어 보였다. 그러자 조명은 다시 혼
란스러워졌다. 타유의 미소가 무척 부드러웠기 때문이다. 불
탁불을 죽이고 자신에게 물건을 내어주며 조건을 내걸던 타유
의 모습과는 너무 다른 느낌을 주는 웃음이다.

"그럼 전 이만 가보아야겠군요."

조명이 이들 부자에 대해 좀 더 알아보고 싶은 마음을 누른
채 자리에서 일어났다. 그러자 타유와 청풍이 함께 일어섰다.

"대협, 청 소협, 오늘의 도움에 감사드려요."

여전히 조명은 타유의 이름을 모르고 있었으나 청풍의 이름
은 들어 알고 있었다.

"도움은요. 애초에 조 여협의 물건이었는데 제가 고집을 부
려 일이 어려워진 면도 있지요."

"아니에요. 만약 청 소협께서 처음부터 물건을 넘겼더라면

전 아마도 금세 이 물건을 그 불탁불이라는 자에게 빼앗겼을 거예요."

조명이 진심으로 두 사람에게 고마운 기색을 보이며 말했다. 그러자 타유가 말했다.

"정말 그리 생각하신다면 부디 약속을 꼭 지켜주시오."

"걱정 마세요. 사문을 걸고 약속하죠."

"화산의 이름이라면 믿을 만한 무게지."

타유가 고개를 끄덕였다. 그러자 조명이 타유에게 고개를 숙여 보이며 말했다.

"갈 길이 급하니 저는 이만……."

타유에게 인사를 건넨 조명이 슬쩍 청풍을 바라보고는 이내 초가의 문을 열고 어둠 속으로 사라졌다. 그러자 타유가 잠시 조명이 사라진 곳을 바라보고 있다가 청풍에게 말했다.

"우리도 떠날 때가 되었구나."

"네?"

갑작스런 타유의 말에 청풍이 되물었다.

"이곳을 떠날 때가 되었다."

"운룡산을 떠난다고요?"

"오냐, 좋으나 싫으나 강호의 인연들이 운룡산에서 맺어졌다. 인연이 맺어진 곳은 숨기에 좋은 곳이 아니야."

"그녀가 약속을 어길 거라고 생각하세요?"

청풍은 조명을 믿는 눈치였다.

"그렇지는 않다. 그녀는 자신의 약속을 지킬 만한 심성은 지니고 있는 것 같았다. 그러나… 세상일이라는 게 어디 본인의 뜻대로 되겠느냐? 혹여라도 화산의 수뇌들이 그녀를 다그치거나 혹은 죽은 불탁불이라는 자의 동료들이 다시 이곳에 나타난다면 우리의 은거도 결국 끝이 나고 말 것이다. 그 전에 이곳을 떠나는 것이 옳다. 사람이든 짐승이든 본능에 따라 움직이는 것이 가장 좋아. 지금 내 본능이 이곳을 떠나라고 말하고 있구나."

타유의 말에 청풍이 고개를 끄덕였다.

"알겠어요. 그런데 이곳을 떠나면 어디로 가죠?"

"조금 알아볼 것이 있다. 얼마간 여행을 하자꾸나."

"어디로요?"

"난주로 간다."

"어머님의 고향으로요? 설마……?"

청풍이 걱정스런 표정으로 물었다. 청풍도 이제 타유와 상목혜가 난주에서 어떤 일을 겪고 이 운룡산까지 왔는지 자세히 알고 있었다. 그래서 복수란 것이 오직 자신의 문제만이 아니라 타유의 문제이기도 하다는 것을 알고 있는 청풍이다.

그러니 당연히 타유가 난주로 가자고 하는 말에 타유가 난주 호금장을 향해 재차 복수의 칼을 뽑으려는 게 아닌가 걱정이 되었던 것이다.

"걱정 말아라. 아비는 살수다. 허투루 일을 벌이진 않아. 단지 몇 가지 알아볼 게 있어서 그렇단다. 이십 년이 지났으니 누가 날 알아보겠느냐?"

타유가 청풍을 안심시켰다.

"알겠어요. 그럼 언제 떠나죠?"

"내일! 가는 길에 네 친부의 묘소에도 들리자꾸나."

타유와 청풍은 다음 날 새벽 간단한 행장을 차려 초가를 나섰다. 오래 집을 비울 것이기에 단속해 둘 것이 많을 듯하지만 상목혜가 죽은 이후 두 사람은 초가를 거의 돌보지 않았으므로 기실 단속할 것도 없었다.

두 사람은 그동안 산약초를 캐고 사냥을 해 마련한 금자를 품에 넣는 것으로 여행 준비를 마치고는 서둘러 초가를 떠났다.

"잘 있으셨는가?"

타유가 강이 내려다보이는 산기슭에 자리 잡고 있는 작은 봉분을 어루만지며 입을 열었다. 두 번 절을 한 청풍은 술잔을 기울여 봉분에 술을 뿌리고 있었다. 청담의 묘다.

"이번에 가면 또 한동안 오지 못할 걸세. 부디… 넋이라도 있다면 풍의 무운을 빌어주시게. 물론, 이게 자네가 원한 풍의 삶이 아닐지라도 말이야."

타유의 말투가 마치 살아 있는 사람에게 하는 것 같다. 청풍은 묵묵히 그런 타유의 넋두리를 듣고 있다가 타유가 잠시 침묵을 지키자 불쑥 질문을 던졌다.

"밀문은 어떤 곳이지요?"

“밀문?”

“예, 어제 그 불탁불이라는 자가 밀문오왕 중 일인이라고 했잖아요. 아버지는 밀문에 대해 아시는 것 같던데…….”

“알지.”

타유의 표정이 어두워졌다.

“어떤 곳이죠?”

청풍이 재차 물었다.

“넌 내가 왜 그자를 굳이 죽였다고 생각하느냐?”

“그야 저를 구하시려고……. 다른 이유가 있나요?”

“널 구하기 위해 꼭 그의 목숨이 필요했던 것은 아니다. 팔다리 하나만 잘라도 그는 도주했을 것이다. 그렇다고 후환을 남기지 않기 위함도 아니었다. 내가 그를 죽인 이유는 그가 밀문의 사람이기 때문이다.”

“……?”

“밀문은… 모가장을 도와 금석촌을 공격했던 그 정체 모를 고수들이 속한 곳이다.”

“아……!”

청풍이 탄식을 흘렸다. 그렇다면 불탁불이란 자는 결국 자신의 원수 중 한 명이 아닌가.

“그동안 난 은밀히 모가장과 그 조력자들에 대해 조사했단다. 적을 모르고서야 어찌 널 복수의 길에 내보낼 수 있겠느냐? 그런데 모가장에 대해선 제법 많은 것을 알 수 있었으나 모가장이 끌어들인 그 고수들에 대해선 크게 알아낸 바가 없다. 그들이 속한 곳의 이름 정도를 제외하고는 말이다. 그들은 스스로 밀문의 사람들이라 했고, 모가장의 수뇌들은 그들을 밀황류의 인물들이라고 하더구나. 모가장이 사천과 운남, 귀주, 삼 성을 장악하고 있다고 하지만 기실은 그 밀문, 밀황류라는 곳의 지시를 따르는 듯싶었다."

"그랬군요. 그래서 그를 베신 거군요."

"살려두어 밀문에 대해 알아보는 것도 좋았을 테지만, 그 화산의 제자도 있고 또 그를 산 채로 제압하기는 나로서도 쉽지 않은 일이라 생각했지."

"그는 고수였지요."

"기습이 아니었다면 죽이기도 쉽지 않았을 게다."

"아무튼 그럼 밀문, 밀황류란 곳에 대해 좀 더 알아봐야겠군요."

"그래서 난주로 가는 거란다."

"예?"

"모가장이 난주의 호금장과도 거래를 하는 듯했어. 특히 얼마 전 산을 내려갔을 때 이달 보름에 모가장주의 큰아들 모잠이 난주로 표행을 나선다고 했었다. 난주라면 이곳에서 먼 곳이니 일을 시작하기에 좋은 곳이다. 호금장의 일도 함께 알아볼 수 있고……."

타유의 눈빛이 싸늘하게 빛났다. 살수의 본능이 깊은 잠에서 깨어났음을 청풍은 본능적으로 느낄 수 있었다.

　　　　＊　　　＊　　　＊

화르르!

세상의 모든 것을 녹여 버릴 듯한 불꽃이 용암처럼 피어올랐다. 건장한 청년이 그 불에 쇠를 넣었다가 붉게 달궈진 후 꺼내 쇠망치로 두드렸다.

쇠는 금세 검의 모양을 갖춰갔다. 사내는 얼른 쇠를 물에 담가 식힌 후 재차 꿈틀거리는 불꽃 속으로 집어넣었다. 그러고는 그제야 부안을 돌아봤다.

"날 아십니까?"

순후한 눈빛 속에 숨길 수 없는 고집이 엿보인다.

'닮았어.'

부안이 속으로 중얼거렸다.

"날 아세요?"

사내가 다시 물었다. 이제 겨우 스무 살이 갓 넘었을까 말까 한 나이지만 몸집이 워낙 크고 온몸이 근육으로 꿈틀거려 함부로 말을 건네기 어려운 기운을 풍기는 사내다.

"알지."

"처음 보는 얼굴이신데……?"

"네가 기억하지 못하는 시절의 널 알고 있다."

순간 청년의 눈빛이 번뜩였다. 그리고 한참 동안 부안을 응시하다 불쑥 물었다.

"관에서 나왔소?"

“그건 아니다.”

“하면… 아저씨가 바로 부안이라는 성함을 가진 분이시겠
군요.”

“어, 어떻게 알았느냐?”

부안이 깜짝 놀라 물었다.

“선사께서 그러셨지요. 언젠가 부안이란 이름을 가진 사람
이 찾아올 거라고. 그때가 되면 한 가지 결정을 해야 한다고
하셨지요. 불을 다루는 길을 갈 것인지 아니면 글을 읽어 출사
의 길을 걸을 것인지를…….”

第四章
공묘천

수선경

한여름 습기가 사람을 괴롭힌다. 표행에 나선 쟁자수들이나 표사들은 더위에 지쳐 표정이 밝지 않다. 그런데 다행히 그들의 더위를 식혀줄 강이 모습을 드러냈다.

"오늘은 이곳에서 숙영한다."

마치 강이 나타난 것이 자신의 공이라도 되는 듯 표행의 우두머리가 무리를 보며 소리쳤다. 그러자 지쳐 있던 사람들의 얼굴에 생기가 돌기 시작했다.

시원한 강바람에 더위를 식히며, 평소보다 조금 이른 숙영에 충분히 휴식을 취할 수 있을 것이기 때문이었다.

"우리도 쉬죠?"

청풍이 타유를 보며 물었다.

“그러자꾸나. 보자… 저기가 좋겠구나.”

타유가 손을 들어 모가장 표행이 숙영을 취하는 강변 위쪽의 바위 군락을 가리켰다. 지세가 험해 많은 사람이 숙영하기는 어려운 곳이지만 두어 사람 몸을 숨기고 하룻밤을 보내기에는 적당한 곳이었다.

“가요.”

청풍이 먼저 걸음을 옮겼다.

바위가 켜켜이 싸여 절벽 비슷한 지형을 이룬 강변의 비탈은 과연 두 사람이 몸을 숨기고 쉬어가기에 적당했다.

“불을 피울 수는 없으니 건량으로 끼니를 때우도록 하자꾸나.”

“그렇게 해요.”

청풍이 대답을 하고는 메고 있던 작은 배낭을 내려 그 안에서 건량과 건포를 꺼냈다. 그사이 타유는 제법 넓은 모포를 꺼내 이슬을 가릴 천막을 쳤다.

그렇게 간단하게 노숙할 준비를 마친 두 사람이 건량과 건포로 요기를 시작했다.

“이상하죠?”

문득 건포를 씹던 청풍이 고개를 갸웃하며 입을 열었다.

“뭐가 말이냐?”

“저들의 표행 말이에요. 짐이 거의 없는데…….”

“그러게 말이다. 표행으로 보기에는 이상한 점이 한두 가지가 아니구나. 저 정도 인원이라면 적어도 마차 다섯 대 이상의 표물이 있어야 하는데 겨우 세 대야. 세 대의 마차에 실은 물건들도 사실은 대부분 노숙이나 하는 데 쓰는 물건들인 것 같고……. 표행만을 목적으로 가는 것은 아닌 것 같구나."

"그럼 왜 모가장에서 저 많은 사람을 난주로 보내는 걸까요?"

"글쎄다. 그것까지야 나도 모르겠구나."

"오늘 밤 한번 살펴볼까요?"

"아서라. 그러기에는 장소가 좋지 않아."

"노숙을 하면 경계가 허술하지 않을까요? 객잔이나 주루보다는……."

"노숙도 노숙 나름인 거다. 숲에서라면 들어가 정세를 살피는 것이 쉬운 일이지만 저런 강변은 오히려 객잔보다도 어려운 법이다. 몸을 숨길 곳이 없으니까."

"음, 그렇군요."

청풍이 고개를 끄덕인다.

"강을 건너면 백로위라는 마을이 있다. 사천과 감숙의 경계에 있는 마을인데 제법 사람들의 왕래가 많은 곳이지. 아마 내일은 저들이 그곳에서 쉬어가게 될 것이다. 그때 살펴보자꾸나."

"알았어요. 그런데 모잠의 곁에 있는 자, 보통 인물은 아니죠?"

"음……. 그 기도가 간단치는 않구나."

"밀황류의 사람일까요?"

"그럴 가능성도 있지. 아니면 모가장 사풍객 중 한 명일 수도 있고……."

"도대체 밀문은 어떤 곳일까요? 모가장을 내세워 사천, 귀주, 운남의 무림을 장악하고도 전면에 나서지 않고 있으니……."

"본래 원하는 바가 큰 자들일수록 모습을 잘 드러내지 않는 법이란다. 아무튼 이번에 그들에 대해 제대로 알아봐야겠다. 모잠이라면 좋은 말을 많이 해줄 수 있을 거다."

타유의 말에 청풍이 눈빛을 번뜩이며 고개를 끄덕였다.

두 사람은 간단한 요기를 마치고 이른 잠자리에 들었다. 노숙은 언제나 피곤해서 두 사람은 금세 깊은 잠에 들었다.

갑작스런 소란이 청풍과 타유의 잠을 깨웠다.

"도둑이닷! 놈을 잡아!"

멀리 모가장의 숙영지에서 들려오는 소리였다. 동시에 강변이 수십 개의 횃불로 대낮처럼 환해졌다.

"북쪽이다. 놈이 북쪽으로 도주하고 있다!"

누군가의 목소리가 날카롭게 들려왔다. 청풍과 타유가 얼른 일어나 대낮처럼 환한 모가장의 숙영지를 살폈다.

"이런!"

한순간 타유의 입에서 낭패한 음성이 흘러나왔다. 그도 그럴 것이 모가장의 숙영지를 벗어난 검은 인영이 타유와 청풍이 숙영하고 있는 곳을 향해 달려오고 있었기 때문이다. 그리고 그 뒤를 따라 모가장의 표사 십여 명이 도둑을 추격하고 있었다.

"어쩌죠?"

이대로 있다가는 자신들의 존재를 들킬 수밖에 없을 뿐 아니라 꼼짝없이 도둑과 한패로 몰릴 것이 분명한 상황, 청풍이 당황한 얼굴로 타유에게 물었다.

"일단 이곳을 떠나야겠다. 북쪽은 숲이 무성하니 몸을 숨길 수 있을 것이다."

타유가 말을 하는 동시에 바위 위에 걸쳐놓았던 천막을 걷었다. 그사이 청풍도 풀어놓았던 짐을 들쳐 멨다.

"날 따라오너라."

타유가 먼저 몸을 날렸다. 청풍이 얼른 그 뒤를 따랐다.

"저자가 도대체 무슨 생각인 거지?"

바람처럼 숲을 가르던 타유가 문득 신형을 세우며 고개를 돌렸다. 청풍 역시 그의 곁에 긴장한 표정으로 섰다.

"그러게요. 분명 우리를 따라오고 있어요."

"우연일까?"

"아버지가 말씀하셨죠? 세상에 우연이란 존재하지 않는다고. 특히 살수는 그리 생각하고 움직여야 한다고."

"좋아. 네 말대로 저자가 우리를 따라오고 있다면 이유는?"

타유의 말에 청풍이 잠시 생각에 잠겼다가 입을 열었다.

"지금 상황에선 한 가지 이유뿐이죠. 우리를 이용해 추격자들을 따돌리려는 것이겠죠."

"음, 그 말은 우리를 추월해 도주할 수 있다고 생각했단 것이군. 그렇다면 저 친구도 무척 당황스럽겠는걸."

"그렇겠네요. 지금쯤이면 우리를 추월해야 하는데 여전히 우리 뒤를 따라오고 있으니……."

"가자, 그의 미끼가 되어줄 수는 없지."

타유가 다시 숲을 달리기 시작했다. 모가장의 숙영지에 침입했던 도둑도 쉬지 않고 두 사람을 따랐다. 가장 뒤에서 모가장의 고수들이 달려오고 있었는데 그들은 앞선 세 사람과의 거리를 좁히지 못하고 있었다. 아니, 오히려 강변을 떠나 숲에 들어온 이후에는 점점 더 그 거리가 벌어지고 있었다.

타유와 청풍 그리고 도둑은 이각 정도를 더 달렸다. 그리고 이각여가 지나자 드디어 모가장의 추격자들의 모습이 더 이상 보이지 않았다.

"이쯤에서 그를 보자."

타유가 문득 걸음을 멈췄다. 청풍이 돌아보니 과연 도주하는 도둑 뒤로 모가장의 고수들이 보이지 않았다. 추격에서 벗어난 것이 확실했다. 두 사람이 걸음을 멈추자 도둑과 두 사람의 거리가 금세 가까워졌다.

가까이 다가온 도둑은 제법 나이가 있는 모습이다. 어둠 속에서도 보이는 흰머리가 그의 나이를 짐작하게 한다. 도둑은 두 사람이 길을 막고 서 있자 이내 걸음을 멈췄다. 그러고는 고개를 돌려 자신을 추격해 오던 자들의 기척을 살폈다. 어디서도 추격자의 모습은 보이지 않는다.

"제길, 속은 건가?"

갑자기 도둑이 투덜거리며 등에 짊어지고 있던 보따리를 땅에 내던졌다. 그러자 그 안에서 제법 많은 양의 금자와 패물들이 흘러나왔다. 도둑이 그 물건들을 발로 툭툭 차며 뭔가를 찾았다. 그러나 결국 실망한 표정으로 고개를 들며 중얼거렸다.

"없어. 모잠, 그 애송이의 짐을 모두 훑어봤는데도 없다는 것은 결국 내가 속았다는 말이 되는데……."

도둑의 안중에는 타유와 청풍이 없는 모양이었다. 청풍과 타유가 그런 도둑을 물끄러미 바라봤다. 두 사람의 따가운 눈초리가 그제야 느껴졌는지 늙은 도둑이 시선을 돌려 두 사람을 보았다. 그러고는 빙글거리며 입을 열었다.

"여! 두 사람 제법 뛰던걸?"

능청이 기가 막히다. 도둑이 사람을 무서워하지 않으니 어설픈 잡도둑이거나 혹은 이름 난 대도일 것이다.

"왜 우릴 쫓아왔소?"

타유가 물었다. 살기는 묻어나지 않는다. 타유는 한눈에 늙은 도둑이 악인은 아니라고 판단한 듯했다.

"뭐 일부러 그런 것은 아니오. 그쪽에 두 사람이 있는 줄도 몰랐고. 오다 보니 만난 거지. 일단 만나고 보니 무공도 제법 있는 것 같아 몸을 피하는 데 도움을 받을까 하긴 했지. 그러나 뭐, 결국 이렇게 내 스스로 놈들의 추격을 피하게 되었소. 아주 잘 달리던데……. 뉘시오?"

천연덕스럽기가 이를 데 없다.

"당신은 누구요?"

타유가 되물었다. 타유의 표정과 어조가 워낙 차가워서 늙은 도둑이 살짝 긴장한 표정을 보이다가 이내 입을 열었다.

"말해주지 못할 것도 없지. 천하에 날 모르는 사람이 없으니. 난 공묘천이라고 하는데 혹시 들어보았소?"

"공묘천……. 의적 공묘천이 바로 당신이란 말이오?"

"하하하, 의적이라, 듣기 좋은 소리구만. 사람들이 날 그렇게 부르긴 하오. 그러나 도둑은 도둑일 뿐, 의로운 도둑이 어디 있겠소?"

공묘천의 호탕하게 대답했다. 그 모습을 보면서 타유가 나직하게 고개를 끄덕였다. 공묘천이라면 이렇게 대담할 자격이 있다. 당금강호에서 제일가는 도술의 소유자이자, 주린 자의 재물은 절대 털지 않는 의적이다.

"모가장의 표행은 왜 털었소?"

타유가 다시 물었다. 그러자 공묘천이 살짝 눈살을 찌푸린다.

"이거 궁금해지는군. 대체 그대들의 정체가 무엇인데 공묘천이라는 이름을 듣고도 그리 태연할 수 있는지."

"두려워해야 하오?"

타유가 물었다. 그러자 공묘천이 고개를 저었다.

"아니, 그럴 것은 없지. 내가 그대들을 해코지할 이유는 없으니까. 하지만 궁금한 건 사실이오. 정체가 뭐요?"

"특별히 밝힐 신분은 없소. 두 부자가 천하를 여행하던 중이었을 뿐."

그러자 공묘천이 고개를 저었다.

"아니, 이 늙은이의 눈치도 제법 빠르다오. 그렇지 않으면 도둑질을 할 수 없지. 당신은 좀 전에 왜 모가장의 표행을 털었냐고 말했는데 그건 저들이 모가장의 사람들이란 걸 알고 있었다는 의미, 그런데 저들은 특별히 모가장의 표행임을 밝히는 깃발이나 표식을 하지 않았소. 그런데도 저들이 모가장의 사람들임을 안다는 것은 두 가지 경우지. 저들의 동료거나 혹은 특별한 목적을 가지고 저들의 뒤를 쫓고 있던 사람들이거나. 뭐 내 생각에는 후자 같지만."

역시 늙은 생강이 맵다. 그런데 그 성정이 특이하기는 하지만 타유는 이 공묘천이라는 자에 대해 호감을 가지고 있었다. 예전에 죽은 청담에게서 그에 대해 들은 말이 있기 때문이었다.

과거 금석촌과 모가장이 대립했던 초기, 갈산의 싸움에서 공묘천은 전대 금가촌장 복호인의 초청에 의해 금석촌을 돕기 위해 왔던 고수 중 한 명이었다.

그 인연을 알고 있는 타유이기에 공묘천에 대한 호감이 없을 수 없었다. 자연히 타유에게서 다른 사람에게라면 절대 말하지 않을 말들이 주저없이 나왔다.

"당신의 생각이 맞소. 우린 그들을 쫓고 있었소."

"이거 대범한걸? 어떻게 날 믿고 그런 사실을 말하시오?"

"공 노사께서도 모가장과 그리 사이가 좋은 것 같지는 않아 보여 말씀드리는 것이오."

"으음……. 내가 그놈들을 몹시 싫어하기는 하지. 물론 난 믿어도 좋소. 그들에게 당신들의 존재를 말하지는 않을 테니까. 그런데 점점 궁금해지는군. 정체가 뭐요?"

"그건 나중에 인연이 깊어지면 말해주겠소이다. 그런데… 모가장의 표행은 왜 터신 거요?"

타유가 다시 한 번 공묘천이 모가장이 숙영지에 침입한 이유를 물었다. 바닥에 쏟아 놓은 금은과 패물들에는 별 관심을 보이지 않은 공묘천이었기에 그가 재물을 훔치려고 모가장의 숙영지에 들어간 것은 아닌 것이 확실했다.

"음……. 뭐, 귀중한 물건이 하나 있다고 해서 들어갔었는데 아무래도 내가 속은 듯하오."

"그게 어떤 물건이오?"

타유가 다시 물었다. 혹시 공묘천이 훔치려 했던 물건을 알 수 있다면 모가장이 난주로 가는 이유를 짐작할 수 있지 않을까 하는 생각 때문에 조금 집요하게 질문을 던지는 타유였다. 그러나 그런 타유의 모습이 공묘천에게는 못마땅한 모양이었다.

"내가 왜 그걸 그대에게 말해줘야 하오?"

공묘천의 되물음에 타유가 대답할 말을 찾지 못해 침묵을 지켰다. 그러자 청풍이 입을 열었다.

"어르신 덕분에 우리는 잠을 자다 말고 이곳으로 쫓겨 왔으니 그 정도 대답은 들을 자격이 있지 않겠습니까?"

청풍의 대답에 공묘천이 타유와 청풍을 번갈아보며 말했다.

"참 집요한 부자군. 이렇게 모가장에 관심이 많다는 것은 그들에게 원한이라도 있기 때문인가?"

공묘천의 질문이 정곡을 찔렀다. 청풍도 타유도 이번에는 누구도 대답을 하지 않았다.

"침묵은 곧 긍정이라……. 좋아. 모가장에 빚이 있는 사람이라면 내 친구라고 할 수 있지. 내가 그들에게서 무엇을 찾으려 했는지 말해주지. 그러나 그 전에 나도 조건이 있소."

"무엇입니까?"

청풍이 물었다.

"두 사람의 이름이라도 알아야겠어. 이름도 모르는 사람에게 내 속사정을 이야기해 줄 수는 없지 않은가?"

공묘천이 질문에 청풍이 잠시 망설이다가 타유를 바라봤다. 그러자 타유가 입을 열었다.

"난 우검이라고 하오."

"흠……. 우검이라. 이보시오, 우 대협. 내가 알고 싶은 것은 그대의 가명이 아니라 그대의 진실한 이름이오."

공묘천이 빙그레 웃으며 말했다. 타유가 말한 우검이란 이름은 운룡산에서 은거하면서 타유가 쓰던 가명이다. 그런데 공묘천은 그 이름이 타유의 본명이 아니라는 사실을 단번에 알아챈 것이다.

"음……. 내 본명을 정말 들어야겠소?"

"듣고 싶군."

"목숨을 걸고라도 말이오?"

"얼마나 대단한 이름이기에 내 목숨을 걸어야 하지?"

공묘천이 좀 더 호기심이 동한 얼굴로 되물었다. 전혀 자신의 목숨이 위험할 거라고는 생각지 않는 모양이었다.

"나는 내 자신의 안위를 위해 이름을 숨긴 사람이오. 그런데 지금 그대에게 내 이름을 말해준다면 난 큰 위험에 처할 수도 있소. 그 위험을 막는 방법은 하나요."

"들은 자의 입을 막는 것. 독한 방법이기는 하나 확실한 방법이지. 그런데 내가 강호에 그대의 이름을 발설하지 않는다고 약속을 하면 어떻소? 나 공묘천에 대해 조금이라도 알고 있다면 내가 약속은 꼭 지키는 사람이란 걸 알고 있을 거요. 그대와 그대의 아들 이름은 내 한 귀로 듣고 한 귀로 흘리지."

공묘천이 말했다. 그러자 타유가 잠시 망설이다가 대답했다.

"좋소. 노사의 약속을 믿겠소. 난 타유라 하오."

"타유라……. 들어보지 못한 이름이군. 그런데 너무 쉽게 날 믿는 것 아니오?"

"예전에 노사를 알던 친구가 있었소. 그 친구로부터 노사는 사귀어 둘 만한 분이라는 말을 들었소."

"그가 누구요?"

“그건 정말 말해줄 수 없소.”

“음, 좋아. 그 정도면 그대도 나에게 큰 성의를 보인 것이니 나도 그대에게 성의를 보여야겠지. 사실 난 한 자루 검을 찾고 있었소.”

“대체 어떤 검이기에……?”

“혹 그대는 단천마검에 대해 들어보았소?”

공묘천의 물음에 타유가 잠시 생각에 잠겼다고 고개를 저었다.

“그런 검은 모르겠소.”

“음……. 강호에서 단천마검에 대해 아는 사람은 그리 많지 않으니 모르는 것이 당연할지도 모르지. 하지만 사실 단천마검은 무척 무서운 물건이라오. 그 가치를 아는 사람에게는 수만 냥의 값어치가 있는 물건이지. 무인에는 가치를 따질 수 없는 보검이고 말이오.”

“그 검이 왜 그렇게 귀중한 것입니까?”

신비한 검에 대한 이야기가 나오자 청풍이 자신 모르게 두 사람의 대화에 끼어들었다. 본래 젊은이들은 호기심이 강한 법이라 공묘천은 청풍이 대화에 끼어들었음에도 크게 불쾌한 기색 없이 대답했다.

“그야 당연히 그 검이 그만큼 날카롭기 때문이지. 끊지 못할 것이 없는 검이라 알려져 있다네. 오죽하면 검의 이름이 단천마검이겠는가? 그 검을 든다면 삼류무사도 능히 절대고수를 상대할 수 있다고 하지.”

"세상에 그런 검이 정말 있을까요?"

청풍의 물음에 공묘천이 진중한 표정으로 대답했다.

"그 검은 반드시 존재하네. 실제로 그 검이 존재했던 역사가 있어. 그러니 단천마검이 그저 말 좋아하는 사람들이 만들어낸 허구는 아니네. 단지 그 검이 지금 정말 모가장의 수중에 있는지에 대해서는 확신할 수가 없군. 내가 모두 뒤져보았는데 찾지를 못했으니……."

공묘천이 고개를 갸웃했다.

"모가장이 그 귀한 검을 얻었다면 왜 그 검을 자신들의 가문에 보관하지 않고 난주로 가져가는 것일까요?"

"나도 그건 모르겠네. 하지만 당연히 그 이유가 있겠지. 그러나 지금으로서는 솔직히 정말 모가장에 그 검이 있는지도 확실치가 않군."

"노사께서는 그 이야기를 누구에게 들으셨소이까?"

이번에는 타유가 물었다. 그러자 공묘천이 눈살을 찌푸리며 말했다.

"음……. 고약한 늙은이가 한 명 있소. 그런데 어쩌면 내가 그 늙은이에게 이용을 당한 건지도 모르겠소. 그 늙은이는 아마도 나로 하여금 정말로 모가장의 표물 속에 단천마검이 있는지 없는지를 확인하게 하려 했던 것 같소."

"그가 누군가요?"

청풍이 다시 물었다.

"그는 개방의 냄새나는 거지지. 팔비수(八臂獸) 지광(智狂)이라고 혹시 들어보았나?”

“우리가 산속에 은거해 살다 보니 강호의 정세에 어둡소.”

타유가 말했다.

“흠, 그렇군. 아무튼 그 늙은 거지는 대단한 사람이지. 개방에 일곱밖에 없는 구결 장로 중 한 명으로, 듣자하니 지금은 의천맹에서 중요한 일을 맡고 있다고 하더군.”

“의천맹이요?”

청풍이 자신도 모르게 되물었다.

“어? 의천맹을 알아? 그걸 알고 있다면 은거기인이라고 할 수 없는걸? 의천맹의 존재는 강호에서도 몇 알지 못하는데⋯⋯.”

공묘천의 말에 청풍이 당황한 표정으로 타유를 바라봤다. 그러자 타유가 망설이지 않고 입을 열었다.

“우린 사천의 운룡산이라는 곳에서 살고 있었는데 얼마 전 그곳에서 큰 싸움이 있었소. 은거지에서 가까운 곳에서 벌어진 일이라 곡절을 알아보니 의천맹의 고수들이 누군가와 싸웠다고 하더구려.”

“음⋯⋯. 그 일도 알고 있구려. 그 일 역시 강호엔 알려지지 않은 일인데. 하긴 운룡산에 살고 있었다면 알 수도 있지.”

공묘천이 납득이 간다는 듯 고개를 끄덕였다. 그러면서 계속 말을 이었다.

“아무튼 팔비수 지광은 예전부터 나와 인연이 있었소. 도둑과 거지는 서로 친하게 지낼 수밖에 없지. 내가 훔쳐온 물건들을 그 거지가 처리를 해줬거든. 그런데 그자가 며칠 전 모가장의 표물 중에 천하에서 가장 값진 물건이 있다고 하더구려. 바로 단천마검이 말이오. 그러면서 그 물건을 가져오면 내게 오만 냥의 금자를 주겠다고 했단 말이오. 오만 냥이면…… 흐흐흐, 난 그야말로 늘그막에 횡재를 하는 거지.”

그러나 타유는 공묘천의 표정에서 그가 진심으로 재물을 원한 것은 아니라는 것을 알아챘다. 아마도 공묘천은 다른 의도로 단천마검의 존재를 확인하려 했을 것이다.

“혹, 당신도 의천맹을 위해 일하시오?”

타유가 물었다. 그러자 공묘천이 얼른 손사래를 쳤다.

“말도 안 되는 소리! 난 그 고리타분한 것들과는 같이 일을 할 수 없는 성정이오.”

공묘천의 행동을 보니 그는 의천맹에 대해 썩 좋은 생각을 가지고 있지 않은 모양이었다. 하긴 천하에서 가장 유명한 도둑이 정도를 따른다는 의천맹과 사이가 좋을 리 없었다. 그럼에도 개방의 노개 팔비수 지광과는 친분이 있으니 서로 적대하는 사이는 아닌 모양이었다.

“의천맹도 그들을 쫓고 있소?”

“아마도 그럴 거요.”

타유의 물음에 공묘천이 고개를 끄덕였다. 그러면서 유심히 타유와 청풍을 살피다가 불쑥 물었다.

“솔직히 그대들도 그들을 쫓고 있었던 것 아니오?”

날카로운 공묘천의 질문에 타유와 청풍이 반박을 하지 못했다. 그러자 공묘천이 고개를 끄덕이며 말했다.

"흐음, 내 짐작이 맞군. 그런데 그들에게 단천마검이 있다는 소문을 알지 않았으니 결론은 하나군. 그들에게 원한이 있겠구려?"

공묘천이 하나를 단서로 여러 가지 것을 추측해 냈다. 타유는 그제야 공묘천이 사실은 무척 위험한 사람이란 것을 깨달았다. 물론 적이 되었을 경우에 그렇겠지만 말이다.

"맞소. 우린 모가장과 풀어야 할 원한이 있는 사람들이오. 아무튼 오늘 만나서 즐거웠소. 이만 서로 갈 길을 갑시다."

타유가 서둘러 작별을 고했다. 그러자 공묘천이 고개를 살짝 갸웃하다가 이내 고개를 끄덕였다.

"그럽시다. 그러나 그 전에 내 충고 한마디 하리다."

"말씀하시오."

"모가장과 무슨 원한이 있는지 모르겠으나 이번 표행을 쫓는 일은 그만두시오. 지금 강호의 고수들 사이에는 단천마검에 대한 소문이 적지 않게 퍼져 있소. 그래서 천하의 야망가들이 단천마검을 보고 저들의 표행을 향해 몰려들고 있소. 난주까지는 아직 여러 날이 남았으니, 그 안에 무슨 일이 벌어질지 모르오. 그러니 그들을 쫓는 일은 그만두는 것이 좋을 것이오."

공묘천은 진심으로 타유와 청풍의 안위를 걱정해서 하는 말이었다. 그러자 타유가 빙그레 미소를 지으며 대답했다.

"그 걱정은 아니 해도 될 것 같구려."

“자신이 있다는 말이오?”

“그것이 아니라 오늘 천하의 대도 공 노사가 표물을 뒤지고도 단천마검을 찾아내지 못했으니 저 표행에 단천마검이 있다는 소문은 거짓이라고 알려지지 않겠소? 그러니 아마도 단천마검을 보고 몰려든 자들은 다시 뿔뿔이 흩어질 것이오. 다른 소문이 나기 전에야…….”

“음, 그런가? 하긴 의천맹에서 내가 헛걸음을 했다는 소문을 내지 않을 리 없지. 이러나저러나 그들은 강호인들이 몰려드는 것을 달가워하지 않았으니까.”

공묘천이 고개를 끄덕인다.

“그럼… 인연이 있으면 다시 봅시다. 청풍, 가자!”

타유가 얼른 청풍을 재촉해 어둠 속으로 사라졌다. 그러자 공묘천이 두 사람을 보며 눈빛을 반짝인다.

“재미있는 부자야. 기도로 보아 무공도 보통이 아니고……. 모가장과 어떤 악연이 있는지 모르겠지만 흥미로운 일이 벌어질 수도 있겠어. 뭐, 할 일도 없는데 이런 구경을 놓칠 수야 없지. 더군다나… 그 늙은 거지가 무슨 의도로 내게 헛소리를 해댄 것인지 알아도 봐야지. 노개가 필시 의천맹의 고수들을 데리고 표행을 따르고 있을 테니 저들을 따라가다 보면 만나게 되겠지.”

공묘천의 얼굴에 어린애 같은 즐거움이 묻어난다. 그가 천천히 타유와 청풍이 사라진 방향을 향해 걸음을 옮겼다.

　모가장의 표행은 다음 날 강을 건넜다. 공묘천에게 금자와 패물을 털리기는 했지만 크게 개의치 않는 모습이었다. 그러나 경계는 훨씬 삼엄해져서 모가장의 장자인 모잠의 주위에 다섯 명의 호위무사가 붙어 있었다.

　"겁이 많은 자야."

　호위무사들에 둘러싸인 모잠을 보며 타유가 말했다.

　"나이가 오십이라고 했나요?"

　"그랬지."

　"생각보다 대단치 않은 자인 모양이에요."

　"그런 것 같구나. 대신 무서운 자도 있지. 모가장의 제일객 양광, 그동안 궁금했는데 저자가 바로 양광이었어. 저자가 있는 한 모잠을 빼돌리는 것이 결코 쉽지는 않을 게다. 역시 돌아오는 길에 노리는 것이 좋을 것 같아. 일이 끝나면 그들도 방심을 하겠지."

　타유의 말에 청풍이 고개를 끄덕인다. 살수와 사냥꾼에게 가장 필요한 것은 인내다. 목표가 방심할 때까지 끝까지 기다리다 보면 결국 한 번의 기회는 온다. 그 기회를 놓치지 않는 것이 일의 성패를 좌우하는 것이다.

　"그런데 단천마검 이야기는 정말일까요?"

　"세상에 근거없는 소문은 없다. 단천마검이 강호에 나타났다는 것은 사실인 것 같구나."

　"그런데 왜 모가장에서 그 검을 가지고 있다는 소문이 났을까요?"

"여러 가지를 생각할 수 있지만 결국 결론은 하나지. 저들이 미끼로 쓰이고 있다는 것."

"누군가가 강호의 시선을 저들에게 돌렸다는 건가요?"

"그럴 가능성이 크구나. 아마도 저들의 난주행을 결정한 사람이 단천마검의 행방을 알고 있을 것이다."

"그렇군요. 뭐, 우리에겐 상관없는 일이네요."

"맞다. 우리에겐 모잠이 단천마검보다 중요하니까."

두 사람이 이런저런 이야기를 나누는 사이 강을 모두 건넌 모가장 일행들이 강 이쪽에 준비되어 있던 마차를 타고 다시 길을 나섰다. 이미 해는 중천에 떠 있어 그리 멀리까지 나아가지는 못할 하루였다.

"백로위에 먼저 들어가자꾸나. 뒤를 따라 들어가면 의심을 받을 수 있지만 기다리고 있으면 의심을 피할 수 있지."

"객잔이 하나이니 편하네요."

"그러게 말이다. 가자."

두 사람이 서둘러 북쪽을 향해 달리기 시작했다.

백로위는 사천에서 감숙으로 들어가는 길목에 있는 작은 마을이다. 마을의 규모가 작기는 하지만 항시 사람들로 북적이는 곳이다. 사천의 험로를 지나 타성으로 나아가는 길은 예부터 위험하기로 이름 높다. 그래서 도적 걱정 없는 백로위 같은 마을은 항시 오가는 과객들로 가득 차게 마련이었다.

타유와 청풍은 백로위의 유일한 객잔에 여장을 풀었다. 오가는 과객이 많기에 객잔의 크기는 무척 컸다. 객방이 대략 오십여 개는 되었는데 그중 삼분지 일이 벌써 모가장의 사람들로 예약이 되어 있었다.

"오늘 귀한 손님들이 들어올 예정이라 혹시라도 그분들과 시비가 붙지 않게 조심해 주십시오."

이십대 초반의 젊은 점소이가 객방에 드는 타유와 청풍을 향해 정중하게 부탁을 한다.

"하룻밤 자고 가는데 무슨 일이 있겠소. 걱정 마시오."

타유의 말에 점소이가 다시 고개를 숙여 보이고는 객방을 물러났다. 그런데 그때 청풍이 놀란 표정으로 입을 열었다.

"정말 대범한 사람이지요?"

"그렇구나. 우릴 따라오고 있는 것은 알고 있었지만 설마 이곳까지 들어올 줄은 몰랐다."

두 사람의 시선이 막 객잔에 들어서서 방을 찾는 한 노인에게 향했다. 비록 모습을 바꾸기는 했지만 지난밤 보았던 대도 공묘천이 분명하다. 공묘천은 어젯밤부터 줄곧 타유와 청풍의 뒤를 따르고 있었다.

"일부러 우리를 따라오는 걸까요?"

"모르지. 혹은 자신의 말과 달리 묘가장의 표물에 여전히 관심이 있을 수도 있다."

"단천마검이요?"

"응."

"하지만 이미 하루 만에 소문이 났잖아요. 참 이상하죠? 어

제까지 아무도 입에 올리지 않던 단천마검이 오늘은 세상 모
두에게 알려져 있다는 것이…….”

“누군가 의도적으로 퍼뜨렸다는 말이지.”

“누굴까요? 의천맹?”

“글쎄다. 모르겠구나. 아무튼 이 난주행은 참으로 변수가
많은 길이라는 생각이 든다.”

“위험할까요?”

“세상일에는 모두 양면이 있단다. 일이 복잡해지면 우리의
행보는 오히려 좋을 수도 있다. 사람들의 관심에서 멀어질 테
니. 아무튼 공묘천 저자를 주시해야 할 것 같아.”

타유의 말에 청풍이 다시 한 번 공묘천에게 시선을 돌렸다.
공묘천은 어느새 점소이의 안내를 받아 객방으로 들어가고 있
었는데 그가 자리를 잡은 객방은 타유와 청풍의 객방으로부터
십여 장 정도 떨어진 곳이었다.

그는 타유와 청풍이 자신을 주시하고 있다는 것을 알고 있
었는지 점소이를 따라 객방에 들어가기 전 두 사람을 향해 눈
을 찡긋해 보이기까지 했다.

“재미있는 분인 것도 같아요.”

“그렇기도 하구나.”

타유도 빙그레 미소를 지었다.

저녁이 되자 객잔은 모가장의 식솔들로 인해 시끄러워졌다.
타유와 청풍은 물론 다른 손님들도 모가장 사람들의 기세에

밀려 객방 밖으로 나오지 않았다. 모가장의 무사들은 마치 자신들이 객잔의 주인이라도 된 듯 행동했다.

덕분에 죽어나는 것은 객잔의 점소이들이었다. 그들은 밤이 깊을 때까지 모가장 무사들의 시중을 드느라 잠시도 쉴 시간이 없었다. 그러나 결국 사람은 잠을 잘 수밖에 없는 법, 시끄럽던 객잔도 어느새 침묵에 빠져들었다. 그리고 그 침묵 속에서 사람들이 움직였다.

타유와 청풍은 창을 통해 지붕으로 날아올랐다. 그러자 그들로부터 이십여 장 떨어진 곳에서 사람들의 움직임이 보였다. 그들은 잠시 주변을 살피더니 이내 객잔의 서쪽에 있는 숲으로 이동했다. 타유와 청풍이 유령처럼 그들의 뒤를 따랐다.

타유와 청풍이 쫓는 사람은 모두 다섯이었다. 덕분에 그들의 흔적을 놓칠 염려는 없었다. 비록 그들이 사람들의 눈을 피해 은밀히 이동하고 있다고 해도 다섯씩이나 되는 사람들의 흔적을 놓칠 타유가 아니었다.

스슥!

타유와 청풍의 신형이 커다란 바위 위로 올라가려다 재빨리 멈췄다. 그러고는 두 사람이 바위 위에 붙은 이끼처럼 바싹 엎드렸다. 그러자 바위 너머로 어스름한 공터에 서 있는 다섯 사람이 보였다. 그들은 걸음을 멈추고 누군가를 기다리고 있는 듯 보였다. 잠시 후 예상대로 그들이 기다리고 있던 사람이 나타났다.

"일왕을 뵈옵니다."

어둠 속에서 한 명의 노인이 모습을 드러내자 객잔을 벗어
나 숲으로 들어온 모가장의 사람들이 일제히 노인에게 허리를
숙였다. 그러자 일왕이라 불린 노인이 고개를 끄덕여 사람들
의 인사를 받은 후 나직하게 물었다.

"공가가 왔었다고?"

아마도 공묘천을 두고 하는 말 같았다.

"그렇습니다."

"일이 조금 꼬이는군."

일왕이라 불린 노인이 고개를 저으며 말했다.

"어찌해야 하올지……?"

"오늘 하루 만에 단천마검에 대한 소문이 강호에 널리 퍼졌
다. 그런 일을 행할 수 있는 곳은 천하에 오직 한 곳뿐이지. 개
방이 움직인 거야. 그건 곧 의천맹이 움직였다는 말이 되니.
일이 복잡해지기는 했어도 아주 실패했다고 할 수는 없을 것
이다."

"하면……?"

"모가장은 표행을 계속한다. 난주에 가서 호금장에 들라.
여전히 사람들의 이목이 표행을 주시하게 해야 한다."

"알겠습니다. 그런데 하면 단천마검은……?"

"그대도 단천마검에 관심이 있는가?"

"그런 것이 아니오라……."

"후후, 물론 사왕이 단천마검에 대해 알아보라는 당부를 했
겠지. 그러나 그대들은 표행에만 신경 쓰라. 난주까지 제대로

가기도 힘들 거야. 단천마검은 머리에서 잊으라. 단천마검을 찾는 일은 내 일이니 관심을 두지 말도록 하라.”

일왕이라 불린 노인이 단호하게 말했다. 그러자 모가장의 사람들이 말없이 고개를 숙이는 것으로 대답을 대신했다. 그런데 그때였다. 갑자기 일왕이라 불린 노인이 고개를 돌려 타유와 청풍 등이 있는 곳으로 날카로운 시선을 보내더니 차갑게 입을 열었다.

“누가 감히 본 왕의 행사를 살피고 있는가?”

순간 타유와 청풍의 얼굴에 낭패의 기색이 흘렀다. 두 사람은 분명 살수 특유의 은신술을 이용해 철저하게 흔적을 감추고 있었는데 노인이 두 사람의 기척을 알아챘으니 놀랍고 당황스런 일이 아닐 수 없었다.

청풍이 타유에게 돌아봤다. 타유도 어쩔 수 없이 자신들을 드러내야 한다는 생각에 고개를 끄덕이고 막 신형을 일으키려는데 문득 그들로부터 십여 장 떨어진 커다란 나무 속에서 다섯 사람이 모습을 드러내더니 장내로 떨어져 내렸다.

“과연 놀라운 무공이오. 우리의 존재를 알아채다니. 밀문일왕의 명성은 명불허전이로구려.”

갑작스런 불청객의 등장에 몸을 일으키려던 타유와 청풍이 다시 자세를 낮췄다. 일왕이 눈치챈 것은 두 사람이 아니라 다른 그들이었던 것이다. 그러나 그렇다고 해도 놀라운 일이다. 다른 사람들의 존재는 타유와 청풍도 모르고 있었던 것이다. 그런데 두 사람을 더욱 놀라게 하는 일이 벌어졌다.

"개방의 늙은 거지가 왔군."

팟!

한순간 타유의 검이 허공을 갈랐다. 그리고 어느새 자신의 등 뒤에 나타나 능청스레 말을 늘어놓고 있는 사람의 목에 검을 들이댔다.

"이크. 이제 보니 정말 무서운 검을 지니고 있었구려. 나요, 나. 이 위험한 물건 좀 치우시오."

달빛 아래 드러난 얼굴의 주인은 공묘천이다. 그 역시 객방을 벗어나 모가장 고수들을 쫓고 있었던 모양이었다.

"어쩐 일이오?"

타유가 나직이 물었다. 그러자 공묘천이 재빨리 손가락을 입술에 대며 속삭였다.

"이야기는 나중에 하고 지금은 저들의 싸움이나 구경합시다. 의천맹과 밀문이라면 말거리나 하고 넘어가지는 않을 거요. 으챠!"

공묘천이 타유의 청풍 곁에 천연덕스럽게 배를 대고 엎드렸다. 그런 공묘천을 차가운 눈으로 바라본 타유가 이내 고개를 젓고는 다시 장내로 시선을 돌렸다.

"팔비수 지광! 당신이로군."

밀문일왕이라 불린 노인이 차갑게 내뱉었다.

"이 몸을 알아보다니. 이거 황송스럽소이다. 밀문일왕께선 나와 일면식이 없는데 어떻게 날 알아보셨소?"

팔비수 지광이라면 공묘천에게 단천마검을 훔쳐오도록 사주한 개방의 구결 장로다. 그가 왔다는 것은 근처에 의천맹의 고수들이 있다는 의미이기도 하리라. 의천맹을 떠올리니 불현듯 청풍의 머릿속에서 조명의 모습이 떠올랐다.

'그녀도 왔을까?'

청풍이 조명에 행방을 궁금해하는 와중에 장내에선 팔비수 지광과 밀문일왕의 대치가 팽팽하게 이뤄지고 있었다.

"후후, 의천맹 현무기주의 움직임을 파악하지 못하고서 어찌 강호의 패자를 자처하겠는가?"

"대단한 호기로군. 스스로 강호의 패자를 자처하다니."

"의천맹에 눈이 있고 귀가 있다면 우리 밀황류가 천하를 움직이는 다섯 개의 큰 강 중 하나라는 것을 알 터인데?"

"음……. 과연 그 소문이 사실이었군."

팔비수 지광이 어두운 안색으로 중얼거렸다.

"이런 내가 모르던 사실을 알려준 꼴인가? 나중에 밀황께 추궁을 당하겠군. 그 벌을 조금이라도 줄이려면 그대의 목이라도 가져가야겠어."

밀문일왕이 차가운 살기를 흘렸다. 그러자 팔비수 지광이 두어 걸음 뒤로 물러났다.

"설마 여기서 생사결을 하자는 것이냐?"

지광이 차갑게 소리쳤다.

"생사결은 무슨 늙은 거지 목숨 하나 따는 것을. 너희는 나서지 마라!"

밀문일왕이 앞으로 나서며 수하들에게 명을 내렸다. 그러자 모가장의 고수들을 비롯해 그의 수하들이 일제히 뒤로 물러났다. 그런 밀문일왕을 보면서 팔비수 지광이 호탕한 웃음을 터뜨렸다.

"하하하! 과연 밀문의 위세가 무섭구나. 암중에 무림천하를 좌우한다더니. 그러나 이 늙은 거지는 남에게 목숨을 맡길 사람이 아니다."

"구르는 재주라도 있다면 한번 달아나 보거라!"

번쩍!

한순간 밀문일왕의 허리춤에 매달려 있던 검이 검신을 드러냈다. 그러자 한줄기 검기가 채찍처럼 휘어져 날아와 팔비수 지광의 허리를 갈랐다.

"흥!"

팔비수 지광이 그 자리에서 뒤로 제비를 돌아 상대의 검기를 피해냈다. 그러더니 연달아 다섯 번의 장력을 쳐 냈다.

퍼퍼펑!

강력한 장력이 밀문일왕의 전신을 타격했다. 그러나 그중 밀문일왕의 몸에 격중된 장력은 없었다. 팔비수 지광이 펼쳐 낸 장력들은 하나같이 밀문일왕의 검에 가로막혀 허공에서 파공음과 함께 흩어졌다.

"재주가 좋구나. 노개!"

밀문일왕이 호기롭게 소리치며 지광을 향해 날아들었다. 지광은 몸을 땅에 바싹 붙이고 마치 거미가 움직이듯 좌우로 움직이며 밀문일왕의 초식을 피해냈다. 그러고는 간간히 장력을 터뜨려 상대의 빈틈을 노렸는데 장력에 실린 힘이 보통이 아니어서 그때마다 밀문일왕도 뒤로 물러나곤 했다.

"저자가 정말 오늘 살계를 열 모양이군."
두 사람의 싸움을 지켜보고 있던 공묘천이 심각한 표정으로 중얼거렸다.
"누굴 걱정하시는 겁니까?"
청풍이 물었다.
"그야 당연한 것 아닌가? 늙은 거지를 걱정하지."
"그에게 속았다며 그를 원망하지 않습니까?"
"음, 원망은 원망이고……. 사실 우리 두 사람은 서로 속고 속이며 수십 년을 살아왔지. 그래서 미운정이 들었다고나 할까. 아무튼… 저자가 살의를 품었다는 것은 이 일이 정말 중요하단 의미인데. 좀 전의 말을 생각해 보면 단천마검이 정말 있기는 있는 모양이야. 단지 그것이 모가장의 표물 중에 없을 뿐. 그럼 저자들도 아직 단천마검을 손에 넣은 것이 아닌가?"
공묘천이 고개를 갸웃했다. 그러자 타유가 신중하게 말했다.
"그럴지도 모르겠소. 강호의 시선을 모가장의 표행에 모으고 어디선가 단천마검을 찾고 있는지도……."
"내 생각이 바로 그거요. 그래서 오늘 자신들의 대화를 엿들은 늙은 거지를 반드시 죽이려 하는 것이겠지."

"하지만 노사께서 이미 단천마검이 모가장의 표행에 없다
는 것을 확인하셨잖아요. 의천맹도 그 사실을 알고 있고. 모가
장의 표행은 더 이상 미끼가 될 수 없을 텐데요?"

청풍이 물었다.

"물론 보통은 그러하네. 그러나 사람의 심리란 이상해서 자
기 눈으로 보기 전에는 미련을 버리지 못하는 법이거든. 그리
고 만약 모가장의 표행에 단천마검이 없다는 것을 믿는다면
그 즉시 이곳을 떠나겠지. 단천마검에 대한 소문이 헛소문이
었다고 믿고. 그렇게 되어도 저자에겐 이득인 거지. 음, 이 일
의 전모를 알아보려면 결국 저 늙은 거지를 구해야겠군."

"어째서요?"

"단천마검에 대한 소문이 처음부터 모가장의 표행을 중심
으로 났던 것이었는지 아니면 다른 곳에서 시작되어 이어진
것인지를 확인하는 것이 중요해. 저들이 사람들의 시선을 표
행으로 돌리려 했다면 필시 소문의 시작은 모가장의 표행이
아니었을 걸세."

공묘천의 말에 청풍이 고개를 끄덕였다.

"그렇군요. 첫 소문을 잠재우려고 모가장을 내세웠다면 결
국 소문이 시작되었던 곳에 답이 있겠군요."

"아이구, 당신은 참 똑똑한 아들을 두었소."

공묘천이 타유를 보며 부러운 듯 말했다. 그의 표정에는
진심이 담겨 있었는데 아마도 그는 후손이 없는 모양이었다.
그런데 그때 갑자기 장내에서 팔비수 지광의 비명이 터져 나

왔다.

"아이쿠야."

타유 등이 시선을 돌려보니 지광이 밀문일왕의 검에 어깨를 베인 채 피를 흘리고 있었다. 권장의 무공을 쓰는 사람이 어깨를 상했다는 것은 큰 위기에 처했다는 의미다. 예상대로 지광은 어깨를 상한 후 일방적으로 뒤로 밀리고 있었다.

지광과 함께 온 두 명의 개방도가 지광을 도우려 했으나 밀문일왕의 수하들이 그것을 허락지 않았다. 오히려 나머지 두 명의 개방도도 목숨이 위험한 지경에 처했다.

"하하하, 구파일방과 사대세가가 의천맹을 만들었다지? 팔비수 그대는 의천맹 사기주 중 현무기의 기주이고. 그런데 이런 실력으로 감히 우리 오류를 상대할 있겠는가? 오늘 이곳에서 그대의 목을 베어 의천맹이 얼마나 나약한 존재인지 깨닫게 해주리라."

기세가 오른 밀문일왕이 좀 더 매섭게 팔비수 지광을 몰아쳤다. 가뜩이나 누더기인 지광의 옷이 밀문일왕의 검에 베어져 이제는 넝마가 되어 있었다.

"지금 나서지 않으면 그는 죽을 거요."

타유가 공묘천을 보며 말했다. 타유가 보기에 지광은 이제 이삼십 초도 견디기 어려워 보였다.

"도와주겠소?"

공묘천이 물었다.

"내가 왜 당신을 돕소?"

"그래도 인연이 있는데……."

"우리완 상관없는 일이오."

"매정하신 양반이군. 에휴, 어쨌든 원수 같기는 하지만 늙은 친구를 죽게 놔둘 수는 없지."

공묘천이 한 번 투덜거리더니 훌쩍 신형을 날려 장내로 뛰어들었다. 그런데 그때부터 타유와 청풍은 크게 놀라지 않을 수 없었다. 천하제일의 도둑으로 알려진 공묘천의 무공이 사실은 그의 도술보다도 훨씬 뛰어났기 때문이었다.

퍼퍼퍽!

공묘천이 지나가는 길목에서 연달아 둔탁한 타격음이 일어났다.

"악!"

"큭!"

밀문일왕의 수하들이 땅에 비명을 지르며 고꾸라졌다.

"웬 놈이냐?"

"누구냐?"

완전히 장내를 장악하고 있던 밀문일왕의 수하들이 공묘천의 등장에 놀라 소리를 지르며 공묘천을 향해 달려들었다. 그러나 그들은 공묘천의 옷자락도 건들 수 없었다.

공묘천의 신법은 그야말로 귀신과 같았다. 한순간 삼사 장을 이동하는 것은 물론, 두어 개의 분영까지 만들어내면서 사람들의 눈을 어지럽혔다. 그를 향한 밀문 고수들의 공세는 오히려 서로 엉켜들어 동료를 위협했다.

"정말 놀라운 사람이었군요."

청풍이 공묘천의 움직임에 놀라 입을 열었다.

"과연 천하제일의 대도다. 도둑으로 수십 년을 살아왔다는 것 자체가 사실은 기적이다. 그 기적을 만든 것은 당연히 그의 무공일 것이다. 그를 쫓는 강호의 무가와 고수가 한둘이 아니었다. 그러나 누구도 그를 잡을 수 없었지. 모르긴 몰라도 그의 무공을 감당할 자가 강호에 많지 않을 것이다."

"밀문일왕은 어떨까요?"

청풍이 어느새 밀문일왕을 향해 달려드는 공묘천을 보며 물었다.

"글쎄다. 그건 잘 모르겠구나. 팔비수 지광을 상대하는 밀문일왕의 무공을 보면 공묘천도 쉽게 상대하기 어려울 것 같기는 한데……. 신법이 워낙 뛰어나서 어찌 틈을 만들 수 있을지도 모르겠구나."

타유의 예상은 정확했다. 일단 밀문일왕에게 달려든 공묘천은 그를 향해 한 자루 비도를 날린 후에는 그와 일정한 거리를 유지한 채 빙글빙글 그의 주변을 돌며 밀문일왕의 정신을 혼란스럽게 만들고 있었다.

그사이 팔비수 지광도 본래의 기운을 제법 회복해 공묘천과 함께 밀문일왕을 협공하기 시작했다.

두 사람이 협공에 나서자 밀문일왕도 이제는 함부로 살수를 쓰지 못했다. 그가 아무리 뛰어난 고수라 하더라고 강호의 노련한 고수인 공묘천과 팔비수 지광을 상대로 우위를 점하기는 쉽지 않았다.

더군다나 공묘천과 지광은 둘 모두 신법에 뛰어난 고수들이었으므로 둘을 동시에 상대하는 것은 더욱 어려운 일이었다.

"가세."

한순간 공묘천이 지광에게 소리쳤다. 그러고는 지광의 대답도 듣지 않고 밀문일왕의 검세에서 벗어나 동쪽 숲으로 도주하기 시작했다. 팔비수 지광 역시 공묘천의 외침과 거의 동시에 몸을 뺐다.

"한 놈은 남아야 하리라!"

공묘천과 지광이 도주를 시작하자 밀문일왕이 바람처럼 신형을 날리더니 한순간에 두 사람과의 거리를 좁혔다. 그러고는 벼락처럼 검을 던졌다.

"쐐애액!"

일왕이 던진 검이 어둠을 뚫고 무서운 속도로 공묘천의 등을 파고들었다. 그것은 무척 교묘한 술수가 담긴 일검이었다. 밀문일왕과의 거리를 보면 공묘천이 지광보다 좀 더 멀리 달아나 있었다.

그런데 밀문일왕은 가까운 곳의 지광을 놓아두고 먼 곳의 공묘천을 공격했다. 그건 상대와의 거리보다는 상대의 심리를 고려한 일수로 좀 더 멀리 떨어져 있는 공묘천이 방심하고 있을 것이란 판단에 의한 공격이었다.

그리고 밀문일왕의 예측은 정확했다. 갑자기 밀문일왕의 검이 자신의 등을 뚫고 들어오자 공묘천이 크게 당황했다. 밀문 일왕이 던져낸 검의 빠르기는 전광석화 같아서 그 검을 피해 내는 것이 결코 간단해 보이지 않았다.

그렇다고 등을 돌리고 있는 상태에서 적수공권으로 밀문일 왕의 전력이 깃든 검을 쳐 내기도 어려웠다. 목숨은 몰라도 등 에 큰 부상을 입는 것은 피할 수 없어 보였다.

그런데 그때 갑자기 어둠 속에서 한 자루 비도가 날아들어 밀문일왕이 던져낸 검을 때렸다.

깡!

날카로운 타격음과 함께 밀문일왕의 검이 살짝 방향을 틀었 다. 그러고는 아슬아슬하게 공묘천의 옷깃을 스치고 지나가 아름드리나무에 박혀들었다.

천우신조로 밀문일왕의 검을 피해낸 공묘천이 뒤로 돌아보 지 않고 어둠 속으로 몸을 날렸다. 이미 팔비수 지광의 신형은 벌써 보이지도 않았다. 다른 개방의 문도들 역시 몸을 빼 달아 난 지 오래였다. 싸움이라면 몰라도 도주라면 개방도들을 따 를 자가 없다.

"음……!"

밀문일왕이 허망하게 적을 놓치고는 낮게 침음성을 흘렸다. 그러고는 자신의 검이 꽂혀 있는 아름드리나무로 다가가 검을 뽑아 들더니 검신을 유심히 살폈다. 그러자 달빛에 비친 그의 검신에서 작은 흠집이 드러났다.

"대단하군. 전력을 다한 나의 검에 흠집을 남기다니…….

누굴까?"

밀문일왕이 고개를 돌려 비도가 날아왔던 바위를 살폈다. 그러나 바위 근처에선 사람의 인기척이 전혀 느껴지지 않았다. 그러자 밀문일왕이 혀를 챘다.

"쯧, 일이 곤란하게 되었구나. 저 말 많은 개방의 거지들이 오늘 일을 강호에 퍼뜨리면 천하의 모든 실력자가 단천마검의 행방을 다시 찾게 될 것이다. 그자를 빨리 찾아야 하는데. 자칫하면 엉뚱한 자에게 단천마검이 들어가겠어. 모두 돌아간다. 곧 다시 명이 있을 것이다."

밀문일왕의 명에 장내에 남아 있던 모가장의 표사들과 밀문일왕의 수하들이 썰물 빠지듯 사라졌다. 그러자 밀문일왕이 훌쩍 신형을 날려 숲을 벗어나기 시작했다. 그러면서 그가 어둠 속을 향해 한 가닥 경고를 남겼다.

"누군지 모르겠으나 다시 한 번 나의 일을 방해하면 그땐 절대 살려두지 않겠다. 오늘은 일이 급해 아량을 베풀었으니 다시는 내 눈앞에 나타나지 말라."

밀문일왕이 경고와 함께 순식간에 장내에서 사라졌다. 숲이 다시 어둠과 적막에 빠져들었다. 그런데 잠시 후 한 그루 무성한 나무 위에서 두 명이 땅으로 내려섰다.

타유와 청풍이었다. 어느새 그들은 바위에서 나무 위로 은신처를 옮겨 있었던 것이다.

"그는 어디로 가는 걸까요?"

청풍이 물었다. 그러자 타유가 대답했다.

“단천마검을 찾으러.”

“예?”

“밀문일왕이 사람들의 시선을 모가장으로 돌려놓고 하고자 한 일이 무엇이냐? 단천마검을 찾는 일이었지. 그런데 이제 모가장의 표물 중에는 단천마검이 없고, 실제 단천마검은 다른 곳에 있다는 소문이 강호에 퍼질 텐데 그가 급하지 않을 수 있겠느냐? 그는 분명 급히 단천마검을 찾아 움직였을 것이다.”

“음, 그렇군요. 이제 어떡하죠?”

청풍이 물었다. 그러자 타유가 생각에 잠겼다가 굳은 표정으로 말했다.

“일에는 선후가 있어서 본래 순리대로 일을 하자면 계획대로 모잠을 잡아내어 모가장과 밀문에 대해 알아보는 것이 우선일 것이다. 그러나 비록 그 정체가 불분명하기는 해도 밀문이 금석촌의 멸망에 일조한 것은 분명한 사실이니 그들의 손에 단천마검이 들어가게 놓아둘 수는 없다. 그를 따라가 보자.”

“알겠어요. 저도 같은 생각이에요.”

“그자가 한 가지 실수를 한 것이 있다면 내가 세상에서 사람의 뒤를 가장 잘 추적한다는 것을 모른다는 것이지. 그자는 결코 단천마검을 손에 넣을 수 없을 것이다.”

타유가 밀문일왕이 사라진 숲을 보며 말했다.

＊　　＊　　＊

　노인의 머리에는 비록 하얀 서리가 내려 있었지만 옷 밖으로 드러난 팔이며 가슴은 젊은이 못지않은 근육으로 꿈틀거렸다.
　"왜 그를 따라가지 않았느냐?"
　노인이 자신의 대장간에서 장장 석 달 동안 머물며 강검산을 데려가려 갖은 노력을 다하던 무사 부안의 말을 타고 멀어지는 것을 보며 강검산에게 물었다.
　"그가 모르는 것을 제가 알고 있으니까요."
　"무슨 소리냐?"
　"전 선사님을 알고, 아버지를 알고 있지요."
　"흐음, 그러니까 그를 따라가는 것보다 우리 곁에 남는 것이 네게 더 큰 이득이라는 말이렷다."
　화암골의 대장장이 방남산이 웃으며 말했다. 그러자 강검산이 고개를 저었다.
　"이득이라면 부안 아저씨를 따라가는 것이 나을 걸요? 돌아가신 아버지의 누명이 벗겨졌으니 전 충신의 아들이 되었어요. 부귀와 권세가 보장되어 있다고 할 수 있지요. 그러나 이곳에서야 겨우 대장장이 아들이잖아요."
　"허어, 이놈! 네가 감히 조사님들을 욕보이려는 것이냐? 화마경의 전통을 잇는 것을 어찌 부귀와 영화에 비교할까?"
　방남산이 짐짓 화를 냈다. 그러나 그의 눈가에 드러난 웃음은 그 화가 농임을 스스로 드러내고 있었다.

“화마경이 대단한 무공이라고 말씀하시기는 했으나 제게 제대로 된 화마경을 보여주신 적은 없잖아요?”

“아직 화마경의 전부를 알 때가 아니니까. 화마경은 수련하는 사람에게도 무서운 무공이야. 준비가 되어야 다음 단계를 수련할 수 있다.”

“그럼 그 대단한 아버님의 무공이라도 보여주시죠?”

“후후, 네가 무서워서 도망갈까 봐 그것도 안 된다.”

방남산의 말에 강검산이 정색을 하며 말했다.

“그런데 정말 제게 화마경을 모두 전수하시긴 할 건가요?”

“하겠다.”

방남산이 망설이지 않고 대답했다.

“평생 대장장이로 살아야 하는 조건으로요?”

“그렇다. 일이 우리의 계획대로 된다면 넌 일생일대의 검을 만들게 될 것이다. 그것을 위해 화마경의 수련이 꼭 필요하지.”

방남산이 말했다.

“그 검의 주인은 누구죠?”

“아직은 정해지지 않았다.

“제가 될 수도 있나요?”

그러자 방남산이 강검산을 물끄러미 바라보다가 말했다.

“그렇게 되지 않기를 바라거라.”

“왜요?”

“만약 임자를 찾지 못해 네가 그 검의 주인이 된다면 결국

넌 그 검의 기운에 빠져들어 너 자신을 잃고 말테니까. 그래
서… 너에게 그 검을 주지 않으려는 것이다.”
　“만들기는 해도요.”
　“그렇지. 그 검을 만들 대장장이가 되어야 하는 것이 너의
숙명이라 생각하거라. 이후는 자유다. 화마경의 마지막 전수
자로서 넌 오경의 숙명에서 자유로워질 것이다.”

第五章 단천마검(斷天魔劍)

"어찌 알았을꼬. 어찌 알았을꼬. 차라리 묻어두었어야 하거늘……. 천기를 거스르니 결국 화가 미치는구나."

머리에 검게 물들인 면관을 쓴 노인이 바위 위에 앉아 한탄을 하고 있었다. 그런데 기이한 것은 그가 앉아 있는 바위 주변으로 끊임없이 연무가 일어나고 있다는 점이었다.

연무 밖으로는 또 수십 장 크기의 나무들이 바위를 둘러싸고 있었는데 마치 주변의 나무와 풀들이 스스로 움직여 노인을 위해 은신처를 만들어주는 듯한 모습이었다.

"일단 일이 이렇게 된 이상 좀 쉬면서 강호의 풍문이 가라앉을 때를 기다려 보자. 밀문의 마귀들이 무섭다고는 해도 그자들이 감히 나의 자부육진을 알아채지는 못할 것이다. 설혹 이

진을 알아본다 해도 그 멍청이들이 어찌 진을 뚫을까. 그사이이 단천마검을 좀 살펴봐야지. 전설대로 이 검이 그렇게 대단한 검이라면 놈들이 진을 뚫고 들어와도 능히 그들을 물리치고 잠시 세상에서 몸을 숨길 수 있으리라.”

노인이 무릎 위에 놓고 있던 검을 들어 올렸다. 거무튀튀한 검집은 오랫동안 햇빛을 보지 못해 이곳저곳이 부스러져 있었다. 그 부스럼 안쪽으로 살짝 드러나 보이는 안쪽의 모습은 칠흑처럼 검은 빛깔이다. 그건 검집의 본신은 멀쩡한 상태라는 것을 의미한다.

“어디……!”

노인이 어린애 같은 호기심을 드러내면 검의 손잡이를 잡았다.

스르릉!

노인의 손에 힘이 들어가자 검이 야수가 으르릉거리는 듯한 소리를 내며 검신을 드러낸다. 순간 노인의 얼굴이 검신이 반사하는 빛을 받아 눈부시게 밝아졌다.

“아……!”

노인의 입에서 자신도 모르는 사이에 탄성이 흘렀다. 투박한 검집과 달리 모습을 드러낸 검은 그야말로 신룡의 자태를 하고 있었다. 바로 어제 벼른 듯한 검신에는 티끌 하나 묻어 있지 않았다.

그런데 검신이 온전히 검집을 벗어나는 순간 더욱 놀라운 일이 벌어졌다.

"기검(奇劍)이로다!"

노인이 다시 탄성을 흘린다. 그도 그럴 것이 완전히 세상에 모습을 드러낸 검신의 빛깔이 처음 검집을 벗어날 때와는 확연이 달라져 있었던 것이다.

검은 마치 세상의 모든 빛을 빨아들이는 듯했다. 분명 투명하고 눈부시게 번쩍이고 있었지만 그 색깔은 암흑처럼 검었다.

"이래서 마검이라는 이름이 붙었군. 이 검은 빛깔만 아니었다면 신검이란 이름이 붙었으리라. 그러나 신검이든 마검이든 그게 무슨 상관인가. 모두 다 사람들이 붙여놓은 이름인 것을. 이 검이 신검이 될 것인지 마검이 될 것인지는 오로지 검의 주인에게 달린 것이지."

한순간 노인의 얼굴에 탐욕의 빛이 어린다. 눈부시리만큼 검은 빛을 흘리는 검은 사람의 마음을 흔드는 기묘한 힘을 지니고 있었다. 손에 쥐는 순간 세상 무엇이라도 베어버릴 수 있을 것 같은 충동을 느끼게 하는 것이다.

한순간 노인이 눈을 감았다. 그러자 그의 시야에서 태초의 어둠처럼 투명한 묵빛 검신을 자랑하던 검이 사라졌다.

"후우!"

노인이 나직하게 한숨을 내쉬었다. 검에게 빼앗겼던 그의 정신이 그제야 온전히 돌아왔다.

"이 검을 다룰 수 있는 자가 천하에 몇이나 될 것인가? 마검이라 이름 지어진 것은 아마도 이 검의 기운을 온전히 다스릴 사람이 없었기 때문일 것이다. 검의 기운에 취해 자신도 모르게 살검을 휘두르고 다녔겠지.”

노인이 깊게 숨을 쉬고는 다시 눈을 떴다. 여전히 묵빛 검신을 드러낸 검이 노인을 바라보고 있다.

“이 녀석아, 어쩌다가 내 눈에 띈 것이냐? 아… 이것 참. 호기심 때문에 이 검을 세상에 끄집어내다니. 하긴 그 상황에서야 어쩔 수 없는 일이기는 했지. 어디!”

노인이 검을 거꾸로 잡아 들었다. 그러고는 거침없이 자신이 앉아 있던 바위에 검을 찔러 넣었다. 그러자 놀랍게도 검이 마치 무나 두부에 찔러 넣은 것처럼 부드럽게 바위를 뚫고 들어갔다.

“아, 천하의 신병이기도 이 검의 날카로움을 견디지 못하리라. 하늘이 내게 이 검을 준 이유가 무엇인가? 평생 한 근 머리로 강호를 살아온 내게 이런 날카로운 검을 주다니. 이젠 머리가 아니라 검으로 강호를 살아내라는 건가? 이 나이에?”

노인의 얼굴에 다시 야망이 흐른다. 노인이 바위에 꽂힌 검을 앞으로 밀었다. 그러나 검이 거침없이 바위를 가르며 다시 자신의 몸을 온전히 드러냈다.

“놀랍구나. 세상에 이 검을 당할 무공이 있을까?”

노인이 마치 검이 자신의 자식이라도 되듯 떨리는 손으로 검신을 매만졌다. 검은색 검신이 다시 빛을 흘렸다.

세상에 이런 기이한 일이 있을까. 천지의 모든 빛을 흡수하는 듯한 검이 한편으로는 투명하고 영롱한 검광을 흘리고 있다. 어떻게 빛을 흡수하고 발하는 일을 동시에 할 수 있단 말인가.

"못할 것도 없지. 나이가 무슨 상관인가?"

갑자기 노인이 변명하듯 퉁명스레 말했다. 야망을 꿈꾸는 자신을 위로하는 듯한 말이다. 그런데 그때였다. 갑자기 저 멀리서 아련한 목소리가 들려왔다.

"자부 진인, 어디 계시오?"

순간 노인의 표정이 일변했다.

"아니, 저자가 어떻게 이곳까지 따라왔단 말인가? 설마 저자가 자부육진을 알아보기라도 했단 말인가?"

노인이 목소리가 들려온 방향을 바라보며 중얼거렸다. 그러자 다시 그를 찾는 목소리가 들린다.

"진인, 어찌 세속의 이해에서 초탈하신 분께서 기병에 욕심을 내시는 것이오. 단천마검은 진인께 어울리는 검이 아니오. 만금을 드릴 테니 검을 넘기시오. 검 하나로 평생 쌓아 올린 명성을 더럽히고 목숨을 잃을 생각이시오? 자부 진인 등나, 이 여섯 자의 고귀한 명성을 잃지 마시기 바라오."

순간 단천마검을 든 노인, 자부 진인 등나의 눈썹이 꿈틀거렸다. 그의 얼굴에 노기가 서렸다. 단천마검을 든 그의 얼굴은 스스로가 이미 천하제일인이 된 듯한 표정이다.

"감히 밀문의 마졸 따위가 날 능멸해? 아무래도 내가 단천마검의 주인이 되었음을 가르쳐 줘야겠군. 그래야 다른 마졸들도 감히 날 업신여기지 못하리라."

자부 진인 둥나가 자리에서 일어났다. 그러고는 훌쩍 바위에서 날아내려 그를 찾는 목소리가 들린 곳으로 걸어가기 시작했다.

숲이 산 전체를 감싸고 있었다. 산새 소리가 들리지만 발을 들여놓기가 망설여지는 숲이다. 곳곳에서 습한 안개가 솟구치고 있었고, 지형도 기이해서 전후좌우 동서남북을 가늠하기 어려운 곳이었다. 일단 숲에 들어가면 길을 잃기 십상이었다.

"대형, 어찌하실 생각이신지요?"

문든 숲을 바라보고 있던 세 명의 중년인 중 한 명이 입을 열었다. 그러자 가장 앞에서 숲을 향해 소리를 질러 자부 진인 둥나를 찾고 있던 사내가 말했다.

"이 진을 뚫고 들어가기는 쉽지 않네."

"그러나 그렇지 않고서야 어찌 그를 찾을 수 있겠습니까?"

"둥나는 강호사대현인으로 꼽히는 자일세. 그의 진법은 세상에서 제일 무섭다고 알려져 있지. 이 진을 뚫고 들어가서는 절대 그를 이길 수 없어."

"하면 어찌하실 생각이십니까? 곧 일왕께서 당도하실 겁니다. 그 안에 검을 찾아놓지 않는다면 일왕님의 노여움이 크실 겁니다."

"우리가 들어갈 수 없으면 그를 나오게 해야지. 그는 자존심이 강한 사람일세. 계속 약을 올리면 나오지 않고는 배기지 못할 거야."

중년인이 말을 하고는 다시 숲을 향해 소리쳤다.

"등나! 언제부터 천하의 자부 진인이 쥐새끼가 되었소? 그래 가지고서야 비록 단천마검을 손에 쥐고 있은들 그 검으로 무라도 벨 수 있겠소? 이렇게 진속에 숨어 있는 소인에게 단천마검을 어울리지 않소. 그러니… 헉!"

한순간 사내가 번개처럼 뒤로 물러났다. 그런 사내의 앞쪽으로 검은 빛줄기가 무섭게 스치고 지나갔다.

"으음!"

뒤로 물러난 사내가 신음을 흘렸다. 어느새 그의 복부 어림 옷자락이 길게 베어져 있었는데 붉은 선혈이 베어진 옷깃 속에서 흘러나오고 있었다.

"궁가야, 감히 너 따위가 날 모욕할 수 있다고 생각하느냐?"

어느새 숲 앞에 나타난 자부 진인 등나가 사내를 향해 소리쳤다. 애초에 자신이 자랑하는 자부육진을 펼치고 사람들의 눈을 피해 있으려던 그의 생각은 사라지고 없었는데 아마도 그건 단천마검의 신묘함을 눈으로 확인한 이후 생겨난 자신감 때문일 터였다.

등나가 모습을 드러낸 것은 그를 불러내려던 사내들에게도 계획대로 된 일이라고 할 수 있었다. 그러나 등나의 등장과 함께 사내 중 한 명이 피를 보았기에 결코 그들이 원하는 결과는 아니었다.

특히 등나의 손에 들린 검, 세상을 모든 빛을 흡수해 버릴 것 같으면서도 신비로운 빛깔을 흘려내는 검은색 검은 그들에게 무언의 공포를 불러일으켰다.

"자부 진인! 어째서 약속을 지키지 않는 것이오?"

등나의 일검에 복부를 베인 사내가 소리쳤다. 비록 검상을 당하기는 했으나 깊지는 않은 모양이었다.

"약속? 무슨 약속?"

자부 진인 등나가 되물었다.

"그대는 천마산 무천동의 문을 여는 조건으로 이미 내게서 무자현경을 받았소. 그런데 어째서 다시 단천마검에 욕심을 내는 것이오?"

사내가 차갑게 따져 물었다.

"무자현경, 좋은 물건이지. 고매한 글이 쓰여져 있고, 글귀를 담은 금판은 천금의 가치가 있지. 그러나… 글은 글일 뿐 무림에선 한 자루 검이 백 권의 경서를 앞서지 않겠는가?"

"아, 만 권의 책을 읽어 강호천하사대현인으로 불리는 그대의 입에서 그런 소리가 나올 줄은 몰랐소."

"사람들이 우리 네 사람을 현인이라 칭송하지만, 정작 강호 대소사가 우리의 뜻대로 이뤄진 것은 거의 없지. 애초에 도검을 든 자들을 글로써 설복시키는 것은 무리한 일이었던 것이지. 그래서 하늘이 내게 단천마검을 준 모양이야. 그러니 내가 어찌 천명을 거역하겠는가. 단천마검을 높이 들어 어지러운 강호에 정의를 세우리라!"

쩌릉!

한순간 자부 진인 등나가 단천마검을 내리그었다. 순간 버락 치는 소리와 함께 단천마검에서 뻗어 나온 검은색 검기가 세 사내를 갈랐다. 세 명의 사내가 메뚜기 떼처럼 좌우로 신형을 날리면 단천마검의 검기를 피했다.

쩌적!

세 명의 사내를 베지는 못했지만 단천마검은 그들의 등 뒤에 있던 커다란 바위를 반으로 쪼갰다. 가히 놀랄 만한 광경이었다.

"아!"

단천마검의 위력을 눈으로 확인한 삼인이 나직한 탄성을 흘려냈다. 전설로 내려오는 단천마검의 위력은 그들이 상상했던 것보다 훨씬 전율적이었다.

"물러가라. 오늘부터 삼 년 동안 내 강호에 나오지 않으리라. 그러나 삼 년 후 자부 진인 등나의 이름이 다시 들려오거든 그대들은 당장 달려와서 내게 부복하라. 단천마검을 내게 인도한 그대와의 인연을 생각해 천하대사에 그대를 중히 쓸 것이다!"

자부 진인 등나가 추상같은 말을 남기고는 홀연히 세 사내의 시야에서 사라졌다. 다시 자신이 펼쳐 놓은 자부육진 안으로 모습을 숨겼던 것이다.

"이건 정말 너무 대단한 검입니다, 대형."

"그러게 말일세. 설마 단천마검의 위력이 이 정도일 줄이야. 내 생각에 자부 진인 등나의 무공은 결코 날 능가하지 못해. 그런데 단천마검을 든 그에게 난 일초지적도 되기 힘들었

네. 아! 단천마검……. 방심하는 것이 아니었어. 설마 그가 무
천동에서 단천마검을 취해 달아날 것이라고 누가 생각이나 했
겠는가."

사내가 탄식을 흘렸다. 그러자 그의 곁에 있던 사내가 두려
운 빛으로 말했다.

"이제는 어찌해야 합니까? 일왕께서 오시면……."

"일왕께서도 크게 우릴 탓하지는 않으실 거네. 저기 저 바위
를 보시면 말이야."

사내가 손을 들어 자부 진인에 의해 반으로 갈라진 커다란
바위를 가리켰다.

"단천마검……. 역시 마물인가?"

타유가 나직하게 중얼거렸다. 나무 그늘 아래로 적지 않은
사람들의 움직임이 느껴진다. 모두 단천마검을 찾아 몰려든
사람들이다. 밀문일왕의 걱정처럼 귀 밝은 사람들은 이미 모
가장의 표행에서 벗어나 자부 진인 등나가 숨어 있다는 이 숲
으로 몰려들고 있었다.

"단천마검은 어디 있는 걸까요?"

"곧 모습을 드러내겠지."

청풍의 물음에 타유가 대답했다.

"그런데 그는 조금 무모한 것 아닐까요?"

"누구 말이냐? 밀문일왕?"

"예, 행적이 노출되었는데 이 와중에 단천마검을 찾아 움직

인다는 것은 위험한 일이잖아요?"

"자신이 있다는 말이겠지."

"밀문이 그렇게 대단한 곳일까요?"

"당장 그를 보아도 알 수 있는 것 아니냐? 금석촌의 일도 그렇고……. 아마도 우리가 생각하는 것 이상으로 무서운 곳일 수도 있다. 조심해야겠어. 가자, 놓치겠다."

타유가 땅 위의 흔적을 한 번 살피고는 몸을 날렸다.

두 사람은 이틀째 밀문일왕의 뒤를 쫓고 있었다. 밀문일왕은 사천을 벗어나 섬서의 화산 인근으로 이동했는데 그곳에서 이름 모를 산으로 방향을 틀었다.

그런데 그의 움직임이 길어질수록 곳곳에서 불청객들이 그를 따르기 시작했다. 그래서 비단 타유의 추적술이 아니더라도 이제는 밀문일왕의 행적을 따르는 데는 누구라도 큰 어려움이 없을 정도였다.

그렇게 여러 개의 꼬리를 달고 움직이던 밀문일왕이 걸음을 멈춘 곳은 다른 곳보다 수배는 더 짙게 우거진 깊은 숲이었다. 그리고 그곳에서 그를 마중하는 사람들이 있었다.

"일왕을 뵈옵니다."

밀문일왕이 안개와 녹음으로 우거진 숲 앞에 당도하자 세 명의 사내가 모습을 드러내 밀문일왕을 맞이했다. 앞서 단천마검을 가지고 있던 자부 진인 등나를 상대했던 밀문의 고수들이었다.

"어찌 되었느냐?"

“그가 숲에 숨어버렸습니다.”

사내의 말에 밀문일왕의 눈썹이 한 차례 꿈틀거리더니 고개를 숙이고 있는 사내의 상처 입은 복부와 반으로 갈라진 바위에 눈길을 주었다.

“그의 솜씨냐?”

밀문일왕이 반으로 갈린 바위를 보며 물었다.

“그렇습니다. 본신의 무공은 아니고 단천마검의 날카로움으로…….”

“몸은?”

“괜찮습니다.”

사내가 복부를 부여잡으며 말했다.

“과연 단천마검이군. 너희 세 명을 상대로 이득을 취하다니.”

“명을 온전히 수행치 못한 죄를 받겠습니다.”

“되었다. 그를 이용해 천마산 무천동에서 단천마검을 찾아낸 것만으로도 공은 충분해. 애초에 너희가 그를 상대로 단천마검을 얻어내는 것까지는 기대하지 않았다.”

“송구하옵니다.”

“좋아, 음……. 진법인가?”

“그렇습니다. 그 스스로 자부육진이라 말했는데 도저히 저희들의 능력으로는 뚫을 수가 없었습니다.”

“자부 진인의 자부육진은 강호십대기진에 속하는 절진이다. 너희가 파훼할 수는 없겠지. 그를 불러보아라.”

밀문일왕의 명에 사내가 신형을 돌려 숲을 보며 소리쳤다.

"진인, 여기 귀한 분이 오셨소. 잠시 얼굴을 보여주시오!"

사내의 사자후가 숲을 뒤흔든다. 그러자 잠시 후 숲 안에서 사내의 사자후와 비슷한 목소리가 흘러나왔다.

"귀한 분이라니 누가 오셨단 말인가?"

"그건 만나보시면 아시게 될 것이오!"

"하하하! 이런 어리석은 자들을 보았나. 하는 짓이 어린애 같지 않은가? 정체를 모르는 사람 앞에 모습을 드러낼 바보가 세상에 어디 있겠는가? 더군다나 난 지금 그대들에게 쫓기고 있는 몸인데. 하하하!"

조롱기 섞인 자부 진인 등나의 목소리가 이어졌다. 그러자 사내의 얼굴이 붉어졌다. 그가 다시 숲을 향해 외치려는 순간 밀문일왕이 손을 저어 그를 말렸다. 그러고는 숲을 향해 조용히 말했다.

"진인, 난 원왕련이라 하오. 만날 수 있겠소?"

순간 숲이 조용해졌다. 밀문일왕을 추격해 숲까지 와 모습을 숨긴 고수들도 움직임을 멎었다. 천지가 침묵의 바다에 빠진 것 같았다.

"그가… 그가 원왕련이었군."

타유가 나직하게 중얼거렸다.

"그를 아세요?"

청풍이 의아한 표정으로 물었다. 지금까지 밀문일왕을 추격하면서 타유는 전혀 그를 알아보지 못했었다. 그런데 지금은 마치 그를 아는 듯이 말하고 있지 않은가?

"그의 얼굴은 본 적이 없었다. 그러나 적어도 그의 이름은 들어봤지. 아마 이곳에 몰려온 고수들도 나와 같을 것이다. 그를 본 사람은 없으되 그의 이름을 모르는 사람은 없을 게다. 그가 밀문일왕이었다니……. 밀문, 밀황류의 정체가 더욱 궁금해지는군. 어떤 곳이기에 원왕련을 끌어들였을까."

"그가 그렇게 대단한 사람인가요?"

청풍이 물었다. 청풍은 타유가 타인에 대해 이렇게 놀라는 것을 처음 보았다.

"대단한 인물이지. 지금으로부터 삼십여 년 전 강남무림에 송객림(宋客林)이라는 단체가 등장했다. 그런데 그들은 무림보다는 세속의 일에 더 관심이 많았었던 것 같다. 그들은 원의 고관을 암살하고 또 원에 부역한 무림인들을 주살했지. 그들의 기세가 워낙 대단해서 복건과 절강, 그리고 광동 일대의 원나라 관리들이 한동안 공포에 떨었었지. 그렇다고 원 조정에서 기병을 동원해 그들을 주살할 수도 없었다. 대저 무림의 고수들이란 관군으로는 잡을 수 없는 것이니까. 그래서 원의 조정에서는 그들을 주살하기 위한 강호의 고수들을 모집했다. 그때 일백 명의 고수가 원 조정의 초청을 받고 모였는데 사람들은 그들을 백혈랑(百血狼)이라고 불렀다."

"백혈랑이라……. 조롱기가 있는 이름이군요."

"그렇지. 원의 부름에 응했기에 그런 조롱 섞인 이름이 붙었지. 그러나 이름이야 어찌 되었든 그들은 모두 하나같이 대단한 고수들이었다. 그리고 본격적으로 백혈랑과 송객림 사이의 암투가 벌어졌다. 듣기로 강호에서 그런 싸움이 없었다고 하더구나. 그들이 벌이는 처절한 싸움에 강호의 제 문파들은 그 혈풍에 휘말릴까 장장 여섯 달 동안 봉문을 할 정도였지."

"대단하군요. 그래서 결과가 어찌 되었나요?"

"결국에는 백혈랑이 승리를 했지. 내가 알기로 송객림의 협사를 자처하던 고수 중 살아남은 사람은 없는 것으로 알고 있다. 그들은 서호에서 장렬한 최후를 맞이했는데 살아남은 사람은 아무도 없었다고 전해진단다. 그리고 비록 승리하기는 했으나 그곳에서 백혈랑도 치명적인 타격을 입었지. 살아남은 사람이 겨우 열다섯이라던가? 그중 한 명이 바로 원왕련이다."

"아……!"

청풍이 나직한 탄성을 흘렸다.

"원왕련은 당시에도 진면목을 드러내지 않고 이름만 알려졌었는데 그 심성이 독랄하고 검공의 날카로움이 백혈랑 중에서도 손에 꼽혔다고 했다. 이후 백혈랑 생존자들의 행방은 오리무중이 되었지만 강호인들은 언제나 그들의 존재를 잊지 못하고 있지. 구파일방을 비롯한 강호의 명문가들이 함부로 강호의 패권을 되찾으려 하지 못하는 이유도 바로 살아남은 그 열다섯의 백혈랑 때문이란 말이 있을 정도란다."

"에이, 그래도 겨우 열다섯인데요."

"그렇긴 하지만 당시에 백혈랑의 배후에 더 큰 세력들이 도사리고 있다는 소문이 돌았었거든. 백혈랑과 같은 자들이 속해 있는 곳이라면 구파도 감히 경시할 수는 없는 문제지."

"그럼 바로 그중 한 세력이 밀문, 밀황류인가 보군요. 원왕련이 밀문의 사람이라니."

"그럴 수도 있겠지. 혹은 그 이후에 밀황류가 생겨난 것일 수도 있고. 아무튼 이리되면 이곳에 온 자들 중 누구도 함부로 원왕련 앞에 나타날 수 없을 것이다. 백혈랑의 이름을 두려워하지 않는 자가 강호에 없을 테니까."

"삼십 년 전 사람들인데요?"

"그들이 지금은 강호를 지배하고 있을 수도 있으니까."

"아……!"

청풍이 타유의 말에 담긴 의미를 깨닫고는 부르르 몸을 떨었다. 그런데 그때 숲에서 자부 진인 등나의 목소리가 들렸다.

"수십 년 전 옳을 의(義) 자를 가슴에 새긴 협사들을 죽음에 몰아넣었던 무림의 이리를 다시 보게 될 줄은 몰랐군."

백혈랑에 속했던 원왕련을 두고 하는 말일 터였다.

"혀는 살아 있구나."

원왕련이 지지 않고 소리쳤다.

"의도 살아 있다."

"하하하, 예전부터 이런 소문이 있었지. 강호사대현인 중 한 두 명은 송객림의 후예일 거라는……. 서호에서 송객림의 씨가 모두 말랐을 거란 생각은 하지 않았다. 본래 앞으로 의를 앞세우면서도 뒤로는 잇속을 차리는 소인배들은 항상 그렇게 타인의 죽음 뒤에서 자신만의 논리로 목숨을 챙기는 법이거든.”

“천운이 몽골 오랑캐에게서 떠남을 알고 있느냐?”

자부 진인이 소리쳤다.

“물론 알고 있지. 그래서 강호의 제 문파들이 머리를 내밀고 무림의 패권을 노리고 있지 않은가. 송객림의 후예들도 나섰인가?”

원왕련이 물었다. 그러자 자부 진인 등나의 싸늘한 대답이 들려왔다.

“오랑캐의 몰락이 정해진 수순이라면 그대들 백혈랑의 무리도 하루 빨리 중원을 떠나야 할 것이다.”

“하하하, 천하의 사람들이 자부 진인이 현명한 인사라고 칭송하더니 이제 보니 아둔한 자가 아닌가. 술 부대가 썩으면 새 술 부대를 찾으면 그뿐, 원 황실의 쇠락이 무림과 무슨 상관이 있단 말이냐? 오히려 이 기회에 강호는 새로운 지배자의 모습을 보게 될 것이다. 등나! 단천마검을 가져와 내게 바쳐라. 하면 귀한 신분이 될 것이다.”

“홍, 밀황류 따위가 감히 천하를 논해?”

자부 진인의 싸늘한 비웃음에 원왕련의 표정이 변했다.

“내 오늘 반드시 널 잡고야 말겠다. 단천마검이야 포기할 수는 있어도 감히 밀황류를 조롱한 네 세 치 혀는 반드시 잘라야겠어."

"하하하, 그럴 능력이 있다면 해보거라. 자부육진에 발을 들여놓는 순간 넌 지옥을 맛보게 되리라."

등나가 지지 않고 소리쳤다. 그러자 원왕련이 뒤를 돌아보며 입을 열었다.

"나서라."

순간 숲에서 그의 수하 다섯이 모습을 드러냈다.

"일 장 넓이로 길을 낸다. 걸리는 것은 풀 한 포기, 돌멩이 하나라도 모두 치워라. 대저 진법이라는 것은 석목(石木)을 이용해 사람의 눈을 속이는 환영, 나무와 돌이 없으면 진도 없다."

원왕련의 명에 그의 수하들이 도검을 빼 들고 앞으로 나섰다. 그러고는 무성한 숲을 향해 도검을 휘두르기 시작했다.

쿠쿵!

어른 몸통만 한 아름드리나무들이 쓰러졌다. 원왕련의 수하들은 그들의 주인만큼이나 고수였다. 아무리 굵은 나무도 두어 번 칼질에 여지없이 땅에 쓰러졌다.

바위는 어떠한가. 길을 막고 앉아 있는 바위들도 장력 두어 번이면 결국 옆으로 몸을 피해 원왕련의 수하들에게 길을 내주었다. 진을 파훼하는 방법은 여러 가지가 있지만 원왕련은 가장 확실한 방법으로 자부육진을 파괴하며 길을 내기 시작했던 것이다.

"미련하구나."

타유가 나무를 베어 길을 만드는 원왕련과 그 수하들을 보며 혀를 찼다.

"하지만 가장 확실한 방법이죠. 진의 파훼법을 모르는 상황에서는……."

청풍이 대답했다. 그러자 타유가 고개를 저었다.

"다른 방법을 쓰는 사람들도 있단다."

"누가 어떤 방법을 쓰는데요?"

"날 따라와 보거라. 아주 재미있는 광경을 보게 될 테니."

타유가 갑자기 청풍을 어깨를 툭 치고는 먼저 몸을 날렸다.

"어서 파게."

"이 늙은 거지야. 그렇게 급하면 직접 파든지."

공묘천이 개방의 구결 장로 팔비수 지광에게 소리쳤다.

"어허, 사람마다 제각기 맡은 일이 따로 있는 법이야. 밥을 빌어 오는 것은 내가 잘하는 일이고, 땅을 파는 것은 자네가 잘하는 일이지 않은가?"

"그럼 입 닥치고 가만히 있든지!"

"이미 밀문일왕이 진을 뚫기 시작했네. 그가 자신이 밝힌 대로 정말 백혈랑의 원왕련이라면 자부 진인도 오래 버티기는 힘들 거야. 그 안에 그에게로 가는 길을 뚫어야 해."

지광이 정색을 하며 말했다. 그러자 공묘천도 얼굴을 빛을 달리하며 말했다.

“그러나 아무리 무른 땅이라도 반나절은 필요한데. 자부육진이 그 정도 시간을 벌어줄까?”

“음……. 다행히 원왕련이 택한 방법은 정공법이네. 시간은 조금 걸리겠지. 진이 뚫리는 것은 분명하지만…….”

“정말 서둘러야겠군. 아무튼 자네는 뒤나 잘 봐. 혹여라도 다른 자들이 들러붙으면 곤란해질 수 있으니까.”

“그건 걱정 말게. 이곳은 후미질 뿐더러 나를 따르는 아이들이 단단히 지키고 있으니… 어?”

말을 하다 말고 지광이 놀란 음성을 흘렸다.

“왜?”

이미 한참을 뚫고 들어간 굴속에서 공묘천이 물었다.

“내 생각이 잘못되었나 보군. 손님이 있어.”

“뭣?”

공묘천이 황급히 되물으며 이내 고개를 자신이 뚫은 좁은 동굴 밖으로 내밀었다. 그러고는 이내 개방의 거지들 눈을 피해 자신들 앞에 다가서고 있는 두 사람을 올려다봤다.

“어라, 그대들이었소?”

공묘천이 눈앞에 서 있는 타유와 청풍을 보며 아는 척을 했다.

“좋은 방법이오.”

타유가 불쑥 말했다. 그러자 공묘천이 이내 타유의 말을 알아듣고 겸연쩍은 표정으로 말했다.

“배운 게 도둑질이라.”

"그런데 과연 원왕련보다 먼저 자부 진인에게 갈 수 있겠소?"

"그건 하늘의 운에 맡겨야지."

"내게도 길을 내어주겠소?"

"안 된다면?"

"그럼 다른 방도로 그를 만날 수밖에 없지 않겠소? 아마…… 어렵기는 해도 그를 만나는 것은 내가 조금 빠를 거요. 이곳에서 굴을 뚫고 있다는 소문이 근방에 퍼지면 사람들이 몰려들 테고, 그리되면 아무래도 공 노사께서 하시는 일은 늦어질 수밖에 없을 테니까. 원왕련의 수하들도 가만히 있지는 않을 거고."

"협박을 하는 거요?"

"내가 먼저 자부 진인을 만나려면 다른 사람의 일을 방해하는 것은 당연한 것 아니오?"

타유의 당당한 말투에 공묘천이 할 말을 잃은 듯 타유를 바라보다 고개를 저으며 대답했다.

"길을 뚫은 이후의 일은 각자들 알아서 하시오. 대신 길을 빌자면 그대들도 이곳에서 나를 도와야 할 거요. 그래한 한시라도 빨리 자부 진인을 만날 수 있을 테니까."

"무엇을 하면 되오?"

타유는 금세 공묘천의 제안을 받아들였다.

"타인의 접근을 막아주시오."

"그건 개방에서 하고 있는 것 같던데……."

"당신들 두 사람은 그 개방의 경계를 뚫고 여기까지 왔지 않소? 그것도 소리 소문 없이. 그러니 개방의 거지들만 믿고 있을 수는 없지."

공묘천의 말에 팔비수 지광의 얼굴이 일그러진다.

"늙은 도둑아, 감히 개방을 업신여기는 거냐?"

지광이 소리쳤다.

"아아, 업신여기기는 누가? 현실이 그렇다는 거지. 어쨌든 저 두 사람이 자네 수하들을 뚫고 여기 오지 않았는가?"

공묘천의 타박에 지광이 입을 다물었다. 대신 묘한 시선으로 타유와 청풍을 살폈다. 그러는 사이 공묘천이 다시 몸을 돌려 동굴 안으로 들어가며 소리쳤다.

"아무튼 밖의 일은 당신들이 알아서 해. 만약 내가 길을 내는 데 방해되는 일이 생긴다면 난 이짓 그만둘 거야. 내가 뭐 꼭 자부 진인을 만날 이유도 없고. 난 단천마검이 필요치 않거든. 물론 내 손에 떨어진다면야 고맙게 받겠지만."

공묘천의 말이 끝나자 동굴 안쪽에서 마치 다람쥐가 도토리를 갉아먹는 듯한 소리가 들려오기 시작했다. 공묘천이 땅 밑으로 길을 뚫고 있는 소리였다.

"허험, 저놈의 도둑이 세상 무서운 줄 모르고. 도둑 주제에 단천마검이라니!"

팔비수 지광이 짐짓 혀를 차며 공묘천을 타박했다. 타유와 청풍은 그런 지광을 상대하는 대신 주변을 둘러보고 있었다. 그들이 온 길 이외에 다른 길로 사람들이 올 수 있는지를 가늠해 보는 것이었다. 그러자 멋쩍어진 지광이 재차 입을 열었다.

"통성명이나 합시다. 잠깐이라도 함께 일을 하게 되었는데……."

지광의 말에 그제야 타유와 청풍이 지광에게 시선을 돌렸다. 그러고는 담담하게 입을 열었다.

"난 우검이라 하오."

"음, 우 대협이었구려. 나로 말할 것 같으면 개방의 구결 장로 팔비수 지광이라고 하오."

지광이 자신의 신분을 장황하게 늘어놓았다. 본래 그는 허세가 있는 사람은 아니었지만 왠지 타유와 청풍 앞에서는 자신의 신분으로 그들의 존중받고 싶은 마음이 일어나 한 행동이었다.

그러나 그의 기대와 달리 타유와 청풍은 개방 구결 장로라는 팔비수 지광의 신분에 크게 관심을 두지 않았다. 이미 그의 신분을 알고 있었기 때문인지도 몰랐다.

"그러셨구려. 만나 뵙게 되어 반갑소이다."

타유가 여전히 담담한 표정으로 입을 열었다. 사실 따지고 보면 타유와 지광의 나이차는 근 이십여 세가 된다. 타유는 오십 전후의 중년이고 지광은 칠십여 세에 이른 노고수, 그럼에도 타유의 어투가 그리 어색하지 않게 느껴지는 것은 살수의 본능이 짙게 남아 있어 무심하게 보이는 타유의 기도 때문일 터였다.

"험, 나도 우 대협을 만나 반갑소. 그런데 이 젊은이는?"

지광이 청풍에게 관심을 보였다. 그러자 타유가 재빨리 대
답했다.

"내 아들이오."

"아, 두 사람이 부자 사이였군. 보기 좋소이다."

지광이 짐짓 부러운 표정으로 말했다. 그러나 타유는 여전
히 냉막하다. 그러자 잠시 망설이던 지광이 타유에게 물었다.

"그런데… 그대도 단천마검에 관심이 있소?"

"그렇지 않다면 뭣하러 이곳에 왔겠소?"

타유가 퉁명스레 되물었다. 그러자 지광이 고개를 저으며
말했다.

"단천마검은 위험한 물건이오."

"내 한 몸 지킬 능력은 되오."

타유가 더 이상 말을 나누기 싫다는 듯 훌쩍 몸을 날려 서쪽
에 있는 거대한 나무 위로 올라섰다. 사방을 살피기에 적당한
곳이다. 그러자 청풍이 얼른 타유의 뒤를 따랐다. 두 사람이
멀어지자 지광이 날카로운 눈으로 두 사람을 살피다가 나직하
게 중얼거렸다.

"묘한 부자다. 움직임과 기도로 보아 결코 만만히 볼 수 없
는 무공을 지니고 있어. 살펴볼 필요가 있겠어."

"왜 그를 멀리하죠?"

나무 위에 올라온 청풍이 타유에게 물었다. 타유가 지광을
대하는 것이 공묘천을 대하는 것과 큰 차이가 있었기 때문이

었다. 그러자 타유가 입을 열었다.

"그는 조심해야 할 사람이다."

"왜요? 악인으로 보이지는 않던데?"

"그의 심성이 문제가 아니라, 그의 신분이 문제다. 그는 개방의 고수다. 개방은 의천맹의 눈과 귀가 되는 문파지. 너와 나의 정체가 드러나면 그 순간 의천맹의 모든 문도가 우리의 정체를 알게 될 것이다. 그리되면 당연히 모가장과 밀문도 알게 되겠지. 그들이라고 의천맹에 눈이 없겠느냐? 지난번 그 화산의 여인이 의천맹에 들어 있는 밀문 간자의 명단을 지키려고 그렇게 싸운 것 아니더냐."

"그러나 우리의 진실한 신분을 그가 알 리 없잖아요?"

"그렇긴 하다만 조심해서 나쁠 것은 없지. 사실 공 노사는 이미 내가 가명을 쓰고 있다는 것을 알고 있다. 공 노사가 그에게 내 본명을 말하지는 않겠지만 그래도 조심해야지. 그나저나 네 이름도 하나 만들자."

그러고 보니 지금껏 청풍은 누군가에게 자신의 이름을 말한 적이 없었다. 그저 타유, 다른 사람들이 우검으로 알고 있는 타유의 아들로 소개되었을 뿐이다.

"성씨는 당연히 우씨여야겠고. 그대로 쓰지요."

"우청풍?"

"예."

"왠지 이상한데?"

"별로 쓸 일도 없을 텐데요. 뭐."

"우청풍이라, 아무래도 이상해."

타유가 고개를 갸웃했다. 그러나 더 이상 청풍의 이름에 대해서는 말을 하지 않았다.

놀라운 일이다. 어떻게 사람이 채 하루가 지나지 않아 오십여 장 길이의 굴을 혼자 팔 수 있을까. 그러나 공묘천은 그 일을 해냈다.

쿵!

공묘천이 기이하게 생긴 기구를 땅에 내던졌다. 끝이 소용돌이치며 휘어져 있는 창과 같이 생긴 기구에는 젖은 흙이 묻어 있었다.

"다 됐나?"

"됐네."

팔비수 지광의 물음에 공묘천이 가쁜 숨을 몰아쉬며 대답했다. 그러고는 그대로 땅바닥에 벌렁 드러누웠다. 그런 그를 밤하늘의 별들이 내려다보고 있었다. 이미 자정이 지난 깊은 밤이었다.

"정말 재주 하나는 신기하이. 어찌 땅을 그렇게 잘 파나?"

"술!"

공묘천이 한마디 외쳤다. 그러자 지광이 얼른 허리춤에서 술병을 끄집어내 공묘천에게 건넸다. 공묘천이 지광의 술병을 건네받아 꿀꺽 꿀꺽 술을 들이켰다.

"어, 시원하다!"

공묘천이 단숨에 술병을 비우고는 트림을 하며 말했다.

"어때, 어디까지 뚫었나?"

"대략 북동쪽으로 오십여 장, 아마 자부 진인은 굴 위 어딘가에 있을 거야."

"그의 위치를 찾아낼 수 있겠나?"

"그건 밀문일왕의 도움이 필요하지."

"무슨 소린가. 설마 그와 힘을 합치자는 건가? 고양에게 생선을 맡기지!"

지광이 고개를 저었다.

"그런 말이 아니라. 그가 진을 뚫고 들어가 자부 진인에게 당도하면 자부 진인도 지금처럼 고요함을 유지할 수 없을 거란 말일세. 그때가 되면 싸우든, 다른 수를 쓰든 준비를 하겠지. 그 소리를 찾으면 돼."

"아, 그 말이었군. 그런데 조금 아쉬운 걸."

지광이 안타까운 표정을 지었다.

"뭐가?"

"밀문일왕이 그를 발견하기 전에 그를 만났으면 좋겠는데……"

"그럼 자부육진을 깨고 들어가 찾아보든지."

공묘천이 심드렁하게 말했다. 그러자 지광이 고개를 저으며 말했다.

"내가 어찌 자부육진을 깨겠는가? 그럴 능력이 있다면 자네에게 땅굴을 파게 하지도 않았겠지."

"그럼 기다려. 어쩔 수 없는 일이 아닌가? 자부 진인이 움직이지 않는 이상 땅 밑에서 그의 위치를 파악할 수는 없는 일……. 아니, 잠깐!"

갑자기 공묘천이 말을 끊었다. 그러고는 고개를 갸웃했다. 그러자 지광이 얼른 공묘천에게 다가들었다.

"왜 다른 방도가 있겠는가?"

"음……. 저 친구들이라면 모르겠는걸?"

공묘천이 어느새 나무 아래에 내려와 작은 모포를 깔고 잠을 자고 있는 타유와 청풍을 바라봤다.

"저 친구들이라고 뾰족한 수가 있단 말인가?"

"그는… 아마도 찾을 수 있을 걸세."

"어떻게?"

"얼마 되지는 않았지만 그간 살펴본 바로 그는 아마도 과거 특별한 일을 했을 걸세."

"특별한 일?"

"가령 전문적으로 사람을 추격하거나 혹은 죽이는……."

"왜 그런 생각을 하는가?"

"그의 기도 때문이기도 하고 또한 그의 신법 때문이기도 하지. 모가장의 무리에게 쫓길 때 그의 움직임을 유심해 보아두었다네. 더군다나 우리 두 사람이 밀문일왕에게 쫓길 때도 그가 비도를 던져 날 구했어. 비도술은 살수들에게 익숙한 무공이지. 만약 그가 내 생각대로 살수 같은 일을 했다면 그는 필히 사람의 기척을 찾아내는 데 특별한 재주가 있을 걸세. 그의

기도로 보아 일신의 무공이 강호에서 적수를 찾기 힘든 것 같
던데 그런 무공에 살수라면 자부 진인의 기척을 쉽게 찾을 걸
세.”

“음, 자네의 눈은 언제나 빈틈이 없지. 그런데 과연 그가 우
리 말을 들을까?”

“그건 나도 모르겠네. 혹은 우리를 죽이려 할 수도 있겠지.”

“그게 무슨 소린가?”

지광이 다시 의아한 표정으로 지으며 물었다.

“그는 아마도 자신의 과거를 감추고 싶어 하는 사람인 듯하
네. 그런 사람에게 자네가 과거 살수였던 것 같으니 한번 자부
진인의 흔적을 찾아보게, 이렇게 말했다가는 당연히 우리 목
을 내놓으라 할 수도 있지 않겠는가?”

“그도 그렇군. 과거를 지우고 살아가는 사람에게 과거를 들
추는 것만큼 민감한 문제는 없지. 그럼 어쩌나?”

“자네 오늘 왜 그러나?”

“내가 뭘?”

지광이 생뚱맞은 소리를 한다는 듯 공묘천을 바라봤다.

“오늘 자네는 평소답지 않게 머리를 쓰려고 하지 않는군. 그
에게 살수의 육감으로 자부 진인을 찾아주시오, 이렇게는 말
못하지. 그러니 그냥 그에게 함께 자부 진인의 흔적을 찾으러
갑시다, 이렇게 말하면 자연히 그도 우리와 동행할 것 아닌가?
그렇게 일단 동굴 안으로 그를 데리고 들어가면 결국 그의 능
력을 볼 수 있겠지.”

"오호라, 그의 과거는 모르는 척하면서 말이지?"

"그래, 평소 자네라면 쉽게 생각할 수 있는 수단인데 오늘은 왜 이런 계책을 생각지 못하지?"

"후후, 그러게. 내가 긴장을 한 모양일세. 단천마검에 백혈랑 원왕련까지. 워낙 놀랄 일이 많아서 말이야."

지광이 머리를 긁적였다. 그러자 공묘천이 낮은 목소리로 물었다.

"아무튼 그건 그렇고 만약 자부 진인을 찾으면 어쩔 생각인가? 그에게 무턱대고 단천마검을 내놓으라고 할 수도 없는 일이고."

"의천맹으로 초대를 할 생각이네."

"초대? 그가 응할까?"

공묘천이 고개를 갸웃했다.

"한 사람의 이름을 대며 그는 반드시 의천맹을 오게 될 걸세."

"그게 누군가?"

"그건… 두고 보면 아네."

"홍, 내겐 말을 못하겠다는 거군. 그렇다면 나도 이 일을 더할 수 없지. 날 믿지 못하는데 어찌 일을 같이하누."

"젠장, 좀 그냥 넘어가면 안 되나?"

"이 일은 내가 원해서 하는 일이 아니야. 내가 의천맹의 허영덩어리들을 좋아하는 것도 아니고. 오직 자네의 체면을 봐서 오늘 자네를 도와주는 것일세. 그런데 자넨 내 체면을 생각지 않으니 내가 어찌 일을 할 맛이 나겠는가?"

공묘천이 정색을 하며 투덜거렸다. 그러자 팔비수 지광이 한숨을 쉬며 고개를 끄덕였다.

"음……. 그렇긴 하지만. 에이, 좋아. 내가 자네를 모르는 것도 아니고. 자네의 입이 보기보다 무겁다는 사실을 알고 있으니 말해주지. 대신 자네도 절대 이 일을 타인들에게 발설해서는 안 되네."

"믿지 못하면 말하지 말고."

"이 사람 참……. 어차피 자부 진인을 만나면 자연히 알게 될 이름 먼저 말해준다고 문제는 아니지. 의천맹의 대정회에 속한 장로 중 특별한 분이 한 분 계시네."

"글쎄. 그게 누구냐니까? 누구기에 자부 진인이 그를 만나기 위해 의천맹으로 간단 말인가?"

"마뇌 하순!"

"응?"

공묘천이 되물었다. 뭔가를 잘못들은 듯한 표정이었다.

"마뇌께서 의천맹에 계시네."

"지금 자네 마뇌라고 한 것 맞지?"

"맞네."

지광이 굳은 표정으로 고개를 끄덕였다. 그러자 공묘천이 지광의 눈을 한 번 살펴본 후 밤하늘로 고개를 돌렸다. 그러고는 마치 목이 무거운 사람처럼 고개를 이리저리 돌리다가 중얼거렸다.

"하긴 쉽게 죽을 사람은 아니지."

말이 없기는 지광도 마찬가지였다. 마뇌 하순이라는 이름을 입에 올린 후 그의 표정도 무척 굳어져 있었다. 그러자 공묘천이 다시 물었다.

"한 가지 더 묻지. 의천맹은 그의 작품인가?"

"그렇다고 봐야지."

"역시……. 그렇군. 난 항상 궁금했었지. 도대체 누가 사분오열된 구파와 사대세가를 하나로 묶어냈나 하고 말이야. 그런데 이제 이해가 돼. 마뇌 하순이라면 충분히 가능한 일이지. 허어……. 송객림의 끈이 과연 의천맹에 이어져 있었군."

"마뇌 하순 어른의 이름이라면 자부 진인도 움직일 걸세."

"둘 사이가 그리 좋은 것은 아닐 텐데?"

"그렇긴 하지만 그래도 역시 과거 한뜻으로 모였던 사람들 아닌가?"

"하지만 골이 너무 깊어. 과거 송객림의 열사들이 서호에서 몰살당할 때 두 사람의 대립은 치열했었지. 결국 마뇌 하순의 뜻에 따라 서호에서 백혈랑과 대회전을 벌였지만 결국은 전멸. 그와 뜻을 달리한 자부 진인은 서호에 가지 않았고 자부 진인의 뜻을 따라 서호에 가지 않은 사람들 십여 명만 살아남았지. 서호로 간 사람들의 입장에서 보자면 살아남은 사람들은 배신자일 수도 있고, 자부 진인 등 살아남은 사람들 입장에서 보자면 마뇌 하순을 포함한 당시의 수뇌들은 동료들을 죽음으로 몰아넣은 당사자들이라고 할 수 있지. 그런데 과연 두 사람이 만날까?"

　의견을 달리해 송객림을 지키지 못한 두 사람이 다시 만나는 일은 결코 쉽지 않다. 그러나 지광은 생각이 다른 모양이었다.

　"그래서 더욱 자부 진인은 마뇌를 만나러 갈 걸세."

　"어째서 말인가?"

　"과거 자신이 옳았다는 것을 인정받기 위해. 자네도 알다시피 송객림의 열사들은 사실 무척 자존심이 강한 사람들이었지. 당시 송객림의 일에 구파와 명문의 고수들이 주도적으로 참여하지 않은 이유가 바로 그들의 그 도도한 자존심 때문이 아닌가? 그들은 구파를 패배자 취급했었지. 또한 그들 내부에서도 서로 간의 견제가 무척 치열했던 것으로 알고 있네."

　"그랬지. 송객림이 멸망한 것은 그만한 이유가 있었지."

　공묘천이 고개를 끄덕였다.

　"특히나 마뇌 어른과 자부 진인의 대립은 가장 치열했는데 결국 송객림을 멸망으로 이끈 사람은 마뇌 어른이란 말이야. 그러니 자부 진인은 그가 살아 있다는 것을 아는 순간 마뇌 어른을 찾아가지 않을 수 없을 걸세."

　"자신의 옳았다는 것을 확인하고 마뇌의 굴복을 받기 위해?"

　"그렇다네."

　"일리가 있는 말이군. 그렇게 자부 진인이 의천맹으로 가면 그곳에서 단천마검의 일을 해결한다?"

공묘천의 말에 지광이 천천히 고개를 끄덕인다. 그러자 공묘천이 눈살을 찌푸렸다.

"술책으로는 좋지만 옳은 방법은 아닌 것 같군. 그건 함정이 아닌가?"

"자네의 비난은 내 감수하지."

"그래서 내가 항상 정파라고 자처하는 자들을 싫어하는 거야. 자신들이 하는 일은 모두 어쩔 수 없이 한다는 투거든. 그냥 단천마검을 자부 진인에게 맡겨두는 것도 좋을 텐데."

공묘천이 투덜거렸다.

"그 혼자서는 단천마검을 지키지 못할 걸세."

"모든 일은 그렇게 함부로 단정할 수 없는 것이네. 그보다 만약 단천마검이 의천맹의 품에 들어가면 그 검의 주인은 누가 되나?"

공묘천의 물음에 지광이 흠칫한다. 아마도 그의 마음속에는 누군가 단천마검의 주인이 될 사람이 들어 있는 모양이었다. 그러나 지광은 자신의 속내를 드러내지 않았다.

"그거야 내가 알 수 없는 일이지."

"흐흠……. 좋아, 거기까지는 내가 이해하지. 가자고, 살수의 도움을 받으러."

공묘천이 자리에서 일어났다. 그러고는 잠을 자고 있는 타유와 청풍의 곁으로 다가갔다.

타유는 자신을 향해 다가오는 공묘천을 느끼고 있었다. 타유의 입장에서 보자면 그들이 모르는 것이 있었다. 그건 타유가 과거 살수였을 뿐 아니라 강호에서 첫손가락에 꼽히는 살수였다는 점이다.

그것뿐인가. 선승 묵철을 만난 이후 그의 무공은 전혀 새로운 방향으로 들어서 지난 이십여 년의 고련으로 무공 면에서도 공묘천과 지광이 예측할 수 없는 경지에 이르러 있었다.

타유는 공묘천과 지광이 하는 이야기들을 얼추 듣고 있었다. 살수로서의 본능과 수십 년 고련의 결과로 이룩된 그의 무공이 그걸 가능하게 했다. 사실 그 사실 자체에는 타유조차도 놀라고 있었다.

타유가 자리를 털고 일어났다. 그러자 그를 향해 다가오던 공묘천이 멈칫했다. 마치 자신이 올 것을 알고 있던 사람처럼 행동하는 타유에게 도둑질을 하다 들킨 사람처럼 마음이 흔들렸던 것이다.

그러나 공묘천은 노련한 사람이다. 금세 얼굴에 시치미를 떼고는 타유의 곁에 주춤거리며 앉았다.

"술은 하시오?"

공묘천이 물었다. 그의 손에 술병 하나가 들려 있다.

"마시지 않소."

타유가 짧게 대답했다.

"음, 아쉽군."

공묘천이 손에 들린 술병을 들어 한 모금 술을 마시며 중얼거렸다.

“굴은 모두 뚫었소?”

이미 공묘천이 필요한 만큼의 토굴을 했다는 것을 알고 있으면서도 타유가 물었다.

“도둑질을 하려면 굴을 잘 파야 하는 법이라오. 다 뚫었소.”

“정말 대단하군.”

진심으로 하는 말이다. 그의 의도가 어떻든 하루 사이에 수십 장의 토굴을 뚫은 공묘천의 능력은 놀랄 만한 것이다.

“굴을 뚫었으니 이제 안으로 들어갈 거요. 같이 갑시다.”

“동행을 허락하는 거요?”

“한 사람의 귀라도 더 필요한 지경이요. 굴이야 뚫었지만 자부 진인이 어디 있는지는 모르니까. 더군다나 지상으로 나갔을 때 원왕련이라도 만난다면 그대의 도움이 필요하오. 그대도 단천마검에 관심이 있을 것이니 사양치는 않으리라 믿소.”

“단천마검이 내 손에 들어오는 것을 걱정하지는 않소?”

“후후, 보물의 주인은 하늘이 정하는 것, 그대에게 천운이 있다면 그대의 손에 들어갈 수밖에…….”

공묘천은 진심으로 하는 말이었다. 한편으로는 단천마검이 의천맹으로 가는 것보다 이 정체 모를 사내 부자에게 가는 것도 나쁘지 않을 것 같은 공묘천이다. 살수에게 단천마검은 세상에서 가장 위험한 물건이지만 그래도 왠지 이 우검이라는 이름으로 타유라는 이름을 감추고 사는 이 사내에게 믿음이 간다.

“좋소. 갑시다.”

타유가 자리를 털고 일어났다. 그러자 잠들어 있던 듯싶던 청풍도 벌떡 일어나 툭툭 몸에 묻은 낙엽을 털어냈다.

"이런, 젊은 친구도 깨어 있었군."

공묘천이 재미있다는 듯 두 부자를 번갈아 바라봤다.

토굴 안에 빛은 없었다. 횃불을 밝히면 되지만 동굴 안은 횃불을 밝힐 사정이 되지 못했다. 이유는 두 가지다. 하나는 숲 주변에 모여 있는 뭇 고수들의 관심을 끌 염려가 있었고, 둘째는 횃불을 들고 이동하기에는 공묘천이 파 놓은 토굴이 너무 좁았다.

토굴 안으로 들어온 사람들은 거의 무릎걸음으로 전진하고 있었다. 오직 공묘천만이 그런대로 두 발을 이용해 걷고 있었는데 그건 그의 몸이 다른 사람에 비해 한 뼘은 작기 때문이었다. 아마도 공묘천은 자신의 몸을 기준으로 토굴을 판 모양이었다.

"조금 크게 파지!"

공묘천의 뒤를 따르며 지광이 투덜거렸다.

"그럼 무너져."

앞서가던 공묘천이 심드렁하게 대답했다. 맞는 말이다. 급조한 토굴은 약간의 충격으로도 무너질 수 있다. 본래 정식으로 굴을 만들려면 목재를 이용해 토굴의 안쪽을 단단히 지탱해야 하는데 급조한 토굴에 그런 솜씨를 바랄 수는 없는 일이었다. 그러니 토굴이 무너지지 않게 하려면 가능한 작게 뚫어야 한다.

오십여 장의 길이라고 하지만 일행은 삼십 여장을 전진한 후부터는 아주 느리게 이동하기 시작했다. 그 즈음부터는 머리 위 지면(地面) 어디에든 자부 진인이 있을 수 있기 때문이었다. 그런데 그때 문득 모든 사람의 귀에 아련한 소음이 들려왔다.

쿵쿵!

땅 위에서 만들어지는 소음이 분명했는데 제법 커다란 소음이었으므로 소음의 정체는 금세 알 수 있었다.

"원왕련도 그리 늦지는 않는군."

지광이 소근거렸다.

"그러게 말이야. 조금만 늦었어도 자부 진인을 그에게 빼앗길 뻔했어."

공묘천이 대답했다.

"아직 찾은 것은 아니지 않은가?"

지광이 대꾸를 하며 흘깃 뒤를 돌아봤다. 어둠 속이라 정확히 보이지는 않았지만 그들의 뒤를 따르는 타유와 청풍의 그림자가 언뜻 보였다. 두 사람이 기대하는 바는 타유가 얼른 자부 진인의 위치를 찾아내는 것이었는데 타유는 두 사람의 마음을 아는지 모르는지 토굴에 들어선 이후 줄곧 입을 닫고 두 사람의 뒤를 따를 뿐이었다.

"좀 더 가보세."

타유에게서 기척을 느끼지 못하자 지광이 앞에 있는 공묘천을 밀었다.

"가세."

공묘천도 어둠 속에서 고개를 끄덕이고는 다시 앞으로 전진하기 시작했다.

자부 진인은 본래부터 그가 머물던 바위 위에 앉아 하늘을 올려다보고 있었다. 그의 눈은 무성하게 떠 있는 밤하늘의 별에 고정되어 있었는데 조금은 그 표정이 상기된 듯 보였다.

"변화가 없어."

자부 진인이 중얼거렸다. 어찌 보면 실망한 표정인 듯도 보였다.

"비가 온다면 자부육진 중 수진의 위력까지 더해져 난공불락의 진을 만들 수가 있는데 비가 올 기미가 보이지 않아. 그렇다면 다른 수단을 강구해야 한다는 말인데……."

쿵쿵!

자부 진인의 귀에 다시 커다란 울림이 들려온다. 밀문일왕 원왕련의 수하들이 진을 뚫고 길을 내는 소리였다. 벌써 몇 시진째인가 낮이 가고 밤도 깊었는데 밀문 고수들의 움직임은 멎지를 않았다.

"한 시진이면 이곳까지 오리라. 그러면 진이 깨질 수도 있는데……."

자부 진인의 얼굴에 초조함이 묻어난다. 그러면서 그가 단천마검을 빼 들었다.

단천마검이 어둠 속에서 더욱 영롱한 빛을 흘러냈다. 묵빛 검신은 밤이면 어둠에 묻혀 보이지 않아야 정상인데 이상하게 도 단천마검의 검은빛은 밤이 되자 오히려 더 뚜렷하게 부각 되는 것이었다.

"다른 사람은 몰라도 원왕련 네게 이 검을 줄 수야 없지. 송 객림 형제들의 피가 아직은 내 마음속에 흐르고 있으니까."

자부 진인의 눈에서 한광이 흘러나온다. 다음 순간 그의 몸 이 훌쩍 날아올랐다. 그러더니 자신이 앉아 있던 바위를 단천 마검으로 후려치기 시작했다.

쩌저적!

단천마검이 휘둘러지자 바위가 갈라지기 시작했다. 그가 앉 아 있던 바위가 금세 여러 조각으로 나뉘어졌다. 그렇게 분노 를 토해내듯 바위를 갈라낸 자부 진인이 단천마검을 검집에 넣으며 중얼거렸다.

"오늘 이곳에서 원왕련 네놈을 사냥해 주마. 마침 재료도 충 분하니 자부육진 최후의 내진을 펼쳐 놓으마. 그 안에 들어서 는 순간 넌 죽게 될 거야. 이 일에는 상승의 무공을 지닌 고수 가 필요하지만 단천마검이 내 손에 있으니 능히 그 일을 감당 할 수 있을 것이다. 원왕련 네놈을 죽이면 다른 자들은 자연히 물러나리라."

자부 진인이 얼굴을 굳히고는 여러 조각으로 갈라진 바위들 을 들어 올리기 시작했다. 그러고는 바위들로 자신을 중심으 로 반경 십여 장 주변을 둥글게 둘러쌓다. 그 중간중간에는 다시 단천마검을 꺼내 아름드리나무를 베어 넘겨 바위 사이를 막기도 했는데 그가 스스로 절진이라고 말한 모양의 진은 안에서 보기에는 어린애 장난처럼 볼품이 없었다. 그러나 바위들을 모두 제 위치에 놓은 자부 진인의 얼굴에는 만족한 듯한 미소가 흘렀다.

"되었어. 완벽해. 원왕련, 오늘 네놈은 절대 내 손에서 벗어날 수 없을 것이다. 하하!"

자부 진인이 득의한 웃음을 터뜨렸다. 그런데 그때 예상치 못한 일이 벌어졌다. 갑자기 깨뜨린 바위가 있던 자리 일 장 옆의 땅이 아래로 꺼지기 시작하더니 한순간 커다란 구멍이 생겨나며 그 안에서 사람들이 뛰쳐나오기 시작했던 것이다.

"누구냐?"

아무리 천하의 자부 진인이라도 이 상황에선 당황하지 않을 수 없었다. 갑자기 진 안쪽 땅에서 사람이 튀어나왔으니 그가 공들여 만든 자부육진도 소용이 없었다. 이는 강호사대현자라는 자부 진인 역시 쉽게 이해할 수 없는 일이었다.

"진인께 인사 올리오!"

땅속을 뚫고 나온 사람 중 한 명이 앞으로 나서며 자부 진인에게 정중히 포권을 했다.

"그대는……? 개방에서 왔군."

"그렇소이다. 개방의 지광이라 하오."

"팔비수 지광, 대단한 고인이 납시었군."

자부 진인이 조롱기 섞인 표정으로 말했다. 그러자 팔비수 지광이 씁쓸한 표정을 지으며 대답했다.

"진인께 긴히 드릴 말씀이 있어 이렇게 무례를 무릅쓰고 찾아왔소이다."

"무례함을 안다면 행하지 않으면 그뿐인데 정파 나부랭이들은 항상 핑계를 만들어 무례를 범하지. 그래, 무슨 일이신가? 의천맹의 일로 한창 바쁠 터인데?"

"진인을 뵙고 싶어 하는 분이 계셔서 이렇게 왔소이다."

"날 만나고 싶다? 단천마검을 원하는 것이 아니고?"

자부 진인이 차갑게 물었다.

"단천마검의 일은… 난 관여치 않겠소. 단지 난 진인을 초대하려는 분의 말을 전할 뿐이오."

지광의 말에 자부 진인 등나의 얼굴에 호기심이 동한다. 도대체 개방의 구결 장로 팔비수 지광을 말 심부름꾼으로 쓴 사람이 누구인지 궁금하지 않을 수 없었다.

"누가 날 보자고 하는가?"

등나가 호기심을 참지 못하고 물었다. 그러자 지광이 빙그레 미소를 짓는다. 똑똑한 자들은 호기심이 동하는 순간 그들은 마치 고기가 미끼를 문 것처럼 꼼짝할 수 없음을 지광은 잘 알고 있었다. 더군다나 지광에게는 아주 강력한 미끼가 있었다.

"진인의 옛 친구분이시오."

"나의 친구? 강호에서 내가 친구를 사귀지 않은 지가 수십 년인데?"

"그래서 옛 친구분이라 말씀드린 것이오. 마뇌께서 진인을
뵙기를 원하시오."

"하… 순?"

자부 진인의 표정이 서서히 변했다. 그의 얼굴에 노을이 물
들어 가듯 거대한 분노가 자리 잡았다. 그가 시선을 돌렸다.
단천마검을 쥔 손에 힘이 들어간다.

"그가 의천맹에 있었나?"

"그렇소이다."

지광이 대답했다.

"그가 나를 찾는다?"

"그렇소."

다시 지광이 대답했다. 그러자 자부 진인이 갑자가 앙천대
소를 터뜨렸다.

"아하하! 하하하!"

광인처럼 웃어대는 자부 진인 등나를 지광과 공묘천이 두려
운 눈을 바라봤다. 그가 정말 광인으로 변할 수도 있다는 생각
이 둘 모두에게 들었던 것이다.

단천마검을 든 광인을 상대하는 것은 결코 쉬운 일이 아니
다. 목숨을 내놔야 하는 일이고, 그러고도 이기기 힘든 일이
다. 두 사람은 자부 진인이 미치지 않기를 진심으로 바랐다.

그런 염원이 자부 진인에게 전해졌을까. 갑자기 자부 진인
의 표정이 굳어지기 시작하더니 이내 바늘로 찔러도 피 한 방
울 들어가지 않을 것 같은 얼굴로 변했다. 그러고는 천천히 주

위를 돌아보다 문득 타유와 청풍에게서 시선이 멈췄다.

그때 타유와 청풍은 공묘천과 지광과는 조금 떨어진 곳에서 장내의 상황을 지켜보고 있었는데 그 태도가 조금 놀라기는 했으나 여유를 잃지 않고 있었다. 그게 자부 진인의 관심을 끈 모양이었다.

"그대들을 어찌 이곳에 왔는가? 표정을 보아하니 이들과는 목적이 다른 듯한데?"

타유는 내심 역시 자부 진인이라고 생각했다. 그의 명성은 헛된 것이 아니었다. 단지 자신과 청풍의 행동만 보고도 자신들이 의천맹에 속한 사람들이 아님을 알아채는 자부 진인이다.

"강호에서 단천마검에 관심을 두지 않는 사람이 어디 있겠소?"

타유가 대답했다. 자부 진인과는 상당한 나이 차이가 있는 타유지만 그의 언사에는 거침이 없다.

"흐음……. 단천마검에 욕심이 나는가?"

"그렇소."

"후후, 거짓말을 잘하지 못하는군. 난 그런 사람이 좋아. 속을 잘 숨기는 자들에게 워낙 많이 당해서……."

"진인, 지금 한가하게 한담을 하고 있을 때가 아니오. 원왕련이 자부육진을 거의 다 뚫었소."

지광이 조급한 표정으로 말했다. 과연 그의 말대로 원왕련이 이끄는 밀문 고수들의 기척이 지척에서 들려오고 있었다.

“팔비수 지광, 그대가 나를 제정신으로 돌려놓는군. 사실 마뇌가 살아 있다는 말을 듣기 전에는 나도 이 기이한 마검의 기운에 취해 잠시 제정신을 잃고 있었지. 이 검을 들고 강호에 출도해 나만의 강호를 만들고 싶다는 생각을 하고 있었어. 그러나 그대로 인해 잊었던 사실을 깨달았어. 필부의 만용이 어떤 결과를 가져오는지를 말이야. 마뇌, 그자가 서호에서 부린 만용의 결과가 형제들의 몰살로 이어졌는데 그의 이름을 들으니 나도 정신을 차리게 되더란 말이지. 팔비수, 돌아가서 마뇌에게 전하시게. 나를 보고 싶다면, 아니, 정확히 단천마검을 원하면 내가 찾아가기를 기다리지 말고 그 스스로 날 찾아오라고! 내가 바보가 아닌 이상 호굴에 걸어 들어갈 수는 없는 일. 그에게 이용당하는 것은 한 번으로 족해. 그리고… 그대는 공묘천이겠지?”

“……?”

공묘천이 갑자기 자신에게로 향한 등나의 관심에 당황해 멀뚱거리며 그를 바라봤다. 그러자 등나가 미소를 지으며 말했다.

“이렇게 빨리 토굴을 뚫어 내게로 올 사람은 천하에 오직 공묘천 그대밖에 없지.”

“알아주니 고맙소.”

공묘천이 금세 평정심을 되찾았다.

“그대도 이 검에 욕심이 있소?”

등나가 단천마검을 들어 보였다. 그러자 공묘천이 고개를 저었다.

"난 단지 오래된 친구를 도와주었을 뿐이오."

지광을 두고 하는 말이다.

"그러리라 생각했소. 그대에게 기보에 대한 욕심이 있었다면 의적 소리를 듣지 못했겠지. 좋소. 그럼 팔비수 그대는 이만 돌아가 보도록 하시게. 날 만나고 안 만나고는 그의 선택에 달린 문제지. 그리고 당신들 세 사람은 나를 좀 봅시다."

등나가 타유와 청풍, 그리고 공묘천을 가리켰다. 그의 지목을 받은 세 사람이 의아한 표정으로 등나를 바라봤다.

"그대들이 날 도와준다면 나도 그대들을 도와주겠소. 강호에 내게 도움을 청하는 사람은 모래알처럼 많소. 그러니 그대들에게 내 제안은 크게 손해나는 일이 아닐 것이오. 하겠소?"

등나가 세 사람을 번갈아 보며 물었다. 그러자 사람들의 예상을 깨고 타유가 대답했다.

"뭘 도와드리면 되겠소?"

"아버지?"

청풍이 놀라 타유를 불렀다. 그러자 타유가 나직하게 속삭였다.

"그는 많은 것을 알고 있는 사람이다. 어쩌면… 밀문에 대해 모잠보다도 더 많을 것을 알고 있을지도 몰라. 그는 말 그대로 강호사대현인이 아니냐?"

타유의 말에 청풍이 그제야 타유의 뜻을 알아채고는 고개를 끄덕였다. 그러자 공묘천도 입을 열었다.

"나야 크게 바라는 바가 없지만 일이 재미있어지니 당신의
제안을 받아들이겠소."

"이보게!"

지광이 공묘천을 불렀다.

"아아, 지광. 그의 말대로 자네는 그만 돌아가 보게. 아무래
도 오늘 일은 자네의 뜻대로 되긴 힘들 것 같아."

공묘천이 고개를 저었다. 그러자 지광이 안타까운 표정을
짓다가 결국 한숨을 쉬더니 이내 수하들에게 명을 내렸다.

"돌아간다."

지광의 명령이 떨어지자 개방의 문도들이 다시 토굴 속으로
들어가 자취를 감췄다.

"부디 단천마검이 마인들의 손에 들어가지 않게 잘 보관하
시오."

지광이 물러가며 자부 진인에게 말했다. 그러자 자부 진인
이 미소를 지으며 대답했다.

"마뇌의 손에 들어가는 것만 하겠나. 가시게."

자부 진인의 축객령에 지광이 얼굴을 붉히고는 이내 자취를
감췄다. 그렇게 개방의 문도들이 물러나자 자부 진인이 다급
한 표정을 지으며 타유 등에게 말했다.

"자, 이제 날 좀 도와주시게. 바쁘게 움직여야 해. 시간이 많
지 않으니!"

등나는 타유 등을 데리고 주변을 둘러 세워져 있던 깨어진

바위들을 다시 배치했다. 그리고 그 혼자는 움직일 수 없던 거대한 바위들의 위치도 조금씩 옮겼다. 그는 세 개의 바위를 삼각형 형태로 배치하고 그 앞쪽으로 그가 단천마검을 이용해 부숴 놓았던 작은 바위들을 두 갈래로 놓았다. 그건 마치 삼각형 형태의 큰 바위 앞쪽으로 길을 낸 듯한 모양이었는데 길은 공묘천이 뚫은 토굴의 입구까지 이어졌다.

그렇게 바위들을 배치한 등나가 이번에는 그가 베어 넘겼던 거대한 나무들을 세 사람의 힘을 빌려 그가 만든 길과 세 개의 바위 사이에 세웠다. 그러자 놀라운 일이 벌어졌다. 갑자기 한 줄기 서늘한 바람이 불더니 거대한 세 개의 바위가 타유 등의 시야에서 사라져 버린 것이다.

"아니, 이게……?"

공묘천이 놀란 입을 다물지 못하고 탄성을 흘렸다. 그러자 자부 진인이 입을 열었다.

"애초에 난 원왕련을 자부육진의 여섯 번째 진인 내진으로 끌어들여 생사를 결할 생각이었소. 그런데 그대들이 나타남으로써 생각이 바뀌었지. 그와 생사결을 벌이면 단천마검이 내 손에 있어도 승부를 예측하기 힘들었을 거요. 그는 절대의 경지를 넘보는 고수이고 또한 그에게는 수하들이 적지 않으니 말이오. 그러니 이런 싸움은 피할 수 있다면 피하는 것이 좋지."

"이젠 피할 수 있다는 말이오?"

공묘천이 물었다.

"그렇소. 지금 펼친 이 진은 자부육진 중 제오진인데 사람의 눈을 피하는 데는 고금을 통틀어 가장 뛰어난 진이라 자부할 수 있소. 나 혼자서는 도저히 펼칠 수 없었는데 그대들의 도움으로 펼칠 수 있었으니 이제 진에 들어가 원왕련이 개방의 거지들을 뒤쫓아 쥐새끼처럼 굴속으로 들어가는 구경이나 합시다. 하하하! 일의 아귀가 맞아떨어지려니 때마침 개방의 거지들도 나타나고 말이야. 하하!"

자부 진인이 통쾌하다는 듯 웃음을 터뜨리며 타유 등을 눈에 보이지 않는 장소, 세 개의 거대한 바위가 만들어내는 비밀스런 진 속으로 이끌었다.

세상 속의 세상, 공간 밖의 공간, 그곳에 일행이 한 시진 정도 머물렀을 때 아주 가까운 숲이 흔들렸다.

쿵쿵!

"온 모양이군."

자부 진인이 조금 긴장한 표정으로 말했다.

"소리는 들리는 모양이구려."

공묘천이 물었다.

"소리야 벽을 세우지 않는 한 어찌 막겠소. 이건 사실 그냥 눈속임일 뿐이잖소. 물론 사람이란 약한 존재라서 환영을 보고 목숨을 잃기도 하지만……. 아무튼 소리는 들리니 조용히들 하시오."

자부 진인 둥나가 일행에게 주의를 주었다.

청풍은 두려움보다는 호기심으로 장내의 상황을 지켜보고 있었다. 젊은 그로서는 정말 등나가 만든 이 진이 원왕련과 그 수하들의 눈을 속일 수 있을지 궁금했다.

진법의 오묘함이야 서책이나 혹은 당장 등나가 단천마검을 지키기 위해 펼친 자부육진을 통해 보기는 했지만 눈앞에 있는 사람을 못 볼 정도의 절묘한 환영진은 청풍으로선 처음 겪는 일이기 때문이었다.

쿠웅!

이십여 장에 이르는 거대한 나무가 공터로 쓰러졌다. 그러자 마치 다리를 타고 오듯 쓰러진 나무를 밟고 일단의 인물들이 장내에 나타났다. 원왕련과 그의 수하들이었다.

“어찌 된 일이냐?”

원왕련이 주위를 돌아보며 물었다. 그러자 앞서서 자부 진인과 말씨름을 했던 중년인이 곤혹스런 표정으로 말했다.

“그것이… 분명 진의 중앙을 향해 온 것이 맞습니다만…….”

“음, 그자가 몸을 숨기고 있을 수도 있으니 주위를 뒤져라.”

“알겠습니다. 주변을 살펴라!”

사내의 명에 그를 따라온 수하들이 조심스럽게 주변을 수목 사이를 살피기 시작했다. 그러기를 채 반각이 되지 않아 원왕련의 수하 한 명이 소리쳤다.

“여기, 굴이 있습니다.”

“굴?”

원왕련이 의아한 표정을 짓더니 훌쩍 신형을 날려 수하가 있는 곳으로 내려섰다. 그러자 과연 그의 눈에 공묘천이 뚫고 들어온 토굴이 들어왔다.

“음……. 속았군. 금선탈각이라. 우리가 진을 뚫고 들어오는 동안 토굴을 파고 도주했어.”

원왕련이 탄식을 흘렸다. 그러자 그의 곁에서 중년 사내가 입을 열었다.

“그런데 이 토굴은 뚫은 지가 얼마 되지 않은 모습입니다. 아직 습기가 많이 묻어납니다.”

“응? 미리 준비했던 것이 아니라는 말인가?”

“그런 것 같습니다. 미리 준비한 것치고는 지나치게 좁고 허술합니다. 곧 무너질 것처럼…….”

“가만.”

원왕련이 무릎을 꿇고 좀 더 자세히 토굴을 살폈다. 그러다가 한참을 이리저리 생각을 하더니 무릎을 쳤다.

“놈이 왔군.”

“누굴 말씀하시는 것인지요?”

“늙은 도둑이 기어코 나를 따라왔어. 그자가 늙은 거지를 데려간 후 도주하지 않고 다시 나를 쫓아왔던 것이군. 정말 대범한 도둑이 아닌가?”

“공묘천을 말씀하시는 겁니까?”

“하룻밤 사이에 이런 토굴을 뚫을 수 있는 사람은 천하에 공묘천밖에 없지. 아마도 늙은 거지와 함께 왔을 거야. 발자국들을 보아 허름한 신발에 맨발인 자들도 있어. 이건 개방의 거지들이 떼거지로 몰려왔다 물러간 흔적이야."

"아, 그렇다면 결국 단천마검이 의천맹의 손에 들어가겠군요."

"그야 모르지. 등나가 그리 쉬운 인물인가?"

"하지만 그가 팔비수를 따라간 이상 단천마검을 지키기는 어렵지 않겠습니까?"

"그로서야 일단 이곳을 벗어나는 것이 급했겠지. 그러나 우리의 추격을 따돌렸다고 생각하는 순간 그는 반드시 다른 생각을 할 거야. 그가 누군가, 강호사대현인이야. 지모로는 당할 자가 없지. 과거 서호에서 송객림이 멸살당할 때에도 그들이 등나의 계책을 따랐다면 오히려 우리 백혈랑이 어려웠을 수도 있어."

"그 정도 인물이었나요?"

"아니었다면 궁사헌 그대가 그에게 단천마검을 빼앗겼을 리가 없겠지."

순간 중년 사내가 그 자리에 부복한다.

"죽을죄를 지었습니다. 벌을 달게 받겠습니다."

"자네를 추궁하려는 것이 아니야. 그만큼 그의 지모가 뛰어나다는 것을 말하는 것이지. 아무튼 그대도 이번 일을 겪으면서 깨달은 바가 많을 것이야. 그러니 앞으로는 신중함을 기르도록 해."

“명심하겠습니다.”

“좋아. 이제 놈들을 추격한다.”

“가능할지…….”

중년 사내 궁사헌이 자신없는 말투로 물었다.

“오히려 수월하겠지. 등나가 홀로 심산유곡에 몸을 숨겼다면 찾기 어려우나 개방도들과 함께 움직인다면 찾기가 어렵지 않지.”

“그렇군요. 반드시 그를 찾겠습니다. 그래서 단천마검을 일왕께 바치겠습니다.”

“기대하지.”

원왕런이 고개를 끄덕였다.

원왕런이 이끄는 밀문의 고수들이 순식간에 장내에서 사라졌다. 그러자 장내가 한순간 고요해졌다. 숲은 다시 예전의 침묵 속으로 들어왔다.

“그만 나갑시다.”

공묘천이 자부 진인 등나에게 말했다. 그러자 자부 진인이 고개를 저었다.

“아니오. 하루는 이곳에 머뭅시다.”

“아니, 왜 그런단 말이오?”

“궁사헌 그자는 의심이 많은 자요. 어쩌면 다시 돌아와 볼 수도 있소.”

“원왕런이 아니라 그 수하를 걱정하는 거요?”

"그렇소. 내가 보기에 심기로 따지자면 궁사헌이 결코 원왕련에 못지않은 같소. 천마산 무천동에서 그 괴이한 진을 풀어낼 때도 그는 내게 많은 조언을 했었소. 두 근 머리는 무서운 자요. 조심해서 나쁠 것이 없소."

"음……. 알겠소. 그럼 시간도 많으니 몇 가지 물읍시다. 도대체 그 단천마검은 어떻게 손에 넣은 거요?"

공묘천이 묻자 등나가 미소를 지으며 대답했다.

"하하하, 운이 좋았다고 할 수 있소. 사실 한 달 전만 해도 나는 내 손에 단천마검이 들어올 줄을 꿈에도 생각 못했소. 그런데 궁사헌 그자 덕에 단천마검을 얻었지."

"무슨 일이 있었던 거요?"

공묘천이 필시 등나와 궁사헌 사이에 재미있는 일이 있었을 거란 생각에 등나에게 다가들며 물었다. 그러자 등나가 입을 열었다.

"애초에 단천마검을 처음 찾아낸 사람은 내가 아니오. 물론 그렇다고 누가 처음 이 검의 존재를 알아냈는지는 나도 모르오. 아마도 처음 이 검이 천마산 무천동에 있다는 것을 알아낸 자는 죽었을 것이오. 원왕련이나 궁사헌이나 그를 살려두었을 리 없지."

"단천마검이 천마산 무천동에 있었소?"

공묘천이 되물었다.

"그렇소. 천마산 무천동은 옛날부터 고대 고인의 유적이 남아 있는 곳이라는 소문이 파다했었소. 그러나 누구도 그곳에서 기연을 만나지 못했지. 해서 사람들은 무천동에 대한 소문은 결국 누군가가 만들어낸 허황된 것이라 생각했던 거요. 덕분에 근자에 들어서 무천동을 찾는 무인은 대개가 여전히 전설을 믿고 허황된 꿈을 꾸는 삼류무사들에 지나지 않았소. 고수라는 사람들은 무천동의 전설을 더 이상 믿지 않으니까 말이오. 그런데… 그 소문이 사실일 줄 누가 알았겠소. 무천동에 이 단천마검이 있을 줄이야."

현인 등나가 감정의 기복을 일으켰다. 그가 검집에 들어 있는 단천마검을 들어 보며 기이한 눈빛을 흘린다. 그것이 야망의 눈빛임을 타유와 청풍, 공묘천이 놓치지 않았다. 공묘천의 낯빛이 어두워졌다.

"그 사실을 알아낸 자들이 바로 밀황류, 밀문이구려."

공묘천이 등나의 정신을 일깨웠다. 그러자 등나가 퍼뜩 놀라면서 단천마검을 내려놓았다. 그러고는 겸연쩍은 표정으로 말했다.

"음, 내가 잠시 실태를 보였구려. 이 단천마검은 정말 대단한 검이오. 검의 기운이 사람의 기운을 제압하니. 이 검을 제대로 다룰 수 있다면 천하제일인의 칭호를 얻을 것이오."

"위험한 검이구려."

공묘천이 말했다. 그러자 등나가 고개를 끄덕였다.

"맞소. 오죽하면 마검이란 이름을 얻었겠소? 그러나 결국 신검이든 마검이든 검을 쓰는 사람의 몫. 주인을 잘 만나면 세상에 다시없는 신검이 될 것이오. 아무튼 밀문에서 천마산 무

천동에 단천마검이 있다는 것을 알아낸 후 은밀히 날 찾아왔
소. 이유는 하나, 무천동 안에 펼쳐진 기이한 절진을 풀 수 있
는 사람이 없었기 때문이오.”

“진이라……. 무천동에 진이 있었소?”

공묘천이 물었다.

“그렇소. 굉장한 기진이었지. 내가 풀어내기는 했으나 그
진의 이름은 나도 모른다오. 그동안 사람들이 천마산 무천동
을 수없이 찾아갔으나 단천마검을 찾지 못한 이유는 모두가
그 기이한 진 때문이었소. 사람들의 눈을 속여 결국 천길 무저
갱에 빠뜨리는 그 기진은 진중의 진, 진의 제왕이라고도 할 수
있었소. 아마 이 단천마검의 주인이었던 사람……. 지금으로
서는 삼백 년 전의 고수 십전무제 동방명이 단천마검 최후의
주인이라고 생각되지만 확실치는 않소. 아무튼 십전마제 동방
명은 소문대로 천재였던 모양이오. 그런 기진은 결코 보통 사
람이 펼칠 수 없는 것이지.”

“그곳에서 진을 풀고 단천마검을 얻었구려.”

“그렇소. 그들은 내게 금은보화를 이야기했지만 단천마검
은 이야기하지 않았소. 그런데 들어가 보니 단천마검이 있지
않겠소? 난 그 검을 찾는 순간 검을 결코 밀문에 넘길 수가 없
었소.”

“검에 욕심이 생겼구려.”

공묘천의 말에 등나가 부끄러운 기색을 보였다. 그러나 결
코 자신의 마음을 부인하지는 않았다.

“틀리지 않소. 단천마검을 보는 순간 그 검의 마력에서 빠져 나올 수가 없었소. 그러나 내가 단천마검을 밀문에 넘기지 않은 이유가 꼭 나만의 욕심 때문은 아니오. 사실 밀문은 무천동의 진을 파훼하는 조건으로 내게 대단한 물건을 넘겼소.”

“하긴 대가없이 그 일을 하셨을 리는 없을 테고…….”

“공 노사는 혹 무자현경에 대해 들어보셨소?”

“무자현경! 만무(万武)의 무리를 담고 있다는 그 은경 말이오?”

“그렇소. 범인의 눈으로는 글의 뜻을 알 수 없어 글이 없는 거나 마찬가지라 하여 무자현경이라 불리는 그것이오.”

“밀문이 그것을 내주었소?”

공묘천이 조금 놀란 표정을 물었다. 그러자 등나가 품속에서 금보에 쌓인 은경 하나를 꺼냈다. 세상에 나온 은경이 신비롭게 번쩍인다. 그러자 그 안에 음각된 글씨들이 살아 있는 생명처럼 꿈틀거렸다.

“아!”

청풍이 놀란 얼굴로 탄식을 흘렸다. 장내의 사람들 모두 무자현경의 광채에 빠져든 듯 그 빛을 응시하고 있었는데 한순간 등나가 금포로 무자현경을 덮었다.

“음……. 정말 대단한 물건이군.”

빛이 사라지자 정신을 차린 공묘천이 중얼거렸다. 그러자 등나가 입을 열었다.

“그렇소. 무자현경의 전설 역시 단천마검에 못지않소. 아니, 오히려 그 가치에 있어서는 단천마검을 능가한다고 할 수 있을 거요. 단천마검이야 하나의 병기지만, 이 무자현경은 만무의 무리를 담고 있다니 이처럼 광오한 물건이 어디 있겠소?"

"그러나 결국 그 또한 허울뿐이지 않소?"

"그렇기는 하오. 현경의 글을 해석해 내지 못하면 아무 의미가 없는 것이고 지금까지 현경의 글을 해석한 사람도 없었소. 그래서 밀문에서도 무자현경을 내게 넘겨줄 생각을 했던 거요. 사실… 현경 안의 글이 아무런 의미가 없을 수도 있으니까."

"그래서 단천마검에 욕심을 내신 거구려."

"말했지만 내 개인적인 욕심이 없었다고는 말하지 않겠소. 그러나 단지 그 이유만으로 내가 단천마검을 가져온 것은 아니오. 내가 단천마검을 밀문에 넘기지 않은 이유는 그들의 진면목을 모르기 때문이었소. 밀문의 이름이 강호에 전해진 것이 이십여 년 정도, 그럼에도 최근까지 그들이 어떤 자들인지 알려진 바는 거의 없었소. 과거 사천 모가장을 도와 금석촌을 패망시킨 일로 밀문에 속한 고수들이 잠시 모습을 드러내긴 했으나 이후에는 또 여전히 안개 속에 숨어 있는 밀문이오. 그러니 어찌 그런 자들에게 단천마검을 내어줄 수 있겠소."

자부 진인 등나가 고개를 저으며 말했다. 공묘천이 그런 자부 진인의 말에 공감을 하는 듯 고개를 끄덕였으나 타유와 청풍의 표정은 달랐다.

등나의 입에서 금석촌의 일이 흘러나올 것이라고는 생각지

도 못한 그들이기에 등나가 금석촌 혈사의 내막을 알고 있다
는 사실에 놀라지 않을 수가 없었던 것이다.

"진인께서 단천마검을 밀문에 넘기지 않은 것은 잘한 일인
것 같소. 나도 그들의 행보가 좋아 보이지는 않더이다. 기실
당금무림에서 그들의 사주를 받은 모가장이 사천과 운남, 그
리고 귀주를 완전히 장악하고 있다는 것은 부인할 수 없는 사
실이라 모가장을 앞세우는 그 저의가 무엇인지 모두 근심하고
있소이다."

"맞소. 지금 강호천하는 그 어느 때보다도 어지럽소이다.
마치 막혀 있던 봇물이 터지듯 곳곳에서 알려지지 않았던 강
자들이 무림에 출현하고 있소. 그런데 그들의 내력이 하나같
이 범상치가 않소이다. 밀문도 그런 세력 중 하나라고 할 수
있지."

"의천맹에는 왜 가지 않은 것이오?"

공묘천이 자부 진인 등나의 심사를 짐작하면서도 넌지시 의
천맹의 이름을 끄집어냈다. 아마도 그는 팔비수와의 친분 때
문인지 등나가 단천마검을 의천맹에 넘기기를 바라는 모양이
었다.

"의천맹이라……. 솔직히 말하자면 단천마검을 그들에게
넘길 생각을 해보지 않은 것은 아니오. 비록 그들이 종종 비굴
하게 살아남기는 하지만 그래도 정도라는 이름이 하루아침에
이뤄진 것은 아니기 때문이오. 그들 중 악인이 없다 할 수 없
으나 악인보다는 선인이 많은 것이 구파라 할 수 있소. 그러

나……."

"그들을 믿지 못하는 이유가 있소?"

공묘천이 호기심을 드러내며 물었다.

"마뇌 하순이 의천맹에 있고서는 절대 단천마검을 넘길 수 없지."

"그와 원한이 있는 거요?"

공묘천은 대충 마뇌 하순과 자부 진인 등나 사이의 일을 짐작하고 있었다. 그러나 당사자들이 아니라면 그들 사이에 정확히 어떤 일이 있었는지는 알 수 없었다.

"원한이라……. 그게 원한일까?"

등나가 고개를 갸웃한다.

"당시 서호에서 무슨 일이 있었던 것이오?"

공묘천이 묻자 등나가 괴로운 듯 아미를 찡그리더니 한탄하며 말했다.

"일은 아주 간단하오. 그는 이길 수 있으니 싸우자고 했고, 나는 세가 불리하니 일단 물러나자 했지. 그러나 당시 송객림의 의사들은 젊고 패기만만했소. 당연히 물러나자는 쪽의 말을 들을 사람들이 아니었소. 그래서 난 송객림을 떠났던 거요. 송객림의 의사들은 전멸을 당했고."

"사세를 잘못 판단하여 착오를 일으킨 것이 꼭 죽을죄는 아니지 않소?"

"물론 그렇소. 승패는 병가지상사라, 진퇴의 판단을 잘못하여 패한 것이 죽을죄는 아니오. 그런데 문제는 그게 아니오.

당시 마뇌 역시 서호의 싸움이 결코 송객림에 유리하지 않다
는 것을 분명히 알고 있었다는 것이 문제요. 그는 전멸의 위험
이 있음을 충분히 알고도 그 싸움을 고집했소. 내가 그를 용서
할 수 없는 것이 바로 그것이요.”

그러자 공묘천이 의아한 표정으로 물었다.

“그는 왜 싸움을 고집했소? 평소 그는 무척 신중한 사람으
로 알려졌는데?”

“그건… 아마도 그 역시 한 명의 인간이기 때문일 것이오.
사람이란 아무리 현명하다 할지라도 다른 사람을 이기고자 하
는 마음이 있게 마련이오. 당시 송객림에서 그와 난 한 마차의
두 바퀴와 같은 위치였소. 우리 두 사람이 송객림의 행보를 정
하면 송객림은 그 길로 갔소. 물론 송객림의 림주는 악소 대협
이었지만 그 또한 우리 두 사람의 계책을 반대한 적이 없었소.
그런데 마뇌는 아마도 내가 그보다 더 악소 대협의 신뢰를 받
는다고 생각했던 모양이오. 그래서……”

“단지 호승심 때문에 위험한 싸움을 고집했단 말이오?”

“그렇소. 악소 대협은 서호의 싸움에 대해서도 나의 의견을
받아들여 신중한 모습이었지만 송객림의 젊은 고수들은 대부
분 마뇌의 주전론을 지지하고 있었소. 본래 송객림은 비록 악
소 대협을 우두머리로 하고 있었지만 한 문파에 속한 사람들
이 아니었기에 악소 대협도 전체의 의견을 무시할 수 없었소.
그래서 불리한 싸움을 할 수밖에 없었지. 악소 대협이 끝까지
서호의 싸움을 반대했다면 아마도 송객림은 반으로 쪼개졌을

거요. 악소 대협은 분열을 원치 않아 싸움을 선택했는데 오히려 그 선택이 송객림의 멸망을 가져온 것이오."

"차라리 분열하는 게 나을 걸 그랬구려."

공묘천의 안타까운 표정으로 말했다.

"지나고 보면 그렇소. 그러나 어떤 경우에는 전멸이 분열보다 나을 수도 있소. 당시 내가 십여 명의 친우와 함께 송객림을 떠날 때 악소대협이 한 말을 잊을 수 없소."

"그가 무슨 말을 했소이까?"

"그는 말했지요. 설혹 서호에서 송객림이 전멸한다 해도 그의로운 죽음이 강호에 정의를 일깨워 사마의 세가 만연한 강호를 일신하고 중원무림의 정신이 올곧게 서는 계기가 될 거라고!"

"아! 과연 의인이시군."

공묘천이 탄성을 흘렸다.

"그렇소. 그런 분이었기에 송객림을 버릴 수 없었던 것이오. 그러나… 그럼에도 불구하고 난 그들과 함께할 수 없었소. 사실 그건 미친 짓이지. 사람이란 어떻게든 살 자리를 마련하고 계책을 강구해야 한다는 것이 내 지론이오. 뭐, 정의협사네 하는 자들은 비웃겠지만……."

그러자 공묘천이 고개를 저었다.

"진인의 생각이 틀린 것은 아니오. 본래 정파의 가장 큰 문제점은 자신들의 능력을 생각지 않고 만사에 관여하며 무림 대소사에 우두머리로 행세하고자 하는 것이었소. 그 덕분에 죽어간 사람의 수가 얼마요?"

공묘천의 말에 자부 진인의 얼굴에 미소가 감돈다.

"그리 말씀해 주시니 고맙구려."

"하하, 그래 봐야 일개 도둑놈의 식견이오."

"강호의 누구도 공 노사를 그렇게 생각지 않을 거요. 아무튼… 마뇌의 그 호승심 강한 성정을 알기에 난 이 단천마검을 그에게 넘길 수 없는 거요. 그의 손에 단천마검이 들어가면 그는 결코 단천마검의 기운을 이겨내지 못할 것이고, 결국 야망에 물들어 의천맹을 이끌고 어떤 일이든 벌일 거요. 그가 벌이는 일이 과거 서호에서 일으켰던 혈사와 다를 것이라고 누가 장담하겠소?"

"음… 그렇구려. 그렇다면 의천맹도 걱정이군. 그런 사람이 수뇌부에 포함되어 있다니……."

"의천맹에는 노련한 고수들이 많소. 그의 독단을 걱정할 필요는 없을 거요. 의천맹의 주력이라는 구파와 사대세가의 수장들은 사실 대의보다는 자파의 이익을 우선시할 사람들이니 마뇌가 무리한 계책을 내어놓아도 순순히 그 말을 따르지 않을 거요. 그러나 단천마검이 마뇌의 손에 들어가면 그들도 그의 의견을 반대하지만은 못할 거요."

자부 진인의 말에 공묘천이 동의했다.

"듣고 보니 그렇구려. 역시 단천마검을 의천맹에 넘기지 않은 것은 잘한 일인 것 같소. 그런데… 앞으로 그 검을 어찌하실 생각이오?"

　공묘천이 정작 궁금한 것을 물었다. 그러자 자부 진인의 눈에 다시 기이한 안광이 서렸다.
　"내가 보관하고 있으면 안 된다는 것이오?"
　"그건 아니지만……. 너무 위험하지 않겠소?"
　공묘천이 진심으로 말했다. 그러자 자부 진인 등나가 고개를 저으며 말했다.
　"하늘이 정한 단천마검의 주인이 아니라면 천하의 그 누구도 단천마검을 지니고 있는 것은 위험할 수밖에 없소. 특히 자신의 무공을 과신하는 사람들은 더더욱 위험하지. 그런 면에서 나처럼 내 몸 하나 간수하면 그뿐이고, 또한 부족하지만 잠시라도 세상을 속일 수 있는 지모가 있는 내가 지금으로서는 단천마검을 가지고 있기에 제일 적당한 사람일 거요."
　단천마검에 대한 욕심 때문에 일부러 이유를 만들어대는 것일 수도 있었으나 또한 그 말이 틀리지 않았으므로 공묘천은 등나의 말을 반박하지 않았다.
　누구도 완벽하게 단천마검의 주인이 되지 못할 바에야 오히려 등나와 같이 뛰어난 지모를 지닌 사람이 단천마검을 지니고 있는 편이 나을 수도 있었다. 그가 단천마검의 기운을 견디며 자신을 지켜낼 수만 있다면 말이다.
　단천마검의 처리에 관한 이야기는 사실 무척 민감한 것이었다. 지금 단천마검이 자부 진인 등나의 손에 있기는 하지만, 오래전부터 강호의 기보는 주인이 정해지지 않은 물건이라 할 수 있었다. 이유는 그런 기보들은 끊임없이 주인이 바뀌어 왔기 때문이었다. 그러나 비록 그러한 강호의 역사가 있다고는 해도 일단 자부 진인 등나의 손에 들어온 단천마검을 두고 그 거취를 논하는 것은 등나를 무시하는 행동일 수도 있었다. 그래서인지 공묘천도 더 이상 단천마검에 대해서는 입을 열지 않았다.

한동안 장내에 어색한 침묵이 흐르기 시작했다. 서로 연고가 없었던 사람들이 주고받을 말도 그리 많지 않았다.

"에이, 잠이나 자자!"

공묘천이 침묵에 지쳤는지 벌렁 자리에 누웠다. 그러고는 잠시 멀뚱멀뚱 하늘을 바라보다 금세 코를 골며 잠에 떨어지는 것이었다.

"참, 기이한 도둑이야."

채 일각도 지나지 않아 잠이 드는 공묘천을 보며 등나가 재미있다는 듯 중얼거렸다. 그런데 그때 문득 타유가 입을 열었다.

"괜찮다면 한 가지 가르침을 청해도 되겠소이까?"

등나에 비해 나이가 이십여 세는 어려 보이는 타유다. 그럼에도 타유의 어투에는 어색함이 없다. 아마도 무표정한 그의 얼굴 때문이리라.

"말해보시오."

등나가 고개를 끄덕였다. 등나도 내심으로는 이 기이한 부자에 대해 호기심을 느끼고 있었다.

"그 밀문이라는 자들은 어떤 자들이오?"

"음……. 밀황류 말이오?"

"그들을 밀황류라 부르오?"

타유가 짐짓 아무것도 모르는 듯한 표정으로 되물었다. 워낙 무심한 얼굴이기에 등나도 타유가 사실은 밀황류에 대해 제법 많은 것을 알고 있다는 것을 눈치채지 못했다.

"그렇소. 그들은 스스로를 밀황류라 부르오. 아마도 그건 밀문의 수장이 밀황이라 불리기 때문일 거요."

"밀황은 누군가요?"

이번에는 청풍이 물었다. 그러자 등나가 고개를 저었다.

"그건 나도 모르겠구나. 밀문이 강호에 이름을 드러낸 지 거의 이십 년이 지났지만 아직도 밀문의 우두머리가 누구인지는 알려지지 않았다. 그뿐인가. 밀문에 어떤 고수들이 있고, 그들의 세력이 강호에 어느 정도나 퍼져 있는지도 의문이지."

"그러나 진인께서는 그들을 제법 알고 계시는 것 같던데요?"

"그리 느꼈느냐?"

등나가 되묻자 청풍이 고개를 숙여보였다. 그러자 등나가 천천히 고개를 끄덕였다.

"바로 보았다. 아마 강호에서 나만큼 그들에 대해 많이 아는 사람도 드물 것이다. 이유는 간단하지. 내가 지난 얼마간 그들과 함께 지내며 천마산 무천동의 진을 깨고 단천마검을 취하는 일을 해왔기 때문이다. 아무리 감추려 해도 함께 일을 하는 사이에선 이런저런 말들이 흘러나올 수밖에 없으니까."

"그렇군요. 그래서 그들에 대해 어떤 것을 알고 계세요?"

청풍이 묻자 등나가 잠시 말을 끊고 청풍을 유심히 바라보다 스승이 제자를 가르치는 듯한 표정으로 말했다.

"아이야, 성급하구나. 다른 사람의 머릿속에 있는 생각을 입 밖으로 끌어내기 위해선 절대 성급해서는 안 된다. 조급히 서두르면 상대는 겁을 먹거나 경계심을 갖게 마련이거든."

갑작스런 등나의 말에 청풍이 흠칫한 표정으로 등나를 바라봤다. 그러자 등나가 미소를 지으며 대답했다.

"걱정 마라. 널 탓하고자 한 말은 아니니. 네가 마음에 드는구나."

등나가 말을 하며 슬쩍 타유를 본다. 그러나 타유는 여전히 무심한 얼굴로 침묵을 지킬 뿐이다.

"음……. 이제 네 질문에 대한 대답을 하지. 내가 알아본 바에 의하면 밀문의 역사는 우리가 알고 있는 것처럼 그렇게 짧지가 않다. 아주 오래전부터 밀문이 존재했었다는 말이지. 단지 예전의 그들은 오늘날의 밀문처럼 하나의 문파로 존재했던 것은 아니었던 것 같다. 당대 밀황이 밀문의 수장이 되면서 강호의 고수들을 은밀히 끌어들여 지금의 밀문이 만들어진 것 같더구나."

"그럼 그 이전의 밀문에 대해선 모르시겠군요."

"나로서도 알 도리는 없지. 만약 당대의 밀황, 아니, 과거의 밀황 중 누구라도 그 이름을 알 수 있다면 그들의 유례를 알아낼 수 있을 것이다. 그러나 지금으로서는 그들의 기원에 대해 알 수가 없구나. 어쨌든 당대의 밀황은 강호의 은자로 살아가기를 거부한 듯하더구나. 그래서 은밀히 강호의 고수들을 끌어모아 세를 확산한 것 같다. 지금까지 그들의 행보로 보아 그들은 분명 무림에 큰 야망을 가지고 있다."

"무림일통이라도 노린단 말인가요?"

"그럴 수도 있지."

"그렇게 대단한 세력인가요?"

청풍이 걱정스런 표정으로 말했다. 물론 강호가 걱정되는 것은 아니다. 단지 밀문이 강호일통을 노릴 정도로 강대한 세력이라면 그의 복수가 어려워지기 때문이었다.

"지금으로선 그들의 세력을 정확히는 알 수 없다. 그러나 그들이 모가장을 앞세워 사천, 귀주, 운남을 장악한 것으로 보아 구파일방을 능가하는 힘을 가지고 있다고 할 수 있지. 사천에는 아미가 있고 당문이 있는데 모가장의 성장을 막지 못했거든. 음… 의천맹이 만들어지게 된 것도 사실은 밀문 때문이란다. 지금도 암중에서는 밀문과 의천맹의 싸움이 치열하게 벌어지고 있지."

둥나의 말은 청풍도 수긍할 수 있었다. 운룡산에 밀문의 고수들과 의천맹의 고수들이 싸움을 벌인 일을 직접 목도한 청풍이 아니던가.

"생각해 보면 밀문이 대단한 거지. 아무리 쇠락했다고는 해도 구파일방과 사대세가가 힘을 모아 만들어진 의천맹과 대등하게 대적하고 있다는 것을 생각하면……."

"정말 그러네요."

청풍이 고개를 끄덕인다.

"내가 들어보니 밀문에는 오왕이 있어 밀문의 모든 행사를 주관한다고 하더구나. 우리가 얼마 전 보았던 원왕련은 바로 그 다섯 왕 중 일왕인 거지. 각 왕은 밀전이라 부르는 조직을 하나씩 맡고 있는데 각 밀전에는 수십에서 일백에 달하는 고수들이 모여 있다고 하더구나."

"그럼 밀전의 고수만 해도 근 수백에 달하는군요."

"그렇지. 그러나 뭐 결국 중요하는 것은 오왕과 밀황의 수족이 되는 고수들이겠지. 아무튼 밀문오왕에 대해 내가 어렵사리 알아보았는데 그중 일왕은 너도 보았던 과거 백혈랑의 일원인 원왕련이고 이왕은 여선이라는 이름을 가지고 있던데 그에 대해선 이름 말고 아는 바가 없다. 삼왕은 불탁불이라는 자인데 흑마권의 고수로 알려진 자지. 그가 언제부터 밀문에 들었는지는 모르지만 과거 그의 흑마권은 강호의 일대절기로 이름이 높았다. 그리고 사왕은 이궐령이라는 자로 모가장을 앞세워 사천, 귀주, 운남 삼성의 무림을 제패한 자이다. 듣자하니 한 팔이 없다고 하던데. 소문에는 과거 금석촌을 도모할 때 금석촌의 젊은 고수에게 한 팔을 잃었다고 하더구나. 그러나 난 금석촌에 이궐령의 팔을 자를 고수가 있었다고는 믿지 않는다. 그리고 마지막 오왕은 탄미라는 여고수인데 그녀에 대해서도 알려진 바가 없구나. 그러나 한편으로는 오왕 중 가장 조심해야 할 사람이라는 말을 밀문도들이 하더구나.”

등나의 말을 들으며 청풍이 연신 고개를 끄덕였다. 그중 몇은 청풍도 알고 있는 이름이었고, 불탁불은 직접 도검을 맞댄 상대이기도 했다. 그런데 등나는 아직 불탁불의 죽음은 모르는 모양이었다.

“그런데 나도 하나 물어보자꾸나.”

등나가 정색을 하며 말했다. 갑작스런 말에 청풍이 자신도 모르게 타유를 봤다. 그러나 타유는 여전히 침묵이다. 그사이 등나가 다시 입을 열었다.

“밀문과 인연이 있느냐?”

등나는 강호사대현인으로 불리는 사람이다. 단천마검을 손에 넣어 잠시 흥분하기는 했으나 그의 예리함이 사라진 것은 아니다. 밀문에 대해 지나치리만큼 궁금해하는 청풍을 보며 청풍과 타유가 밀문과 관계가 있다는 것을 알아채는 것은 등나에게 어려운 일이 아니었다.

청풍은 대답 대신 다시 타유를 봤다. 이 질문에 대한 대답은 타유가 해야 한다. 타유가 청풍 대신 대답했다.

“인연이 있소.”

“어떤 인연인지 알 수 있소?”

등나가 다시 묻는다. 그러자 타유가 고개를 저었다.

“그 이상 말해줄 수는 없소. 뭐, 썩 좋은 인연은 아니오.”

“짐작은 했지.”

등나가 뭔가 부족한 듯한 표정으로 말했다. 그러나 타유는 더 이상 말을 하지 않았다. 등나도 타유와 같은 사람이 입을 닫으면 그 입을 다시 열기 어렵다는 것을 알고 있기에 더 이상 질문을 하지는 않았다.

그런데 그때 잠들어 있는 듯 보였던 공묘천이 불쑥 몸을 일으키며 등나에게 물었다.

"이궐령이라는 자에 대해선 좀 아시오?"

"이궐령? 밀문사왕 말이오?"

"그렇소. 모가장을 배후에서 움직이고 있다는 그 말이오."

"음……. 그는 사실 강호에 가장 많이 알려진 밀문의 고수요. 그러니 내가 특별히 더 해줄 말이 없을 것 같은데?"

"그가 정말 모가장을 움직이고 있소?"

"그렇소."

등나가 단정적으로 대답했다.

"그의 무공은 어떻게 보시오?"

"글쎄올시다. 모가장이 금석촌을 도모하기 전의 무공은 대단했다고 할 수 있지. 그런데 지금은 모르겠소. 물론 오랜 시간이 지나기는 했으나 무인이 한 팔을 잃었다는 것은 큰 단점이 아니겠소? 그가 그 단점을 극복했다고 해도 많은 시간이 걸렸을 테니 무공의 진보를 기대하기는 어려울 거요."

등나의 대답에 공묘천이 뭔가를 생각하며 머리를 긁적였다. 그러자 등나가 물었다.

"그에 대해서는 왜 물으시는 거요?"

"빚을 좀 갚을 것이 있어서……."

"빚? 그에게 말이오?"

"내 빚은 아니고 친구의 빚이오."

그러자 등나가 눈을 가늘게 뜨며 말했다.

"이제 보니 죽은 금석촌장 복호인을 두고 하는 말이구려. 그대가 그와 친분이 돈독했다는 것은 널리 알려진 사실이지."

"그렇소. 내 복 대인의 빚을 좀 받아내려 생각하고 있었소."

공묘천이 다부지게 대답하자 등나가 고개를 저었다.

"부디 신중하시구려. 밀문은 결코 만만한 곳이 아니오. 혹 운이 좋아 이궐령을 벤다 해도 이후 그대는 평생 밀문의 추격을 받을 거요."

"쫓는 자를 두려워 않는 것이 바로 나 공묘천이오."

"하하, 하긴 그렇군. 세상에서 도주를 제일 잘하는 사람이 그대니까. 그러나 이궐령을 베는 것은 쉽지 않을 거요. 그의 곁에는 항상 밀문의 고수들이 도사리고 있으니까. 더군다나 그를 만나는 것도 힘들 거요. 듣기로 그는 거의 대부분의 시간을 은거하고 있다가 필요할 때만 모가장에 나타난다고 하더이다. 모가장에 머물 때조차 후원의 은밀한 공간을 이용하고 모가장의 고수들과 밀문의 고수들이 절벽처럼 그를 호위한다고 하니 그를 베는 것이 어찌 쉽겠소."

"모가장이라. 하긴 예전의 모가장이 아니지. 지금은 나는 새도 들어갈 수 없다고 알려진 용담호혈이렷다."

공묘천이 고개를 끄덕였다. 천하의 대도 공묘천도 꺼려하는 모가장이라면 세상의 그 누구라도 쉽게 들어갈 수는 없을 터였다. 그러자 등나가 다시 입을 연다.

"그리고 말이오. 솔직히 이궐령을 벤다 한들 그게 금석촌장의 복수라고 할 수 있겠소? 그 일의 진정한 흉수는 결국 밀황일 터인데……."

"하긴 그렇기는 하오."

공묘천이 고개를 끄덕인다.

"복수를 하려거든 조금 더 기다리시구려. 최근 들어 의천맹의 활동이 한층 활발해졌고, 밀문의 고수들 역시 하나둘 강호에 모습을 드러내고 있소. 결국 머잖아 양쪽은 충돌을 하고 말거요. 모가장을 앞세워 강남무림에 진출하려는 밀문과 강남무림에 뿌리를 둔 의천맹의 싸움은 피할 수 없는 일이오. 그때가 되면 그대에게도 기회가 올 것이오."

등나가 조곤조곤 충고를 했다. 그러자 공묘천이 고개를 끄덕이더니 신중하게 물었다.

"자부 진인께서는 어찌 보시오? 의천맹과 밀문의 대결을."

"음……. 알 수 없소."

등나의 대답에 공묘천이 놀란 표정으로 되물었다.

"설마 구파일방과 사대세가가 연합을 하고도 밀문에 승리를 장담할 수 없단 말이오?"

"한 가지 경우에 그렇소."

"어떤……?"

"과연 밀문이 밀문 하나로서 끝인가 하는 의문을 떨칠 수 없구려. 무슨 말이고 하니, 좀 전에도 말했지만 당대의 밀황이 밀문을 강호에 드러내기 전 밀문은 지금처럼 큰 조직이 아니었소. 다시 말해 그 이전에는 밀문이 어느 세력의 한 조직으로 있었다는 말이 되오. 결국 당대의 밀황에 의해 독립을 했다는 말인데 과연 과거 밀문이 속했던 곳과 인연이 완전히 끊긴 것인지 알 수가 없소. 만약 여전히 그들과 연관이 있다면 의천맹으로서도 승리를 장담할 수 없을 거요.”

“아, 진인의 말대로라면 정말 거대한 세력이구려. 밀문이 한 귀퉁이를 차지하는 정도라면…….”

“그 일을 생각하면 솔직히 두렵기까지 하오. 밀문의 근본이 무엇인지 그것을 알기 전에는 그 어떤 예측도 사실 의미가 없다고 할 수 있을 것이오.”

등나의 표정은 무척 어두웠다. 그로서도 이제 밀문은 상대해야 할 적이었다. 그들에게서 단천마검을 빼돌렸으니 밀문은 평생 그를 추격할 것이다. 그러니 드러나지 않은 밀문의 근본에 대한 두려움이 등나에게도 없을 수 없었다.

“참, 그러고 보니 기이한 인연이군. 모두 밀문에 악연이 있는 사람들끼리 이렇게 모였으니…….”

공묘천이 타유와 청풍을 슬쩍 바라보며 말했다. 그로서는 한 다리 넘겨짚은 것이라 할 수 있었다. 타유와 청풍이 밀문과 좋지 않은 인연을 가지고 있다고 하더라고 그것이 악연이라고까지 말할 수 있는 것인지는 공묘천이 알 리가 없었다.

그러나 타유와 청풍은 공묘천의 말에 딱히 반박을 하지 않았다. 그러자 공묘천이 자신의 예상이 맞았다고 생각했는지 다시 입을 열었다.

"어떻소, 모두 밀문에 원한이 있으니 힘을 모아 그들을 상대하는 것은."

공묘천의 말에 등나가 고개를 젓는다.

"겨우 넷으로는 불가능한 일이오."

"누가 밀문 전체를 상대하자고 했소? 그저 이궐령이라는 자 정도만이라도……."

"후후, 혼자 잇속을 챙기려는 거요?"

등나가 웃음을 흘리며 물었다.

"그게 어찌 나 혼자만의 이득이겠소?"

"아아, 난 빠지겠소. 단천마검을 빼돌린 것만으로도 충분하니까. 더 이상 그들과 얽히고 싶은 생각이 없소."

"그들의 추격을 따돌릴 수 있을 것 같소?"

"최소한 그들을 무너뜨리는 것보다는 쉽지 않겠소?"

등나의 말에 공묘천이 대꾸하지 못하고 입을 닫았다. 등나의 말이 옳았다. 단천마검을 들고 모가장에 침입해 이궐령은 벤다면 밀문의 모든 문도가 등나를 쫓을 것이다. 아무리 자부진인 등나라도 그런 식으로는 밀문을 감당할 수 없었다.

"그대들은 어떻소?"

공묘천이 등나를 포기하고 타유와 청풍에게 물었다. 그러자 타유가 대답했다.

"우리에겐 우리 길이 있소."

"에이, 결국 거절이군. 휴우……. 어쩔 수 없지. 그럼 의천맹이나 기웃거리는 수밖에."

공묘천이 이도저도 안 되자 벌렁 자리에 누워 다시 잠을 청하기 시작했다.

등나의 예측은 정확했다. 그들이 진에 숨어 하루를 보냈을 때 밀문의 고수 궁사헌이 다시 장내에 모습을 드러냈다. 그를 따르는 수하 셋과 함께였다.

장내에 나타난 궁사헌이 신중하게 주변을 살폈다. 지난 하루 동안 새로운 흔적이 생겼나를 살피는 것이었다. 그러나 진 안에서 한 걸음도 밖으로 나가지 않은 타유 등의 흔적을 그가 찾아낼 수는 없었다.

"흔적이 없느냐?"

궁사헌이 같이 온 밀문의 고수들에게 물었다.

"없습니다. 이곳을 떠난 것이 확실합니다."

그의 수하가 대답했다. 그러자 궁사헌이 고개를 갸웃했다.

"내 생각이 틀렸단 말인가? 자부 진인이라면 필시 개방의 문도들을 이용해 우리를 유인하고 자신은 다른 곳에 몸을 숨겼을 거라 생각했거늘……. 음! 가자."

궁사헌이 다시 한 차례 주변을 둘러보고는 이내 신형을 날려 장내에서 사라졌다. 궁사헌과 밀문의 고수들이 사라지자 등나가 뭔가를 곰곰이 생각하기 시작했다. 그는 대략 일각여 동안 말이 없었는데 지루함을 참지 못한 공묘천이 그의 생각을 깼다.

"도대체 뭘 그리 생각하시오?"

"음, 궁사헌 그자에 대해 생각했소."

"그에게 무슨 이상한 점이라도 있었소?"

"그는 분명 내가 개방의 문도들을 이용해 밀문을 따돌리고 이곳에 몸을 숨겼을 거라 생각했다고 했소."

"분명 그렇게 말했소."

공묘천이 고개를 끄덕였다. 그러자 등나가 공묘천에게 물었다.

"애초에 그런 생각을 하고 있던 자라면 왜 어제 밀문일왕에게 그 이야기를 하지 않고 오늘 이렇게 홀로 은밀히 이곳을 찾아왔을 것 같소?"

"그거야……."

공묘천이 말을 하다 말고 입을 다물었다. 생각해 보면 앞뒤가 맞지 않은 이야기다. 그러자 등나가 입을 열었다.

"그의 행동을 보건대 그는 필시 두 마음을 품고 있는 것이 분명하오."

"두 마음이라면……?"

"그 스스로 단천마검을 취하려는 욕심이 있단 말이오. 그건 곧 그가 밀문에 절대적으로 충성할 사람은 아니라는 것이오. 그런데 그는 밀문에서 제법 높은 지위를 가지고 있소. 자신이 따르는 일왕에게 절대적인 충성심이 없는 사람에게 높을 지위가 주어졌다는 것은 곧 밀문의 결속력이 생각보다 그리 강하지 않다는 걸 의미하는 것이오. 더불어 밀문이란 곳이 강자존의 문파로 언제든 궁사헌에게 힘이 생기면 밀문일왕의 지위를 넘볼 수도 있는 곳이란 뜻이오."

타유와 청풍은 등나의 말을 들으며 밀문이란 곳에 대해 좀 더 알게 된 것이 기꺼우면서도 궁사헌의 행동 하나에서 밀문의 생리까지 읽어내는 자부 진인 등나의 머리에 놀라지 않을 수 없었다.

"과연 자부 진인이시오."

공묘천 역시 등나의 식견에 탄복했다.

"음……. 밀문이 생각보다 재밌는 곳인 듯한데……."

등나가 갈등하듯 말했다.

"고민이 되시는 모양이오?"

"그렇소. 순리대로라면 단천마검을 들고 밀문에게서 완전히 숨어버려야 하는데 웬일인지 밀문에 대해 좀 더 알아보고 싶다는 생각이 드는구려. 그들이 마치 나를 다른 세계로 이어줄 것 같은 느낌이오. 나 같은 사람에겐 그런 호기심이 가장 큰 적이지. 한번 의문이 생기면 반드시 그 의문을 풀어야 하거든."

"어쩌실 거요?"

공묘천이 물었다.

"일단 이곳을 떠납시다. 이곳에 몰려왔던 무림인들도 지금쯤이면 모두 흩어졌을 테니 가까운 주루라도 찾아가 술이나 한잔 하면서 생각해 봅시다."

"이 와중에 주루를 찾아 술을 마신단 말이오?"

공묘천이 어이없다는 표정으로 물었다.

"등하불명, 설마 내가 백주대낮에 주루에서 술을 마실 거라고는 아무도 생각지 않을 거요. 그리고 본래 사람의 눈을 피해 숨기에는 깊은 산속보다는 대처가 유리한 법이라오."

등나가 훌쩍 자리에서 일어나더니 천천히 진 밖으로 걸어나갔다. 타유 등도 홀린 듯 등나를 따라 진을 떠났다.

*   *   *

모든 일은 끝났다고 생각될 때가 결국 시작이다. 자부육진이 펼쳐져 있던 숲을 나와 서북쪽으로 향한 일행이 반나절 정도를 걸어 산길을 벗어나 관도에 들어설 무렵 그들이 나타났다.

기이한 행색이다. 중원에서는 쉽게 볼 수 없는 복식, 옷을 지어 입은 것이 아니라 온몸을 그냥 검은 천으로 둘둘 만 것 같은 자들이 일행의 앞을 막았다. 순간 자부 진인 등나의 표정이 어두워졌다. 식견이라면 강호에 적수가 없는 그였으므로 이 특이한 복장의 불청객들 정체를 단번에 알아본 모양이었다.

그들은 일행이 관도로 들어서는 길목에 유람하듯 유유히 서 있었는데 마치 타유 일행과는 아무런 연관이 없는, 그저 우연히 마주친 듯한 모습들이었다.

그러나 이런 외딴 곳에서의 만남에 우연이 없다는 것은 타유 정도 되는 나이의 무객이라면 누구나 알고 있다.

“곤란하군.”

그들과의 거리가 이십여 장 남은 상태에서 걸음을 멈춘 등나가 말했다.

“아는 사람들이오?”

공묘천이 물었다.

“만난 적은 없지만 그들의 행색을 보면 그들이 누군지 알 수 있소.”

“누구요?”

공묘천도 상황이 녹록치 않음을 본능적으로 깨닫고 짧게 물었다. 그러자 등나가 나직하게 대답했다.

“천산에서 온 자들 같소.”

“천산이라면… 설마 천마성의 마인들이란 말이오?”

“그렇소. 저들의 복장을 보시오. 묵색 천을 두른 저 모습은 천마성 칠천궁 중 오천궁에 속한 자들의 복식이오.”

“음……. 오천궁이라면 천마성의 마인들 중에서도 가장 은밀하게 움직이는 자들이 아니오?”

“그렇소. 그들이 나타난 이상 오늘의 일이 결코 쉽지는 않을 거요.”

등나가 천마성 오천궁의 고수들이라 지목한 자들의 숫자는 대략 십여 명 정도였다. 그런데 그 숫자만으로도 등나는 밀문 일왕을 만났을 때보다 더 긴장하고 있었다.

“어떤 자들이에요?”

청풍이 나직하게 타유에게 물었다. 그러자 타유가 낮은 목소리로 대답했다.

"천산의 천마성은 여러 이름으로 불려왔지만 무림이 시작된 이래 언제나 강호무림에 공포로 존재했던 자들이란다. 수백 년을 이어온 무공은 그 깊이를 알 수 없고, 한 번 큰 계책을 들고 강호에 나올 때마다 시산혈해를 이뤄 강호의 피해가 극심했다. 그런데 그들이 중원에 모습을 드러내다니 걱정스럽구나."

타유조차도 천마성 마인들의 등장은 걱정스러운 모양이었다.

"그대가 자부 진인이요?"

문득 길을 막고 있던 자들 중 초로의 노인이 앞으로 나서며 물었다. 노인은 길지 않은 수염에 왜소한 체구를 지니고 있었는데 그럼에도 불구하고 안광이 강렬해서 왜소함이 느껴지지 않은 자였다.

"그대들은 누구인데 길을 막는 거요?"

등나가 침착하게 물었다.

"그대가 정말 자부 진인이라면 이미 우리의 내력을 알아챘을 것인데?"

"천마성에서 나오셨소?"

"역시……."

노인이 고개를 끄덕인다. 그러더니 서슴없이 등나를 협박했다.

"단천마검을 넘겨주면 고이 보내주겠소. 그러나 기물에 욕

심을 내 나의 제안을 거절한다면 그대는 오늘 천마성의 무서
움을 경험하게 될 거요."

"천마성이 중원에 출현을 하다니 다시 정식으로 강호출도
를 하는 것이오?"

등나가 슬쩍 말머리를 돌렸다. 그러나 노인은 등나의 의도
에 따라 움직이지 않았다.

"다른 말은 필요없소. 단천마검을 건네든지 아니면……."

노인이 슬쩍 손을 들었다. 그러자 그의 주변에 있던 십여 명
의 흑의인이 도검을 잡아갔다. 등나의 얼굴에 곤혹스런 빛이
어렸다. 계책으로 위기를 타개하는 사람에겐 노인 같은 자들
이 가장 상대하기 어렵다. 계책을 쓸 시간을 주지 않기 때문이
다.

"도망갑시다."

문득 공묘천이 말했다. 그러자 등나가 고개를 저었다.

"늦었소."

등나의 말에 공묘천이 재빨리 뒤를 돌아봤다. 그러자 과연
그들이 지나온 길 위에 세 명의 검은 옷을 입은 사내가 어느새
길을 막고 있었다.

"뚫을 수도 있을 것 같은데."

"저들을 제압할 수 있다 해도 결국 시간을 허비하게 될 터이
고 그 안에 앞을 막은 자들이 달려올 거요."

"그럼 어쩌시려오? 단천마검을 내어줄 생각이오?"

공묘천의 물음에 등나가 눈살을 찌푸렸다.

"그건 안 될 말이오. 이 검이 천마성의 손에 들어간다면 천마성은 필시 천산을 나와 중원으로 진출할 거요. 그 혈겁을 어찌 감당하겠소. 내 죽으면 죽었지 천마성에 단천마검을 내어 줬다는 오명을 쓰고 싶지는 않소."

"그러니 일단 뒤를 뚫고 도주해 봅시다. 혹시 아오? 천운이 있어 길이 열릴지. 이대로라면 어떤 변화도 일으킬 수 없소."

공묘천이 등나를 설득했다. 그러자 한동안 고민하던 등나가 갑자기 누구도 예상치 못한 행동을 했다. 들고 있던 단천마검을 불쑥 타유에게 내민 것이다.

"……?"

타유가 등나의 행동을 이해하지 못하고 그를 봤다. 그러자 등나가 말했다.

"잠시 이 검을 맡아주시오."

"무슨 뜻이오?"

타유가 경계심을 드러내며 물었다. 그러자 등나가 말했다.

"난 그대의 무공을 짐작하고 있소. 아마 우리 넷 중 무공만으로는 그대가 가장 강할 거요."

'난 살수일 뿐인데…….'

등나는 타유의 과거를 알지 못한다. 그렇다고 타유가 무공을 펼치는 것을 본 적도 없다. 그런데 어째서 그는 타유를 공묘천이나 자신을 능가하는 고수로 판단한 것일까.

의문이 구름처럼 일어난다. 그러나 등나는 타유가 의문에 젖을 시간을 주지 않았다.

"내 눈은 틀린 적이 없소. 내 짐작이 맞다면 그대는 살검을 익혔을 테고, 지금은 그 살검의 굴레를 벗어난 경지에 있을 거요. 그런 능력이라면 오늘 이 위기에서 나를 구해줄 수 있소. 그대가 단천마검을 들고 길을 열어주시오."

"괜찮겠소?"

타유가 확인하듯 물었다. 자신에게 너무 쉽게 단천마검을 건네는 등나였다.

"완전히 그대에게 검을 맡기는 것은 아니오. 이곳을 벗어나면 다시 단천마검을 돌려받겠소. 그러나 그때에는 또한 그에 상응하는 대가를 그대에게 치르겠소. 부탁하오."

등나가 다시 단천마검을 들어 타유에게 건넨다. 그러자 타유가 주변을 한 번 둘러보고는 단천마검을 받아 들었다. 그의 손에 들어온 단천마검에서 기이한 기운이 느껴진다.

'명검이다!'

타유는 단천마검을 받아 드는 순간 왜 단천마검이 강호를 진동시키는 명성을 얻었는지 알 수 있었다. 그의 손에 느껴지는 감촉은 마치 살아 있는 생명을 만진 것 같았다. 그렇다고 주인의 손길을 거부하는 느낌은 없다. 아주 오래전부터 사용했던 것처럼 타유의 손에 익숙한 느낌이다.

"도주를 시작하면 우검 대협이 앞에 서주시오. 그리고 후미는 공 노사가 맡아주시겠소? 수중에 암기가 있으실 테니……"

"이런 이제야 정말 강호사대현인 같구려. 어느새 내 밑천을 알아챘으니……."

공묘천이 여유를 부리며 말했다. 그러자 등나가 타유에게 말했다.

"갑시다."

등나의 말에 타유가 고개를 끄덕이고는 청풍에게 말했다.

"내 뒤에서 떨어지면 안 된다."

"알았어요."

청풍이 얼른 대답했다. 그러자 타유가 깊게 심호흡 하는가 싶더니 바람처럼 후방을 향해 달려 나가기 시작했다.

"서랏!"

타유 등이 달리기 시작하자 앞뒤에서 경고성이 터져 나왔다. 천마성의 고수들은 설마 타유 등이 도주할 것이라고는 생각지 못했던 모양이다.

후방을 막고 있던 흑의인들이 재빨리 검을 빼 들었다. 그러나 그 순간 이미 타유가 그들을 덮치고 있었다.

콰앙!

타유의 검이 가장 앞에 서 있던 자를 덮쳤다. 사내의 검과 타유의 검이 격돌하는 순간 사내가 휘청거리며 뒤로 물러났다.

타유가 한 바퀴 신형을 회전하며 검을 횡으로 뿌렸다. 그러자 그의 검에서 검기가 일어나는가 싶더니 무서운 속도로 양

옆에 서 있는 천마성의 고수들을 베어갔다.

"엇!"

예상 밖으로 날카로운 타유의 검에 놀라 천마성의 두 고수가 뒤로 물러나며 길을 열었다. 그러자 타유가 뒤도 돌아보지 않고 그 사이를 관통해 그들이 왔던 길을 되짚어 달리기 시작했다.

"반드시 잡아라!"

멀리 뒤쪽에서 천마성의 노고수 목소리가 들려왔다. 그러나 일단 포위망을 뚫은 타유 일행은 순식간에 천마성의 고수들과 거리를 벌리기 시작했다. 타유는 그들이 지나온 산길을 따라 달리다가 한순간 몸을 틀어 길이 없는 산을 타기 시작했다.

깊고 험한 산이 한순간에 소란스러워졌다. 산짐승들이 갑작스런 소란에 놀라 이리저리 뛰어갔다.

타유는 앞을 가리는 수목을 검으로 쳐 내며 산속을 질주했다. 그의 귀영팔보가 최대한 시전되자 실체는 사라지고 그림자만 남은 사람처럼 변한 타유의 몸이 나무와 나무 사이를 교묘하게 빠져나가면서 추격자들과의 거리를 벌렸다.

그런데 타유가 갑자기 걸음을 멈췄다.

"왜……?"

정신없이 그의 뒤를 따라오던 청풍이 놀란 눈으로 타유에게 물었다.

그러자 타유가 턱으로 뒤를 가리켰다. 청풍이 고개를 돌려 보니 공묘천은 그런대로 두 사람을 따라오고 있었으나 자부 진인 등나는 십여 장 정도 뒤처져 있었다.

"이래서는 어려워요."

청풍이 말했다. 잠시 걸음을 멈춘 사이 벌써 천마성의 고수들이 거리를 좁히고 있었다.

"좀 더 힘을 내시오."

가까이 다가온 자부 진인 등나를 보며 공묘천이 걱정스런 표정으로 말했다.

"제길……. 내 무공도 그리 부족하지는 않다고 생각했었는데……."

등나가 투덜거렸다. 사실 그의 무공이 약한 것은 아니었다. 단지 귀영팔보를 수련한 타유나 그의 무공을 이은 청풍, 그리고 천하에서 가장 유명한 도둑인 공묘천이 특출 나게 뛰어난 신법을 지니고 있을 뿐이었다.

"갑시다. 이러다가 잡히겠소. 이번에는 자부 진인께서 앞에 서시오."

공묘천이 다급히 말했다. 그러자 등나가 고개를 끄덕이고는 앞장서서 다시 숲을 달리기 시작했다. 그 옆에서 타유가 검을 빼 들고 등나의 앞을 막는 수목들을 쳐 내며 등나의 도주를 도왔다.

"헉헉!"

등나의 입에서 거친 숨이 흘러나오기 시작했다. 그러자 타유가 다시 걸음을 멈췄다.

“왜?”

둥나가 타유에게 물었다. 그러자 타유가 단천마검을 들어 보이며 말했다.

“이 검 꼭 지켜야 하오?”

“그렇소. 특히나 천마성은 안 되오. 당대의 천마가 단천마검을 손에 넣는다면 강호는 절대 그를 감당할 수 없을 것이오.”

둥나가 단호하게 말했다. 그러자 타유가 말했다.

“우린 결국 저들에게 따라잡힐 것이오.”

타유의 말은 냉정하다. 그러나 그들이 처한 상황을 보자면 정확한 말이기도 했다. 둥나는 점점 지쳐가고 있었다. 물론 추격해 오는 천마성의 고수들 역시 지치기는 마찬가지였다.

그들 중 일부는 이미 뒤로 멀리 떨어진 상태였고 추격하는 자의 숫자는 이제 다섯 정도에 불과했다. 그러나 그 다섯이 문제였다. 그들은 하나같이 지친 기색을 보이지 않고 있었다.

“어쩌면 좋겠소?”

강호사대현인 둥나가 타유에게 계책을 묻는다. 기이한 일이다. 그는 마치 타유가 어떤 방책을 내놓을 것이라고 믿는 모양이었다.

“이 검을 써봐도 되겠소?”

“그러라고 준 거요. 그런데 왜 처음부터 단천마검을 사용하지 않은 거요?"

그러고 보니 타유는 등나에게서 단천마검을 받은 이후에도 단천마검을 뽑지 않았다. 천마성의 고수들을 뚫을 때나 수목을 베어 길을 열 때, 타유는 단천마검이 아니라 자신의 검을 사용했다.

이런 위중한 상황에 전설적인 보검 단천마검을 사용치 않는다는 것은 이해하기 힘든 일이었다.

"검을 뽑으면… 욕심이 날 것 같아 그렇소."

순간 등나의 동공이 한 차례 흔들렸다. 그 역시도 단천마검을 손에 들고는 이성을 잃을 만큼 욕심이 나지 않았던가. 타유라고 다를 리 없다. 등나가 잠시 망설이는 듯하다 입을 열었다.

"사는 것이 먼저요."

"좋소. 그럼 이곳에서 저들을 상대해 봅시다."

"정면으로 말이오?"

이번에는 공묘천이 놀란 음성으로 물었다.

"도주를 하는 것에는 한계가 있소. 단천마검을 던져주기 전에는……."

"음……. 그러나 저들은……."

"그래 봐야 다섯이오."

숫자가 얼추 맞는 모습이기는 했다. 그러나 타유와 달리 공묘천과 등나에게는 천마성에 대한 원초적인 공포심이 있었다. 그 공포심이 천마성 고수들과의 대결을 꺼려하게 만들고 있었다.

그러나 결국 단천마검을 지키는 방법은 하나뿐이다. 적을 상대하는 것.

"좋소. 해봅시다."

등나가 소리쳤다. 그러자 타유가 단천마검을 만지작거리며 잠시 고민을 하다가 불쑥 등나에게 검을 내밀었다.

"이 검은 아무래도 주인이 들고 싸우는 것이 좋겠소. 나로서도 그 검의 위력을 빌리고 싶은 생각이 없는 것은 아니나 역시 지금은 진인께서 사용하는 것이 좋을 것 같소."

타유의 생각이 변한 것은 장내의 고수들 중 가장 무공이 약한 등나가 그나마 단천마검의 힘을 빌어야 천마성 고수들을 상대할 수 있을 거라 생각했기 때문이었다.

그런 타유의 생각을 읽었을까. 등나가 거절하지 않고 타유에게서 단천마검을 받아 들었다.

"우 대협은 정말 욕심이 없구려."

단천마검을 받아 든 등나가 말했다.

"나라고 왜 욕심이 없겠소. 다만 지금 단천마검이 필요한 사람은 등 노사인 것을 알고 있을 뿐이오."

"자자, 왔소. 왔어. 어서 준비합시다."

공묘천의 불안한 목소리가 두 사람의 대화를 깼다. 과연 어느새 천마성의 고수들이 일행의 십여 장 앞쪽에 다가서 있었다.

"이제 부족함을 아시겠소?"

단천마검을 요구했던 천마성의 노고수가 등나에게 물었다. 그러자 등나가 대답없이 단천마검을 빼 들었다. 신룡의 몸처럼 단천마검이 빛을 받아 검은 빛을 번쩍인다. 깊은 검은빛, 너무 짙어 오히려 투명하게 빛나는 단천마검이다.

"단천마검은 스스로 주인을 고른다고 했지. 천마성이 단천마검의 주인을 될 수 있는지는 검 스스로에게 물어보시구려."

단천마검을 든 등나는 지금까지와는 확연이 다르다. 천하를 오시할 절대고수의 풍모마저 풍기는 등나다.

"피를 뿌리지 않고 어찌 기물을 얻을 것인가? 원한다면 천마성의 힘을 보여줄밖에. 그대의 머리가 아쉽군. 강호사대현인을 내 검으로 벤다는 것이 유쾌하지는 않아!"

노인이 천천히 검을 빼 들었다. 노인의 검이 태양을 받아 번쩍인다. 단천마검에 비할 수는 없지만 명검이 분명했다.

"그대의 이름은?"

등나가 갑자기 상대의 이름을 물었다. 그러자 노인이 주저하지 않고 대답했다.

"감홍이라 하오. 천마성 삼천궁의 궁주이니 그대의 목을 취할 자격에 부족함은 없을 거요."

"천마성 삼천궁의 궁주라……. 과연 나 등나의 목을 취할 자격이 있구나."

등나가 탄식을 흘렸다. 천마성은 여섯 개의 궁으로 나뉘어져 있는데 사람들은 그것을 천마성 육천궁이라 부른다.

각 궁의 궁주는 소위 세간에 천산구마라 알려진 천마성의 아홉 절대고수 중 여섯이 맡고 있었는데 노인은 그중 한 자리를 차지하고 있는 절대고수였던 것이다.

자신의 정체를 밝힌 감홍이 검을 들고 천천히 등나를 향해 다가왔다. 그러자 장내의 사람들이 제각기 몸을 움직여 자신의 싸울 상대를 찾아 나섰다. 바야흐로 외진 산골에서 강호에서 보기 드문 고수들의 혈전이 벌어지려 하고 있었다.

타유와 청풍은 어깨를 나란히 하고 묵빛 장포로 몸을 휘감은 두 명의 천마성 고수를 마주하고 있었다. 감홍과 함께 타유 일행을 추격해 온 천마성의 고수는 모두 다섯, 그중 셋이 감홍과 함께 싸움에 나서고 나머지 둘은 멀리 물러나 후방을 경계하고 있었다.

그들의 표정을 보면 단천마검은 이미 그들의 손에 들어온 것이나 다름없다는 표정이었다. 그래서 다른 자들이 끼어드는 것을 막는 것이 타유 일행을 상대하는 것보다 중요하다고 생각하는 듯했다.

"조심하거라."

타유가 청풍에게 당부했다. 비록 청풍이 십 년 가까이 무공을 수련하여 타유에 육박하는 절기를 완성했다고 해도 실전을 경험한 것은 운룡산에서 불탁불을 상대할 때가 유일했다.

더군다나 오늘의 상대는 전 강호가 두려워하는 천마성의 고수들, 타유로서는 걱정이 되지 않을 수 없었다.

"걱정 마세요."

타유의 마음을 읽은 청풍이 오히려 타유를 안심시켰다.

"좋아, 그럼 시작해 보자. 오늘의 경험이 네게 큰 가르침을 줄 것이다."

타유의 말이 끝나는 순간 어느새 천마성의 고수들이 두 사람을 덮쳐왔다.

타유와 청풍이 한순간 좌우로 갈라서며 천마성 고수들의 도검을 피해냈다. 그러고는 각기 한 명씩의 적을 상대하기 시작했다.

바람 가르는 소리가 청풍의 귀에 들려온다. 한 자루 도가 그의 옷깃을 스치고 지나갔다. 청풍이 아슬아슬하게 도를 피해내며 벼락처럼 자신의 검을 상대에게 찔러 넣었다.

"음!"

천마성의 고수에게서 들릴 듯 말 듯한 침음성이 흘러나왔다. 어리다고 경시했던 청풍의 검이 그의 예상을 뛰어넘는 예리함을 지니고 있었기 때문이었다.

삭!

방심했던 천마성의 고수 허리 부근이 청풍의 검에 의해 잘려 나갔다. 붉은 핏줄기가 그의 허리에서 흘러나왔다. 너무 쉽게 일검을 허용한 천마성 고수의 얼굴에 노기가 서렸다.

"애송이, 제법이구나. 그러나 네놈은 실수를 했어. 감히 내 몸에 상처를 내다니."

상대의 노기가 충천한 모습을 보며 청풍은 오히려 안도감을 느꼈다. 흥분한 적을 상대하는 것은 수월하다.

지난 세월 타유의 가르침 중 절반 이상은 무공의 수련이 아니라 적을 상대하는 마음의 수련이었다. 살수로 살아온 타유는 청풍에게 어떤 상황, 어떤 상태에서도 평정심을 유지할 것을 누누이 강조했었다.

말은 쉽지만 사람의 마음은 파도처럼 일렁이게 마련인데 강적을 앞에 두고 평정심을 유지하는 것은 결코 쉬운 일이 아니다.

그러나 천살문의 살법 수련 중에는 위급한 순간에도 마음을 진정시키는 여러 가지 방법이 포함되어 있었다. 타유는 그 방법들을 고스란히 청풍에게 전수했다. 덕분에 청풍은 살수의 차가움을 몸에 익히고 있었다.

쐐액!

천마성 고수의 도가 일직선으로 청풍을 갈라왔다. 처음 시전했던 초식에 비하면 배는 강해진 도초다. 청풍이 귀영팔보를 펼쳐 재빨리 상대의 도세에서 벗어났다.

쿵!

천마성 고수의 도가 땅에 커다란 웅덩이를 만들었다.

"쥐새끼 같은 놈!"

필살의 일도를 펼치고도 허무하게 상대를 놓친 천마성의 고

수가 다시 노기를 흘리며 재빨리 수평으로 몸을 띄웠다. 그러
고는 삼 장 밖으로 물러서는 청풍을 향해 도를 뻗었다. 순간
청풍의 검이 움직였다.

차앙!

청풍의 검과 천마성 고수의 도가 허공에서 얽혀들었다. 신
체를 허공에 띄운 채 펼친 도초라 천마성 고수의 도에는 앞서
의 초식과 달린 강한 힘이 실리지 않았다. 덕분에 천마성 고수
의 도가 청풍의 검에 휘어 감겨 방향을 잃었다.

"엇!"

천마성 고수의 입에서 다급성이 흘러나왔다. 그의 도가 자
신의 의도와는 다른 방향으로 흘렀다.

그긍!

순간 그의 도를 타고 청풍의 검이 미끄러지듯 그의 어깨를
갈라왔다. 천마성 고수가 재빨리 몸을 틀었다. 그러나 그 순간
청풍의 검이 상대의 어깨를 베어냈다.

"욱!"

천마성 고수의 입에서 신음성이 흘러나왔다. 동시에 그의
몸이 오 장여 뒤로 물러났는데 그의 얼굴에는 당혹한 빛이 역
력했다. 청풍의 무공이 그가 생각하는 것과는 전혀 다른 경지
에 올라 있었던 것이다.

"네, 네놈은……?"

천마성 고수의 얼굴이 당혹과 노기, 그리고 의문으로 묘하
게 일그러졌다. 마인들의 바다라는 천마성에서도 청풍과 같

은 나이에 이토록 절묘한 무공을 지닌 자는 찾아보기 힘들었
다. 그런데 더욱 그를 놀라게 하는 것은 청풍의 침착함이었
다.

상대를 두 번이나 베었으면 승리감에 취해 자신에게 달려들
어야 하는데 청풍은 오히려 한 걸음 뒤로 물러서서 상대의 다
음 행동을 지켜보고 있었던 것이다.

"네놈은 누구냐?"

천마성 고수가 물었다. 그러나 청풍은 아무런 대답도 하지
않았다. 지금의 상황은 말이 필요없는 상황이다. 상대의 신분
이나 묻고 있을 한가한 상황이 아닌 것이다.

청풍의 침묵이 오히려 천마성 고수의 마음을 더욱 흔들었
다. 그는 이제야 자신이 예상치 못한 젊은 고수를 만났음을 깨
닫고 있었다. 그리하여 그는 더 이상 청풍을 향해 함부로 도를
휘두르지 못했다. 오히려 그는 다시 두어 걸음 뒤로 물러나며
방어의 자세를 취했다.

청풍도 굳이 서둘러 승부를 보려 하지 않았다. 그도 역시
검을 들어 상대를 경계할 뿐, 달려들지 않았다. 덕분에 두 사
람은 기묘한 긴장감을 유지할 뿐 더 이상 싸움을 이어가지 않
았다. 그리고 그즈음 장내에 한마디 처절한 비명이 흘러나왔
다.

"악!"

한 사내가 쓰러졌다. 한 자루 검이 정확하게 그의 가슴을 찌
르고 있었다. 쓰러진 자는 천마성의 고수였고, 그의 가슴을 찌

르고 있는 사람은 타유였다.

청풍의 무공은 모두 타유에게서 나왔지만 또한 타유와 청풍
의 기도는 전혀 다르기도 했다. 그것은 청풍이 등천심공을 수
련했기 때문이라고 생각할 수도 있었지만 꼭 등천심공 때문만
이라고 보기에는 부족한 무엇인가가 있었다.

오히려 그것보다는 젊은 시절 절정의 살수로서 살아왔던 타
유의 과거에서 기인한 차이라고 보는 것이 옳을 터였다.

타유의 검에는 감정이 없다. 싸움터에서 감정이 없는 검처
럼 무서운 것이 없다. 그런 검은 망설임없이 적을 베기 때문이
다.

그러하여 사람들은 그러한 검을 독검이라 부르는데 타유의
검이 바로 그러한 독검이었다.

"놈!"

동료 중 한 명이 쓰러지자 뒤로 물러나 주위를 경계하고 있
던 두 명의 천마성 고수들이 타유를 향해 달려왔다. 졸지에 두
명의 적을 맞이한 타유가 훌쩍 뒤로 물러났다.

적의 기세를 받아치는 것은 치기 어린 싸움꾼이 하는 일이
다. 타유는 일단 동료를 잃고 노기가 끓어오른 천마성 두 고
수를 피한 후 재빨리 품속에서 한 자루의 비도를 꺼내 던졌
다.

쐐액!

타유의 손을 떠난 비도가 바람을 타고 전광석화처럼 날아들
어 둘 중 하나의 팔에 꽂혔다.

"욱!"

졸지에 팔에 비도를 맞은 천마성 고수가 신음성을 흘리며 뒤로 물러난다. 그러나 그사이 타유에게 접근한 다른 자가 번개처럼 타유의 옆구리를 베었다.

삭!

옷깃 베이는 소리와 함께 타유의 옷이 베어져 나간다. 그러나 타유의 몸에 상처가 날 정도로 검날이 깊이 들어오지는 않았다. 타유가 허공으로 떠오르는가 싶더니 왼발을 축으로 빙글 신형을 회전해 적의 오른쪽에 내려섰다. 그러고는 적을 향해 매서운 일초를 뻗어냈다.

차앙!

천마성의 고수가 가까스로 타유의 검을 막아냈다. 이후 엉겁결에 십여 걸음 뒤로 물러나더니 검을 들어 타유의 공격을 방비하며 소리쳤다.

"네놈은 누구냐?"

뒤늦은 질문이다. 그러나 천마성의 고수들로서는 또한 묻지 않을 수 없었다. 천하를 오시하는 자신들을 이렇게 쉽게 상대하는 자가 있을 것이라고는 전혀 예상치 못한 그들이기 때문이었다.

그러나 타유는 말이 없다. 어차피 본래 이름조차 숨기고 있는 타유다. 천마성과 같이 강대한 세력에게 자신의 이름을 알려주는 것은 어리석은 짓이다.

타유의 대답이 없자 천마성의 두 고수가 그를 노려보기는

했으나 감히 다시 타유를 향해 도발하지는 못했다. 그래서
타유의 싸움 또한 청풍의 싸움처럼 소강상태로 들어섰다.

그사이 공묘천과 등나 역시 적을 맞아 치열한 싸움을 벌이
고 있었다. 그런데 두 사람의 사정은 타유와 청풍과는 조금 달
랐다. 공묘천은 천마성의 고수와 평수를 이루며 싸움에 치중
하고 있었고, 등나는 계속해서 위기에 몰리며 감홍을 상대하
고 있었다.

공묘천을 상대하는 자의 무공은 타유와 청풍이 상대하는 자
들보다 훨씬 고강해 보였다. 아마도 천마성의 고수들은 상대
의 연륜을 가늠해 타유와 청풍보다는 공묘천이 훨씬 강적이라
고 생각했던 모양이었다. 그래서 장내에 감홍을 제외하고 가
장 강한 자가 공묘천을 상대하러 나선 듯했다.

그러나 기실 무서운 것은 천마성의 여타 고수들이 아니었
다. 장내에서 타유 등이 가장 두려워해야 할 자는 바로 감홍이
었다.

등나를 상대하는 감홍의 무공은 다른 천마성의 고수들에 비
할 바가 아니었다. 그의 손에 들린 검은 마치 번개를 일으키듯
연신 검기를 뻗어내고 있었는데 그 검기에 노출된 등나의 모
습은 독수리 아래에 놓인 햇병아리와 같았다.

그럼에도 불구하고 등나가 근근이 자신의 목숨을 지켜내고
있는 것은 오로지 단천마검 때문이었다.

감홍의 검이 천 근의 힘으로 등나를 베려 할 때마다 단천마
검은 스스로의 힘으로 그 검을 튕겨냈다. 그러고는 감홍마저

도 감당하기 힘든 날카로움으로 오히려 등나에게 반격할 힘을 주었던 것이다.

그리하여 절대고수의 반열에 오른 감홍조차도 감히 단천마검을 든 등나와의 거리를 좁히지 못했다. 대신 감홍은 거리를 두고 등나를 공격했다.

그의 검에서 뿌려지는 검기, 종종 예측할 수 없는 순간에 터져 나오는 장력은 등나로 하여금 한순간에 이승과 저승의 경계를 오가게 만들었다.

물론 그때마다 등나가 감홍과의 거리를 좁히며 단천마검을 휘두르면 그 엄중한 위기는 한순간에 해소되곤 했다.

그러나 시간은 결국 감홍의 편이었다. 단천마검을 사용하는 일은 많은 공력이 필요한 일이었다. 검의 기운이 워낙 강해서 그 기운을 통제하는 일에만도 엄청난 공력이 소모됐다.

하물며 감홍과 같은 고수의 공격을 이겨내는 일까지 더하면 애초에 등나의 공력으로는 감당할 수 없는 싸움이라고 할 수 있었다.

공력이 서서히 흩어지자 단천마검의 위력도 줄어들었다. 그러자 감홍이 조금씩 등나와의 거리를 좁히기 시작했다.

감홍은 최후의 일격을 노리고 있었다. 한순간이라도 등나가 허점을 보이는 순간 감홍의 검은 단천마검을 뚫고 들어가 등나의 목을 벨 것이다.

등나의 눈에는 벌써부터 절망의 기운이 흐르고 있었다. 그처럼 현명한 자가 싸움의 전세를 읽지 못할 리 없었다. 등나

역시 오직 한 번의 기회만 남았다고 생각하고 있었다.

자신의 약세를 보고 감홍이 단천마검의 위력을 감수하며 최후의 일격을 가할 때 그때가 등나에게도 기회이리라. 그 기회를 찾아 등나 스스로 허점을 만들었다.

한순간 등나의 신형이 흔들거리자 그 허점을 놓치지 않고 감홍이 강력한 일검을 뻗어냈다. 검이 그의 몸과 함께 등나를 향해 돌진했다. 그의 검에서 뻗어 나간 검기는 단천마검을 든 등나로서도 감당할 수 없을 만큼 강렬했다. 더군다나 중심을 잃은 등나의 몸으로는 단천마검조차 제대로 휘두르지 못할 것 같았다.

그런데 그렇게 한순간 나무를 베어내듯 등나의 허리를 베어버리려고 닥쳐든 감홍의 검을 등나가 기묘한 자세에서 단천마검으로 내려쳤다. 애초에 등나 스스로 만든 허점이었으면 자세의 불안정함을 이겨내고 강력한 반격을 가할 수 있었던 것이다.

우웅!

마치 용이 울음을 터뜨리는 듯한 검음이 단천마검에서 일어났다. 그 순간 감홍은 자신이 등나의 술책에 말려들었음을 깨달았다. 그러나 이미 검을 거두기에는 너무 깊이 들어온 감홍이었다. 감홍이 검을 거두는 대신 모든 진기를 끌어내 검에 실었다. 스스로의 힘으로 단천마검의 힘을 이겨내고자 결심했던 것이다. 그리고 천번지복의 격돌이 일어났다.

콰앙!

쩡!

두 번의 진동이 세상을 뒤흔들었다. 두 개의 검이 충돌하는 순간 일어난 굉음과 그중 하나의 검이 부러져 나가는 소리였다.

"음!"

"욱!"

두 마디의 신음성도 터져 나왔다. 등나와 감홍이 거의 동시에 뒤로 물러났다. 그 순간 사람들은 부러진 감홍의 검을 볼 수 있었다.

단천마검의 날카로움은 모두의 예상을 뛰어넘었다. 절대지경에 오른 감홍의 모든 진기가 담긴 검을 단천마검이 부러뜨린 것이다. 그 결과만으로는 등나의 계책은 성공한 듯 보였다.

그러나 결국 패자는 등나였다. 등나는 두 개의 검이 만들어내는 격렬한 충격을 이기지 못하고 스스로 단천마검을 놓아버리고 말았던 것이다. 등나의 손을 떠난 단천마검이 허공으로 떠올랐다. 순간 부러진 검을 들고 있던 감홍이 노성을 토했다.

"놈! 목을 잘라주마!"

감홍의 마성이 폭발했다. 그가 단천마검을 놓치고 빈손으로 서 있는 등나를 향해 폭사했다. 비록 반만 남은 검이지만 힘을 잃은 등나를 베기에는 충분했다.

등나는 자신이 죽음의 순간을 맞이했음을 깨달았다. 단천마검 없이는 도저히 감홍의 검을 막아낼 수 없다. 이제는 삶을 내려놓아야 할 때라고 생각하며 등나의 시선이 자신의 손을 벗어나 허공으로 날아간 단천마검으로 향했다.

그런데 그때 문득 검은 그림자 하나가 허공에 나타나더니 번개처럼 등나의 손을 벗어난 단천마검을 낚아챘다. 그리고는 벼락처럼 감홍을 향해 떨어져 내렸다.

"헛!"

갑작스레 머리 위에서 강력한 공격을 받은 감홍이 다급성을 토해내며 검로를 바꿨다. 반으로 잘린 그의 검이 자신의 머리를 막았다. 그런 감홍을 향해 단천마검이 떨어져 내렸다.

서걱!

장내에 무 잘리는 듯한 소음이 일어났다. 그리고 그 순간 단천마검이 감홍의 검과 그의 몸을 한 번에 베어냈다.

"컥!"

절대고수 감홍의 입에서 억눌린 비명 소리가 흘러나왔다. 그리고는 그대로 그 자리에 무너져 내렸다. 그 앞에 단천마검을 든 타유가 우뚝 내려섰다.

"이놈!"

한순간 장내에 있던 천마성의 고수 넷이 동시에 타유를 향해 달려들었다. 순간 타유의 신형이 그림자를 남기고 사라지는 듯싶더니 자신을 향해 달려드는 천마성 고수들 사이를 바람처럼 스치고 지나쳤다.

"컥!"

"윽!"

타유가 지나간 자리에 처절한 비명 소리가 남았다. 그리고 거짓말처럼 그를 향해 달려들던 네 명의 천마성 고수가 짚단처럼 쓰러졌다. 그들로서는 도저히 단천마검을 손에 든 타유를 감당할 수 없었던 것이다.

그렇게 거짓말처럼 한순간에 감흥을 비롯한 천마성 고수들을 베어 넘긴 타유가 자신도 자신이 행한 일에 놀란 듯 손에 든 단천마검을 물끄러미 바라봤다. 그런 타유를 향해 단천마검이 나직한 울음을 흘리는 듯 진동했다.

그러자 그 모습을 보고 있던, 죽음의 문턱에서 살아남은 등나가 타유를 보며 중얼거렸다.

"단천마검은 스스로 주인을 찾는다더니……. 결국 내 것이 아니었나?"

*　　*　　*

뿌연 물안개가 산허리에서 솟아난다. 아침이 밝았지만 해는 뜨지 않았다. 간밤에 내린 봄비는 그쳤지만 하늘을 가린 구름은 한 치도 물러나지 않고 있었다. 점심쯤이면 다시 비가 올 수도 있었다.

노승은 거친 천으로 둘둘 말은 커다란 물건을 어깨에 둘러메고 마을에 들어섰다. 마른 몸에 허름한 옷차림이지만 선기가 묻어나는 모습이다. 마을 어귀에서 노승은 잠시 고개를 들어 주변의 풍광을 살폈다.

"좋은 땅이다. 신검이 탄생할 만한 곳이야."

한마디 중얼거린 노승이 다시 걸음을 옮겼다.

화암골 방씨 대장간의 화로는 여전히 뜨거운 불꽃을 토해내
고 있었다. 화로 앞에는 아침 일찍부터 대장간의 주인 방남산
이 나와 있었다. 그는 풍로로 화로를 한 번 달군 후 허리를 펴
고 일어나 동쪽에서 마을에 이르는 길을 바라봤다.

"오늘쯤은 오실 것 같은데……."

방남산이 중얼거렸다. 그런데 방남산이 시적시적 걸음을 옮
기려는 찰나 그의 의붓아들 강검산이 방문을 열고 나왔다.

"날이 좋지 않다고 게으름을 피운 거냐?"

"제가 늦은 게 아니고 아버지가 일찍 일어나신 겁니다. 노인
과 젊은이가 같을 수 있나요."

"예끼, 이놈! 아비를 놀리는구나. 어서 나오기나 하거라. 손
님이 오실 게다."

"손님이오?"

강검산이 얼른 마당으로 내려섰다. 장성한 강검산의 체구는
산악처럼 단단하다. 도검을 들고 말에 오르면 천하를 평정할
장부의 모습이다.

"귀한 손님이다."

"누가 오시는데요?"

"만나 뵈면 너도 반가울 거다. 이크, 저기 오시는군."

방남산이 얼른 앞으로 달려 나갔다. 강검산이 시선을 돌리
자 그의 눈에 신령스런 노승이 보인다.

“아, 선사께서……!”

강검산이 놀란 표정으로 얼른 신발을 신고 방남산의 뒤를
따랐다.

쿵!

선승 묵철이 강검산이 받아들겠다는 짐을 굳이 대장간까지
홀로 메고 와 마당에 내려놓았다. 보기에는 그리 크지 않아 보
였는데 마당을 울리는 소리가 만 근의 무게로 느껴진다.

“보시게, 아우님!”

묵철이 방남산에게 말했다. 강호천하에 최고의 고승으로
알려진 고승 묵철이 한낱 대장장이를 아우라 부르니 이상할
만도 한데 방남산은 전혀 어색한 기색 없이 묵철의 말을 받았
다.

“찾으신 겁니까?”

“음…….”

“어디…….”

방남산이 물건을 싸고 있던 천을 풀었다. 그러자 검은색 현
철 덩어리가 모습을 드러냈다.

“좋군요. 이건…….”

방남산이 고개를 숙이고 검은 쇳덩어리를 매만졌다. 차가운
한기가 그의 손을 타고 오른다.

“쇠도 구했고……. 때가 되었으니 시작해야지.”

“그러나 패경이 없으니…….”

“오늘 패경주를 만날 걸세.”

“그가 동의할까요?”

“그러리라 보네. 사실… 오경의 전설은 너무 지겹지 않은
가?”

“그렇지요. 더군다나 하늘의 뜻이 신검을 원하고 있으
니…….”

“잘해주리라 믿네. 그만 가겠네.”

“식사라도 하시고 가시지…….”

방남산이 묵철을 만류했다. 그러자 묵철이 고개를 저었
다.

“아니, 그를 만나려면 서둘러야 하네. 그를 기다리게 할 수
는 없지.”

“그렇긴 하지요. 그는 자존심이 강한 사람이니.”

“다시 보세.” .

묵철이 짧은 작별의 말을 남기고 이내 대장간을 떠났다. 그
러자 방남산이 선승 묵철이 가져온 철을 들어 올리며 강검산
에게 말했다.

“준비해라. 오늘부터 하나의 검을 만들 것이다.”

“검이요?”

“그래. 그걸 위해 네가 이곳에 있는 것이다.”

“꼭 제가 만들어야 하나요?”

“너만이 신검을 탄생시킬 수 있을 테니까.”

“그 쇠로 만들 수 있다는 건가요?”

"이건 밭이다. 씨앗은 밭이 잘 일궈지면 선사께서 가져오실
게다. 아주 긴 작업이 되겠지. 수년이 걸릴지도 모른다."
　방남산의 눈에 뜨거운 열기가 일렁인다. 강검산은 오랜만에
방남산의 진면목을 보고 있었다.

『수선경』 3권에 계속…

종수의 귀환
FUSION FANTASTIC STORY
텀블러 장편 소설